"纳兰文化"编委会名单

总顾问 叶嘉莹

编委会主任 牛 颂

编委会执行主任 刘子菲

编 委（经典作品出版书目组）

关纪新 杨 雨 蒙 曼 赵志忠 李红雨 叶言材 尹小林

张敏杰 张玉璞 于佩琴 毕国忠 徐 征 王德盛 赵宝军

编 委（书画创作组）

张 娣 郭三步

纳兰词全编新注

纳兰性德 ● 著

叶嘉莹 ● 总顾问

张敏杰 ● 笺注

国际文化出版公司
·北京·

图书在版编目（CIP）数据

纳兰词全编新注／（清）纳兰性德著；叶嘉莹总顾问；张敏杰笺注 .—北京：国际文化出版公司，2017.7
ISBN 978-7-5125-0952-8

Ⅰ．①纳… Ⅱ．①纳… ②叶… ③张… Ⅲ．①词（文学）-作品集-中国-清代② 《纳兰词》 -注释 Ⅳ．① I222.849

中国版本图书馆 CIP 数据核字（2017）第 102703 号

纳兰词全编新注

作　　者	纳兰性德	
总 顾 问	叶嘉莹	
笺　　注	张敏杰	
总 策 划	葛宏峰	
特约策划	刘子菲	
统筹监制	闫翠翠	
策划编辑	彭　越	
责任编辑	戴　婕	
美术编辑	秦　宇	
出版发行	国际文化出版公司	
经　　销	国文润华文化传媒（北京）有限责任公司	
印　　刷	阳谷毕升印务有限公司	
开　　本	710 毫米 ×1000 毫米	16 开
	23 印张	400 千字
版　　次	2017 年 7 月第 1 版	
	2020 年 1 月第 2 次印刷	
书　　号	ISBN 978-7-5125-0952-8	
定　　价	68.00 元	

国际文化出版公司
北京朝阳区东土城路乙 9 号邮编：100013
总编室：（010）64271551 传真：（010）64271578
销售热线：（010）64271187
传真：（010）64271187-800
E-mail：icpc@95777.sina.net
http://www.sinoread.com

目　录

卷　一

卷二

纳兰词全编新注

卷三

纳兰词全编新注

纳兰词全编新注

目
录

纳兰词全编新注

卷一

梦江南①

江南好，建业旧长安②。紫盖忽临双鹢渡③，翠华争拥六龙看④。雄丽却高寒⑤。

【笺注】

①梦江南：词牌名，又名"忆江南"或"望江南"。清汪元治所编道光十二年（1832）结铁网斋刊刻的《纳兰词》作"忆江南"，下同。自这首以下共十首，写于康熙二十三年（1684）九月至十一月。此时词人以侍卫的身份扈从康熙帝第一次南巡。

②建业：今江苏南京，汉为秣陵县。东汉建安十七年（212），孙权于此修筑石头城，改称秣陵县为建业。长安：今陕西西安，为汉唐故都，后代诗人常以之代指都城。唐李白《金陵三首》之一："晋家南渡日，此地旧长安。"

③紫盖：紫色车盖。帝王仪仗之一，此处借指帝王车驾。另，紫盖有紫色云气之意，古人常附会为帝王出现的预兆。宋王埜《六州歌头》："黄旗紫盖，中兴运，钟王气，护金瓯。"鹢（yì）：水鸟名。形如鹭而大，羽色苍白，善高飞。古代在船首以彩色画鹢鸟之形，后借指船。

④翠华：天子仪仗中以翠羽为饰的旗帜或车盖。《文选·司马相如〈上林赋〉》："建翠华之旗，树灵鼍之鼓。"李善注："翠华，以翠羽为葆（用鸟羽装饰的一种仪仗）也。"六龙：古代天子的车驾为六马，马八尺称龙，因以为之天子车驾的代称。

⑤却：使退却，止住。高寒：清冷的月亮。宋张孝祥《水调歌头》："江山自雄丽，风露与高寒。"

又

　　江南好，城阙尚嵯峨①。故物陵前惟石马②，遗踪陌上有铜驼③。玉树夜深歌④。

【笺注】

　　①嵯（cuó）峨（é）：山高峻貌。唐元稹《筑城曲》："半疑兼半信，筑城犹嵯峨。"明吴斌《青州歌》："嵯峨城阙帝子宫，天人遥镇沧海东。"

　　②陵：明孝陵，即明太祖朱元璋墓，在南京市紫金山（即钟山）南麓。陵丘上原有梅花鹿群，多达数千头。鹿颈上挂有银牌，凡捕杀者以死罪论处。明清之际，建筑物损毁残缺，鹿群被随意捕杀。到词人来时，原本规模宏大的孝陵破落不堪，仅剩石人石马了。

　　③铜驼：即铜驼街，在今河南省洛阳市故洛阳城中，以道旁曾有汉铸铜驼两枚相对而得名，为古代著名的繁华区域。《太平御览》卷一五八引晋陆机《洛阳记》："洛阳有铜驼街，汉铸铜驼二枚，在宫南四会道相对。俗语曰：'金马门外集众贤，铜驼陌上集少年。'"又，据《晋书·索靖传》，有远见卓识的索靖预知天下将会大乱，手指洛阳宫门口的铜驼，慨叹道："会见汝在荆棘中耳！"明末陈子龙《秋日杂感二首》之一："三市铜驼愁夜月，五陵石马恸秋风。"

　　④玉树：南朝陈后主所作歌曲《玉树后庭花》的省称。后庭花，花名，

鸡冠花的一种。宋王灼《碧鸡漫志》卷五："吴蜀鸡冠花有一种小者，高不过五六寸，或红，或浅红，或白，或浅白，世目曰后庭花。"盛开时使树冠如玉一样美丽，故又称"玉树后庭花"。此句与杜牧《泊秦淮》诗"商女不知亡国恨，隔江犹唱后庭花"意相同。

又

江南好，怀古意谁传①？燕子矶头红蓼月②，乌衣巷口绿杨烟③。风景忆当年。

【笺注】

①怀古意：怀古，追念古昔。西晋李密《五言诗》："沾襟何所为，怅然怀古意。"

②燕子矶：地名。在江苏省南京市东北部观音山。突出的岩石屹立长江边，三面悬绝，宛如飞燕，故名。红蓼（liǎo）：蓼的一种。多生水边，花呈淡红色。宋晏殊《浣溪沙》："红蓼花香夹岸稠。"

③乌衣巷：地名。在今南京市秦淮河南。三国吴时在此置乌衣营，以士兵着乌衣而得名。东晋时王、谢等望族居此，因著闻。唐刘禹锡《乌衣巷》："朱雀桥边野草花，乌衣巷口夕阳斜。"元萨都剌《满江红·金陵怀古》："六代繁华春去也、更无消息。空怅望、山川形胜，已非畴昔。王谢堂前双燕子，乌衣巷口曾相识……但荒烟衰草，乱鸦斜日。"

又

　　江南好，虎阜晚秋天①。山水总归诗格秀②，笙箫恰称语音圆③。谁在木兰船④？

【笺注】

　　①虎阜：即虎丘，在江苏省苏州市西北，亦名海涌山。唐时因避讳曾改称武丘或兽丘，后复旧称，相传吴王阖闾葬此。汉袁康《越绝书·外传记吴地传》："阖庐冢在阊门外，名虎丘……筑三日而白虎居上，故号为虎丘。"

　　②诗格：诗的风格、格调。宋赵彦端《好事近》："此花佳处似佳人，高情带诗格。"

　　③笙箫：泛指管乐器。语音圆：苏州一地的方言素有吴侬软语之称，词人以"圆"称之，恰如其分。

　　④木兰船：用木兰树造的船。南朝梁任昉《述异记》卷下："木兰洲在浔阳江中，多木兰树。昔吴王阖闾植木兰于此，用构宫殿也。七里洲中，有鲁般刻木兰为舟，舟至今在洲中。诗家云木兰舟，出于此。"后常用为船的美称，并非实指木兰木所制。

又

　　江南好，真个到梁溪①。一幅云林高士画②，数行泉石故人题③。还似梦游非。

【笺注】

①梁溪：源出惠山，在清时流经无锡西门外。最初河道极隘窄，梁朝大同年间得以疏浚，故名梁溪。这里泛指无锡。无锡是作者挚友严绳孙和顾贞观的家乡，曾梦想着能来此地游历，现途经此地，实现了愿望，故曰"真个"。

②云林：倪瓒，元代画家，字符积，号云林子，无锡人。擅绘山水，以幽远简淡为宗；人有超然出世之态，世称高士。此句中的"云林"一语双关，亦可与下句中的"泉石"相对。

③故人：词人的友人严绳孙。《清史列传》卷七十《严绳孙传》："兼工书画，梁溪人争以倪云林目之。"

又

江南好，水是二泉清①。味永出山那得浊②，名高有锡更谁争③。何必让中泠④。

【笺注】

①二泉：指无锡惠泉，因其有"天下第二泉"之称，故名。

②味永出山那得浊：唐杜甫《佳人》："在山泉水清，出山泉水浊。"泉水清冽甘美，即便出山了味道依然隽永不会改变。

③有锡：唐陆羽《游惠山寺记》："东峰当周秦间大产铅锡，故名锡山。汉兴，锡方殚，故创无锡县。王莽时锡复出，改县名曰有锡……自光武至孝顺之世，锡果竭，顺帝更为无锡县，属吴郡。"

④中泠：泉名。在今江苏镇江市西北金山下。相传其水烹茶最佳，有"天下第一泉"之称。今江岸沙涨，泉已没沙中。宋苏轼《游金山寺》："中泠南畔石盘陀，古来出没随涛波。"

又

江南好，佳丽数维扬①。自是琼花偏得月②，那应金粉不兼香③。谁与话清凉④！

【笺注】

①佳丽：这里指秀丽的景致。南齐谢朓《入朝曲》有"江南佳丽地"。维扬：扬州的别称。《书·禹贡》："淮海惟扬州。"惟，通"维"。后截取二字以为名。

②琼花：一种珍贵的花。叶柔而莹泽，花色微黄而有香。扬州后土祠曾有琼花一株，传为唐时种植，时人目为珍异。宋淳熙以后，多为聚八仙接木移植。宋周密《齐东野语·琼花》："扬州后土祠琼花，天下无二本，绝类聚八仙，色微黄而有香。仁宗庆历中，尝分植禁苑，明年辄枯，遂复载还祠中，敷荣（开花）如故。淳熙中，寿皇（宋孝宗于淳熙十六年传位与子光宗、光宗上孝宗尊号为"至尊寿皇圣帝"）亦尝移植南内，逾年，憔悴无华，仍送还之。其后，宦者陈源，命园丁取孙枝移接聚八仙根上，遂活，然其香色则大减矣。杭之褚家塘琼花园是也。今后土之花已薪，而人间所有者，特当时接本，仿佛似之耳。"偏得月：古人谓扬州月色好，得月最多，明月夜独占三分中的二分，故云。

③那：这里作"哪"讲，表疑问。金粉：既指金黄色的花粉，这里又可指妇女妆饰用的金钿和铅粉。宋欧阳修《蝶恋花》："一掬天和金粉腻。莲子心中，自有深深意。"

④清凉：宋刘过《临江仙》："谁识清凉意思，珊瑚枕冷先知。"

又

　　江南好，铁瓮古南徐①。立马江山千里目②，射蛟风雨百灵趋③。北顾更踌躇④。

【笺注】

　　①铁瓮：指铁瓮城，京口（今江苏镇江）北固山前的一座古城，为三国时孙权所筑。唐杜牧《润州》诗之二："城高铁瓮横强弩，柳暗朱楼多梦云。"冯集梧注："原注：'润州城，孙权筑，号为铁瓮。'《演繁露》：'润州城古号铁瓮，人但知其取喻以坚而已，然瓮形深狭，取以喻城，似为非类。乾道辛卯，予过润，蔡子平置燕于江亭，亭据郡治前山绝顶，而顾子城雉堞（城上短墙）缘冈，弯环（弯曲如环）四合，其中州郡诸廨在焉，圆深之形，正如卓瓮，予始知喻以为瓮者，指子城也。'"南徐：镇江旧称。东晋侨置徐州于京口城，南朝宋时改称南徐。

　　②立马：驻马。金完颜亮有诗句："提兵百万西湖上，立马吴山第一峰。"江：长江。山：金山。千里目：唐王之涣《登鹳雀楼》："欲穷千里目，更上一层楼。"唐柳宗元《登柳州城楼寄漳汀封连四州刺史》："岭树重遮千里目，江流曲似九回肠。"

③射蛟：指汉武帝射获江蛟事。《汉书·武帝纪》："（元封）五年冬，行南巡狩……自寻阳浮江，亲射蛟江中，获之。"唐李白《永王东巡歌》之九："祖龙浮海不成桥，汉武寻阳空射蛟。"后诗文中作为颂扬帝王勇武的典故。百灵：各种神灵。《文选·班固〈东都赋〉》："礼神祇，怀百灵。"李善注："《毛诗》曰：'怀柔百神。'"

④北顾：即北固山，在今江苏省镇江市东北。有南、中、北三峰，北峰三面临江，形势险要，故称"北固"。南朝梁武帝曾登此山，谓可为京口壮观，改曰"北顾"。踌躇：从容自得，流连不已。南朝宋刘义庆《世说新语·言语》："荀中郎（荀羡）在京口，登北固望海，云：'虽未睹三山，便自使人有凌云意。若秦、汉之君，必当褰裳濡足。'"

又

江南好，一片妙高云①。砚北峰峦米外史②，屏间楼阁李将军③。金碧蠹斜曛④。

【笺注】

①妙高：妙高山，在今江苏镇江市金山最高处。上有妙高台，宋僧人了元建，山顶常有浮云缭绕。

②砚北：砚山园以北。据宋贾似道《悦生随抄》："江南李氏后主尝买一砚山，径长才逾尺，前耸三十六峰，皆大犹手指，左右则引两阜坡陀，而中凿为砚。及江南国破，砚山因流转数十人，为米老元章得。"米老元章即米芾。米芾以此砚山换得镇江甘露寺下一块宅地。其后宅地归岳飞之孙岳珂

所有。岳珂修筑园林，名之曰：砚山园。又，砚北，又可谓几案面南，人坐砚北，指从事著述。宋张邦基《墨庄漫录》卷十："唐段成式书云：'杯宴之余，常居砚北。'"米外史：米芾，北宋书画家，字元章，号海岳外史、襄阳漫士。米芾山水画远宗王洽，近师董源，别出新意，擅水墨山水，自成一家，世称"米氏云山"。

③李将军：李思训，唐代画家，字建睍，唐宗室。唐玄宗开元初，官右武卫大将军，人称"大李将军"。

④金碧：李思训善绘山水树石，画风精丽严整，以金碧青绿作山水，笔力遒劲，多表现幽居之所，后世称之为金碧山水。斜曛：落日的余辉。

又

江南好，何处异京华①。香散翠帘多在水②，绿残红叶胜于花。无事避风沙③。

【笺注】

①京华：京城之美称。因京城是文物、人才汇集之地，故称。

②香散翠帘：元李致远《双调·水仙子》："荼蘼香散一帘风，杜宇声干满树红。"明王佐《暇日过天宁东院》："凉分半榻竹风细，香散一帘花雨迷。"

③无事：没有缘故去做某事。江南无风沙之虞，不像京城那样饱受其苦。

又

昏鸦尽，小立恨因谁。急雪乍翻香阁絮^①，轻风吹到胆瓶梅^②。心字已成灰^③。

【笺注】

①香阁絮：寓写雪。晋王凝之妻谢道韫有咏雪名句："未若柳絮因风起。"宋晏几道《六幺令》："绿阴春尽，飞絮绕香阁。"

②胆瓶：长颈大腹的花瓶，因形如悬胆而名。

③心字：心字香。明杨慎《词品·心字香》："范石湖（成大）《骖鸾录》云：'番禺人作心字香，用素馨茉莉半开者著净器中，以沉香薄劈层层相间，密封之，日一易，不待花萎，花过香成。'所谓心字香者，以香末萦篆成心字也。"成灰：这里指香燃烧而为残留之灰烬。南朝梁吴钧《行路难》："玉阶行路生细草，金炉香炭变成灰。"

又

新来好^①，唱得虎头词^②。一片冷香惟有梦，十分清瘦更无诗^③。标格早梅知^④。

【笺注】

①新来：近来。

②虎头：顾恺之，东晋画家，字长康，小字虎头。词人好友顾贞观，与顾恺之同为无锡人，且同姓，此处以虎头借指顾贞观。

③一片冷香、十分清瘦两句：引自顾贞观《浣溪沙·梅》。冷香：指清香的梅花。

④标格：风范，风度。

又

江南忆，鸾辂此经过①。一掬胭脂沉碧甃②，四围亭壁幛红罗③。消息暑风多④。

【笺注】

①鸾辂：天子王侯所乘之车。《吕氏春秋·孟春纪》："天子居青阳左个。乘鸾辂，驾苍龙。"高诱注："辂，车也。鸾鸟在衡，和在轼，鸣相应和。后世不能复致，铸铜为之，饰以金，谓之鸾辂也。"

②掬（jū）：两手相合捧物。《左传·宣公十二年》："桓子不知所为，鼓于军中曰：'先济者有赏。'中军、下军争舟，舟中之指可掬也。"杨伯峻注："先乘舟者恐多乘，或恐敌人追至……故先乘者以刀断攀者之指。舟中之指可掬，言其多也。"胭脂：胭脂井。《南畿志》："景阳井在台城内，陈后主与张丽华、孔贵嫔投其中，以避隋兵。旧传阑有石脉，以帛拭之，作

胭脂痕，名胭脂井。一名辱井。"碧甃（zhòu）：青绿色的井壁，这里借指井。

③亭壁：亭燧和军营。亭燧，即烽火亭，用作侦伺和举火报警。幛：遮蔽。红罗：南唐后主李煜在宫中筑红罗亭，四面栽种红梅，做艳曲歌之。宋周必大《次韵史院洪景卢检详馆中红梅》："红罗亭深宫漏迟，宫花四面谁得知。"

④消息：与时消息，变化。暑风：热风。

*此词补遗自《纳兰词》，许增编，清光绪六年娱园刻本。

又

春去也，人在画楼东①。芳草绿黏天一角，落花红沁水三弓②。好景共谁同？

【笺注】

①画楼：雕饰华丽的楼房。宋柳永《木兰花》："王孙若拟赠千金，只在画楼东畔住。"宋苏轼《满庭芳》："画楼东畔，天远夕阳多。"

②落花红沁：水因残花落红而变成红色。宋范成大《余杭道中》："落花流水浅深红，尽日帆飞绣浪中。"弓：量词。原为与弓同距离的长度单位，与步相应。后亦用作丈量地亩的计算单位。其制历代不一，或以八尺为一弓；或以六尺为一弓；旧时营造尺以五尺为一弓，三百六十弓为一里，二百四十方弓为一亩。

*此词补遗自《纳兰词》，许增编，清光绪六年娱园刻本。

江城子 咏史

湿云全压数峰低①，影凄迷，望中疑。非雾非烟②，神女欲来时。若问生涯原是梦③，除梦里，没人知。

【笺注】

①湿云：湿度大的云，诗词中多指雨前厚重的乌云。唐崔橹《华清宫》："红叶下山寒寂寂，湿云如梦雨如尘。"数峰：这里特指巫山。

②非雾非烟：祥瑞的云。这里指朝云，巫山神女名。战国时楚怀王游高唐，昼梦幸巫山之女。后好事者为立庙，号曰"朝云"。战国楚宋玉《〈高唐赋〉序》：楚襄王与宋玉游云梦之台，望高唐之观。其上有云气变化无穷。玉谓此气为朝云，对王说，过去先王曾游高唐，怠而昼寝，梦见一妇人，自称是巫山之女，愿侍王枕席，王因幸之。巫山之女临去时说："妾在巫山之阳，高丘之阻，旦为朝云，暮为行雨，朝朝暮暮，阳台之下。"

③生涯：《庄子·养生主》："吾生也有涯，而知也无涯。"原谓生命有边际、限度，后指生命、人生。语出唐李商隐《无题》："神女生涯原是梦，小姑居处本无郎。"

如梦令

正是辘轳金井①，满砌落花红冷②。蓦地一相逢，心事眼波难定。谁省，谁省。从此簟纹灯影③。

①辘轳：利用轮轴原理制成的井上汲水的起重装置。金井：井栏上有雕饰的井。一般用以指宫廷园林里的井。金，谓其坚固。辘轳金井，为诗词中固有的意象，如唐张籍《楚妃怨》："梧桐叶下黄金井，横架辘轳牵素绠。"五代南唐李煜《采桑子》："辘轳金井梧桐晚，几树秋凉。"

②砌：台阶。五代南唐冯延巳《清平乐》："砌下落花风起，罗衣特地春寒。"

③簟（diàn）纹：席纹。宋苏轼《南堂》诗之五有："扫地焚香闭阁眠，簟纹如水帐如烟。"灯影：灯光照在物体上投射出的影子。宋张先《醉桃源》："隔帘灯影闭门时，此情风月知。"

又

黄叶青苔归路①，屧粉衣香何处②。消息竟沉沉③，今夜相思几许。秋雨，秋雨。一半因风吹去④。

【笺注】

①黄叶青苔：唐李白《长相思》之三："相思黄叶落，白露点青苔。"

②屧（xiè）：本指鞋中的衬垫，后即用指木屐。

③沉沉：形容音信杳无。元高克礼《青楼咏妓·风入松》："耳边消息谩沉沉，情泪湿衣襟。"

④秋雨句：引用清朱彝尊《转应曲·安丘客舍对雨》："秋雨，秋雨，一半回风吹去。"

又

纤月黄昏庭院^①，语密翻教醉浅。知否那人心，旧恨新欢相半^②。谁见？谁见？珊枕泪痕红泫^③。

【笺注】

①纤月：纤纤月。尖细的弯月。南朝宋鲍照《玩月城西门廨中》："始见西南楼，纤纤如玉钩。"宋辛弃疾《念奴娇·书东流村壁》："闻道绮陌东头，行人长见，帘底纤纤月。"

②旧恨新欢：宋欧阳修《渔家傲·七夕》："一别经年今始见，新欢往恨知何限。"

③珊枕：珊瑚枕，用珊瑚做的或装饰的枕头。泪痕红泫：用"红泪"之典。晋王嘉《拾遗记·魏》："文帝所爱美人，姓薛名灵芸，常山人也……灵芸闻别父母，歔欷累日，泪下沾衣。至升车就路之时，以玉唾壶承泪，壶则红色。既发常山，及至京师，壶中泪凝如血。"后因以"红泪"称美人泪。明王彦泓《金缕曲》："珊枕梦，乍惊醒。"

又

万帐穹庐人醉^①，星影摇摇欲坠^②。归梦隔狼河，又被河声搅碎。还睡，还睡。解道醒来无味。

【笺注】

①穹庐：古代游牧民族居住的毡帐。《汉书·匈奴传下》："匈奴父子同穹庐卧。"颜师古注："穹庐，旃帐也。其形穹隆，故曰穹庐。"

②星影：倒映在水面上的星辰。唐杜甫《阁夜》："五更鼓角声悲壮，三峡星河影动摇。"宋张孝祥《水调歌头·金山观月》："倒影星辰摇动，海气夜漫漫。"

*此词补遗自《纳兰词》，许增编，清光绪六年娱园刻本。

采桑子

彤霞久绝飞琼字①，人在谁边②？人在谁边？今夜玉清眠不眠③？
香消被冷残灯灭，静数秋天，静数秋天，又误心期到下弦④。

【笺注】

①彤霞：代指仙境。宋赵鼎《燕归梁》："绰约彤霞降紫霄，是仙子风标。"飞琼：仙女名，后泛指仙女。《汉武帝内传》："王母乃命诸侍女……许飞琼鼓震灵之簧。"宋柳永《玉女摇仙佩》："佳人飞琼伴侣，偶别珠宫，未返神仙行缀。"

②谁边：何处，哪里。

③玉清：有两说，一是道家三清境之一，为元始天尊所居。二是神仙名。陈士元《名疑》卷四引唐李冗《独异志》："梁玉清，织女星侍儿也。

秦始皇时，太白星窃玉清逃入衡城小仙洞，十六日不出，天帝怒谪玉清于北斗下。"

④心期：心愿，心意。下弦：农历每月二十二日或二十三日，太阳跟地球的连线和地球跟月亮的连线成直角时，在地球上看到月亮呈反"D"字形，这种月相称下弦。宋晏几道《采桑子》："夜痕记尽窗间月，曾误心期。"

又

谁翻乐府凄凉曲^①？风也萧萧，雨也萧萧，瘦尽灯花又一宵^②。不知何事萦怀抱，醒也无聊，醉也无聊，梦也何曾到谢桥^③。

【笺注】

①翻：演奏，演唱。唐司空图《杨柳枝·寿怀词》之一："乐府翻来占太平，风光无处不含情。"

②瘦尽灯花又一宵：灯花，灯心余烬结成的花状物。清曹溶《采桑子》："忆弄诗瓢，落尽灯花又一宵。"

③谢桥：谢娘桥，相传六朝时即有此桥名。谢娘，未详何人，或谓名谢秋娘者，泛指为内心爱恋的女性。宋晏几道《鹧鸪天》："梦魂惯得无拘检，又踏杨花过谢桥。"

又

严霜拥絮频惊起，扑面霜空。斜汉朦胧①，冷逼毡帷火不红②。香篝翠被浑闲事③，回首西风。何处疏钟④，一穗灯花似梦中⑤。

【笺注】

①斜汉：指秋天向西南方向偏斜的银河。《文选·谢庄〈月赋〉》："斜汉左界，北陆南躔。"李善注："汉，天汉也。"李周翰注："秋时又汉西南斜，远于左界。"

②毡帷：毡帐。宋杨万里《霰》："寒声带雨山难白，冷气侵入火失红。"

③香篝：熏笼。宋周邦彦《花犯·梅花》："更可惜，雪中高树，香篝薰素被。"

④疏钟：稀疏的钟声。五代南唐冯延巳《采桑子》："日暮疏钟，双燕归栖画阁中。"

⑤穗：古同"穗"。明王彦泓《洞仙歌》："打窗风急，闪一灯红穗。"明施绍莘《前调·雨夜醉中作》："偏是雨帘风被，罨盏灯花一穗。"

又

那能寂寞芳菲节①，欲话生平。夜已三更，一阕悲歌泪暗零。须知秋叶春花促，点鬓星星②。遇酒须倾，莫问千秋万岁名③。

【笺注】

①芳菲节：花草盛美的时节。五代蜀毛熙震《后庭花》："莺啼燕语芳菲节。"

②点鬓：点染两鬓。宋刘克庄《鹊桥仙·戊戌生朝》："玄花生眼，新霜点鬓。"也指花白的鬓发。星星：头发花白貌。唐韦庄《寓言》："惆怅沧江上，星星鬓有丝。"

③千秋万岁名：唐杜甫《梦李白二首》之二："千秋万岁名，寂寞身后事。"

又

冷香萦遍红桥梦①，梦觉城笳。月上桃花，雨歇春寒燕子家。箜篌别后谁能鼓②，肠断天涯。暗损韶华，一缕茶烟透碧纱③。

【笺注】

①红桥：红色之桥。唐白居易《新春江次》："鸭头新绿水，雁齿小红桥。"

②箜篌：古代拨弦乐器名，有竖式和卧式两种。乐府诗《焦仲卿妻》："十五弹箜篌，十六诵诗书。"古有"箜篌引""箜篌谣"，或言夫亡，妻亦随之；或言结交当有始终。这里的箜篌有象征思念之意。鼓：敲击或弹奏乐器。《诗·小雅·鼓钟》："鼓钟钦钦，鼓瑟鼓琴。"孔颖达疏："以鼓瑟鼓琴类之，故鼓钟为击锺也。"

③透碧纱：穿过纱窗。五代南唐张泌《柳枝》："腻粉琼妆透碧纱。"

又　九日

深秋绝塞谁相忆，木叶萧萧。乡路迢迢，六曲屏山和梦遥①。
佳时倍惜风光别，不为登高②。只觉魂销③，南雁归时更寂寥。

【笺注】

①六曲屏山：六扇屏风。宋赵孟坚《花心动》："斗帐半褰，六曲屏山，
憔悴似不胜衣。"这里代指作者念及的闺阁佳人。

②登高：农历九月初九有登高的风俗。南朝梁吴均《续齐谐记·九日登
高》："汝南桓景随费长房游学累年。长房谓曰：'九月九日汝家中当有灾，
宜急去，令家人各作绛囊盛茱萸以系臂，登高饮菊花酒，此祸可除。'景如
言，齐家登山。夕还，见鸡犬牛羊一时暴死。长房闻之曰：'此可代也。'
今世人九日登高饮酒，妇人带茱萸囊，盖始于此。"

③魂销：谓灵魂离体而消失，这里形容极度悲伤。

又　咏春雨

嫩烟分染鹅儿柳①，一样风丝。似整如欹②，才著春寒瘦不支。
凉侵晓梦轻蝉腻③，约略红肥④。不惜葳蕤⑤，碾取名香作地衣⑥。

【笺注】

①嫩烟：比喻初春时节的蒙蒙云烟雨雾。宋林逋《湖上初春偶作》："文禽相并映短草，翠潋欲生浮嫩烟。"鹅儿：鹅黄色。宋刘弇《清平乐》："东风依旧，著意隋堤柳。搓得鹅儿黄欲就，天气清明时候。"

②欹（qī）：倾斜。

③凉侵晓梦：宋叶梦得《临江仙·送章长卿还姑苏兼寄程致道》："碧瓦新霜侵晓梦，黄花已过清秋。"轻蝉：古代妇女的一种发式，两鬓薄如蝉翼，故称。这里借指妇女。晋崔豹《古今注·杂注》："魏文帝宫人绝所宠者，有莫琼树、薛夜来、田尚衣、段巧笑，日夕在侧，琼树乃制蝉鬓。缥眇如蝉翼，故曰蝉鬓。"

④红肥：花盛开。宋蒋捷《高阳台·江阴道中有怀》："待归时，叶底红肥，细雨如尘。"

⑤葳（wēi）蕤（ruí）：草木茂盛枝叶下垂貌。

⑥碾：压碎。宋陆游《卜算子·咏梅》："零落成泥碾作尘，只有香如故。"名香：名贵之香，这里代指落红。地衣：地毯。宋秦观《阮郎归》："落红成地衣。"宋辛弃疾《粉蝶儿》："甚无情，便下得，雨僝风僽。向园林、铺作地衣红绉。"

又　塞上咏雪花

非关癖爱轻模样①，冷处偏佳。别有根芽，不是人间富贵花②。谢娘别后谁能惜③，飘泊天涯。寒月悲笳④，万里西风瀚海沙⑤。

①轻模样：雪花轻盈飞舞的姿态。宋孙道绚《清平乐·雪》："悠悠飏飏，做尽轻模样。半夜萧萧窗外响，多在梅梢柳上。"

②富贵花：指牡丹。宋周敦颐《爱莲说》："菊，花之隐逸者也；牡丹，花之富贵者也。"

③谢娘：晋王凝之妻谢道韫有文才，有咏雪诗句"未若柳絮因风起"，后人因称才女为"谢娘"。

④悲笳：笳，古时军中的号角，声悲壮。悲笳谓笳声悲凉。唐杜甫《后出塞》："悲笳数声动，壮士惨不骄。"

⑤瀚海：指茫茫沙漠戈壁。北朝后周庾信《周骠骑大将军开府侯莫陈道生墓志铭》："凝阴远寂，广漠平寒。沙穷瀚海，地尽皋兰。"

又

桃花羞作无情死，感激东风。吹落娇红，飞入闲窗伴懊侬①。谁怜辛苦东阳瘦②，也为春慵③。不及芙蓉④，一片幽情冷处浓⑤。

【笺注】

①懊（ào）侬（nóng）：烦闷。这里指烦闷之人。

②东阳瘦：指南朝梁沈约，因其曾为东阳守，故称。《梁书·沈约传》："（沈约）永明末，出守东阳……百日数旬，革带常应移孔；以手握臂，率计月小半分。"原谓沈约因操劳日渐消瘦，后以"东阳消瘦"为形容体瘦

的典故。宋苏轼《临江仙·赠王友道》："谁道东阳都瘦损，凝然点漆精神。"

③春慵：春天时节的懒散情绪。

④芙蓉：背面铸有芙蓉花饰的铜镜，用"芙蓉镜"之典。唐段成式《酉阳杂俎续集·支诺皋中》："相国李公固言，元和六年下第游蜀，遇一老姥，言：'郎君明年芙蓉镜下及第，后二纪拜相，当镇蜀土，某此时不复见郎君出将之荣也。'明年，果然状头及第，诗赋题有《人镜芙蓉》之目。后二十年，李公登庸。"

⑤一片幽情冷处浓：明王彦泓《寒词》："个人真与梅花似，一日幽香冷处浓。"

又

海天谁放冰轮满①，惆怅离情。莫说离情，但值凉宵总泪零。只应碧落重相见②，那是今生。可奈今生③，刚作愁时又忆卿。

【笺注】

①冰轮：指明月。明龚用卿《太常引·九月望日登东城楼》："冰轮正满，海天廖廓，皎洁望中盈。"

②碧落：青天。宋朱敦儒《临江仙》："玉轮飞碧落，银幕换层城。"

③那是：岂是、哪是。

又

　　明月多情应笑我①，笑我如今②。辜负春心③，独自闲行独自吟。近来怕说当时事，结遍兰襟④。月浅灯深，梦里云归何处寻⑤。

【笺注】

　　①明月多情应笑我：宋苏轼《念奴娇·赤壁怀古》："故国神游，多情应笑我，早生华发。"

　　②笑我如今：宋晏几道《采桑子》："莺花见尽当时事，应笑如今。一寸愁心。"

　　③春心：春景所引发的意兴或情怀，这里犹指男女间的情愫。《楚辞·招魂》："目极千里兮伤春心，魂兮归来哀江南。"王逸注："言湖泽博平，春时草短，望见千里，令人愁思而伤心也。"唐李商隐《无题》诗："春心莫与花争发，一寸相思一寸灰。"

　　④兰襟：芬芳的衣襟，喻红颜知己。宋晏几道《采桑子》："别来常记西楼事，结遍兰襟。遗恨重寻。弦断相如绿绮琴。"

　　⑤月浅灯深，梦里云归何处寻：宋晏几道《清平乐》："梦云归处难寻，微凉安如香襟。犹恨那回庭院，依前月浅灯深。"

又

　　拨灯书尽红笺也①，依旧无聊。玉漏迢迢②，梦里寒花隔玉箫③。

几竿修竹三更雨，叶叶萧萧。分付秋潮④，莫误双鱼到谢桥⑤。

【笺注】

①红笺：红色笺纸，多用以题写诗词或作名片等。原指薛涛笺。唐女诗人薛涛晚年寓居成都浣花溪，自制深红小彩笺写诗，时人称"薛涛笺"。唐李匡乂《资暇集》卷下："松花笺其来旧矣。元和初，薛陶尚斯色，而好制小诗，惜其幅大，不欲长，乃命匠人狭小之。蜀中才子既以为便，后减诸笺亦如是，特名曰'薛涛笺'。今蜀纸有小样者皆是也，非独松花一色。"宋晏殊《清平乐》："红笺小字，说尽平生意。"宋晏几道《浣溪沙》："绿酒细倾销别恨，红笺小写问归期。"

②玉漏：古时计时漏壶的美称。宋秦观《南歌子》三首之一："玉漏迢迢尽，银潢淡淡横。"

③寒花：寒冷时节开放的花，多指菊花、梅花等，这里代指心爱之女子。宋晏几道《留春令》："懊恼寒苑暂时香，与情浅、人相似。"唐司空曙《送王尊师归湖州》："金阙乍看迎日丽，玉箫遥听隔花微。"

④秋潮：明王彦泓《错认》："夜视可怜明似月，秋期只愿信如潮。"

⑤双鱼：古时把书信夹在一底一盖的鱼形木板内，常代指书信。唐代唐彦谦《寄台省知己》："久怀声籍甚，千里致双鱼。"

又

凉生露气湘弦润①，暗滴花梢。帘影谁摇，燕蹴风丝上柳条②。
舞鸥镜匣开频掩③，檀粉慵调④。朝泪如潮⑤，昨夜香衾觉梦遥。

【笺注】

①湘弦：即湘瑟。湘妃所弹之瑟，代指瑟这一弦乐器。唐孟郊《湘弦怨》："湘弦少知意，孤响空踟蹰。"

②蹴：踩，踏。宋秦观《满庭芳》："古台芳榭，飞燕蹴红英。"此句用宋欧阳修《浣溪沙》"柳丝摇曳燕飞忙"之意境。

③舞鹳：形似鹤，黄白色。《异苑》："犷山鸡爱其羽毛，映水则舞，魏武时南方献之。公子苍舒令置大镜前，鸡鉴形而舞，不知止，遂乏死。"镜匣：盛梳妆用品的匣子。其中装有可以支起来的镜子。

④檀粉：化妆用的香粉。宋贺铸《诉衷情》之二："半销檀粉睡痕新，背镜照樱唇。"

⑤如潮：极言眼泪之多。清董元恺《少年游·江楼秋怀和柳屯田韵》："眼泪如潮，枕痕似水，终夜尽情流。"

又

土花曾染湘娥黛①，铅泪难消②。清韵谁敲③，不是犀椎是凤翘④。只应长伴端溪紫⑤，割取秋潮⑥。鹦鹉偷教，方响前头见玉箫⑦。

【笺注】

①土花：器物表面长期受泥土剥蚀而留下的痕迹。唐李商隐《李夫人歌》之三："土花漠漠云茫茫，黄河欲尽天苍黄。"宋史达祖《玉蝴蝶》："土花庭甃，虫网阑干。"湘娥：舜妃娥皇和女英，此处泛指女子。黛：眉黛。

明末清初陶澂《浮湘》："湘娥染黛几千岁，朝暮只临明镜中。"

②铅泪：晶莹凝聚的眼泪。唐李贺《金洞仙人辞汉歌》："空将汉月出宫门，忆君清泪如铅水。"

③清韵：清雅和谐的声音或韵味。

④犀椎：犀槌。古代打击乐器方响中的犀角制小槌。唐苏鹗《杜阳杂编》卷中："（阿翘）俄遂进白玉方响，云本吴元济所与也，光明皎洁，可照十数步。言其犀槌，即响犀也，凡物有声，乃响应其中焉。"凤翘：妇女凤形首饰。宋周邦彦《南乡子·拨燕巢》："不道有人潜看着。从教，掉下鬒心与凤翘。"

⑤端溪：溪名，在广东省高要县东南，产砚石。制成者称端溪砚或端砚，为砚中上品，后即以"端溪"称砚台。端溪紫，为端砚中的佳品。宋文同《谢杨侍读惠端溪紫石砚》："语次座上物，砚有紫石英。云在岭使得，渠常美其评。"

⑥割取秋潮：割取，分割获取。秋潮，此处犹秋波、秋水。唐李商隐《房中曲》："枕是龙宫石，割得秋波色。"

⑦方响：古磬类打击乐器。创始于南朝梁，为隋唐燕乐中常用乐器。由十六枚大小相同、厚薄不一的长方铁片组成，分两排悬于架上。用小铁槌击奏，声音清浊不等。《渊监类函》卷四百二十一"鸟部"引《青林诗话》："蔡确贬新州，侍儿名琵琶者随之。有鹦鹉甚慧，公每叩响板，鹦鹉传呼琵琶。后卒，误触响板，鹦鹉犹呼不已。公快快不乐，有诗云：'鹦鹉言犹在，琵琶事已非。伤心瘴江水，同渡不同归。'"玉箫：人名。唐范摅《云溪友议》卷三载，传说唐韦皋未仕时，寓江夏姜使君门馆，与侍婢玉箫有情，约为夫妇。韦归省，愆期不至，箫绝食而卒。后玉箫转世，终为韦侍妾。这里代指已亡故的女子。

又

白衣裳凭朱阑立①，凉月趖西②。点鬓霜微③，岁晏知君归不归④？
残更目断传书雁⑤，尺素还稀⑥。一味相思，准拟相看似旧时⑦。

【笺注】

①白衣裳凭朱阑立：明王彦泓《寒词》："况复此宵兼雪月，白衣裳凭赤阑干。"

②趖（suō）：走，移动。

③点鬓霜微：宋晁补之《蓦山溪·和王定国朝散忆广陵》："吴霜点鬓，流落共天涯。"

④岁晏：一年将尽之时。唐温庭筠《题中南佛塔寺诗》："桂树芳阴在，还期负晏归。"

⑤残更：旧时将一夜分为五更，第五更时称残更。唐顾况《南归》："急雨江帆重，残更驿树深。"目断：犹望断，一直望到看不见。

⑥尺素：本指小幅的绢帛，古时多用来写信，后多代指书信。

⑦相看似旧时：宋晏几道《采桑子》："秋来更觉销魂苦，小字还稀。坐想行思，怎得相看似旧时。"

又

谢家庭院残更立①，燕宿雕梁②。月度银墙，不辨花丛那辨香③。

此情已自成追忆④，零落鸳鸯。雨歇微凉，十一年前梦一场。

【笺注】

①谢家：指闺房。唐温庭筠《更漏子》："香雾薄，透重幌，惆怅谢家池阁。"华钟彦注："唐李太尉德裕有妾谢秋娘，太尉以华屋贮之，眷之甚隆，词人因用其事，而称谢家。盖泛指金闺之意，不必泥于秋娘也。"宋晏殊《少年游》："谢家庭槛晓无尘。"

②燕宿雕梁：宋晏几道《少年游》："雕梁燕去，裁诗寄远，庭院旧风流。"

③不辨花丛那辨香：唐元稹《杂忆》："寒轻夜浅绕回廊，不辨花丛暗辨香。"明王彦泓《和孝仪看灯》："欲换明妆自忖量，莫教难认暗衣裳。忽然省得钟情句，不辨花丛却辨香。"

④此情已自成追忆：唐李商隐《锦瑟》："此情可待成追忆，只是当时已惘然。"

又

而今才道当时错①，心绪凄迷。红泪偷垂②，满眼春风百事非③。情知此后来无计，强说欢期④。一别如斯，落尽梨花月又西⑤。

【笺注】

①而今才道当时错：宋刘克庄《忆秦娥》："古来成败难描模，而今却悔当时错。"

②红泪：美人之泪。宋晏几道《醉落魄》："两行红泪尊前落。"

③满眼春风：唐李贺《三月》："东方风来满眼春。"又宋辛弃疾《破阵子·赠行》："少日满眼春风，而今秋夜辞柯。"

④欢期：欢聚的时日。宋晏几道《凤孤飞》："依前是、粉墙别馆，端的欢期应未晚。"

⑤落尽梨花：唐李贺《十二月乐辞·三月》："曲水飘香去不归，梨花落尽成秋苑。"又宋朱淑真《生查子》："不忍卷帘看，寂寞梨花落。"月又西：宋辛弃疾《江神子·和李能伯韵呈赵晋臣》："长夜笙歌还起问，谁放月，又西沉。"

又　居庸关

巂周声里严关岹①，匹马登登②。乱踏黄尘，听报邮签第几程③。行人莫话前朝事，风雨诸陵。寂寞鱼灯④，天寿山头冷月横⑤。

【笺注】

①巂（xī）周：巂，亦作"嶲"。本为燕的别名，亦用以称子规鸟，即杜鹃鸟。《尔雅·释鸟》"巂周"郭璞注："子巂鸟出蜀中。"

②登登：象声词，指马蹄声。金董解元《西厢记诸宫调》卷六："骑着瘦马儿圪登登的又上长安道。"

③邮签：驿馆驿船等夜间报时的更筹。宋方岳《次韵酬其又》："心事一鸥轻，邮签夜卜程。"

④鱼灯：即鱼烛，人鱼膏做的烛。《史记·秦始皇本纪》："葬始皇

郦山……以人鱼膏为烛，度不灭者久之。"南朝梁元帝萧绎《咏池中烛影诗》："鱼灯且灭烬，鹤焰暂停辉。"

⑤天寿：山名，在今北京昌平北，明代十三个皇帝的陵墓建于此。

*此词补遗自《纳兰词》，许增编，清光绪六年娱园刻本。

台城路　洗妆台怀古①

六宫佳丽谁曾见，层台尚临芳渚②。露脚斜飞③，虹腰欲断④，荷叶未收残雨。添妆何处。试问取雕笼⑤，雪衣分付⑥。一镜空蒙⑦，鸳鸯拂破白苹⑧去。

相传内家结束⑨，有帕装孤稳⑩，靴缝女古⑪。冷艳全消，苍苔玉匣⑫，翻出十眉遗谱⑬。人间朝暮。看胭粉亭西⑭，几堆尘土。只有花铃⑮，绾风深夜语。

【笺注】

①洗妆台：指金章宗为李宸妃所建之梳妆楼，在今北京北海琼华岛上。清高士奇《金鳌退食笔记》称为"广寒之殿"，今已不存。明王圻《稗史汇编·地理门·郡邑》："琼花岛梳妆台皆金故物也。……妆台则章宗所营，以备李妃行园而添妆者。"自注云："都人讹为萧太后梳妆楼。"作者以及同时代的文人雅士都误以为是辽萧太后梳妆楼。萧太后，即辽道宗懿德皇后萧观音，能诗善文，曾撰文劝谏辽道宗不可再沉湎田猎，写诗让丈夫回心转意。

②层台：重台，高台。《楚辞·招魂》："层台累榭，临高山些。"王

逸注："层、累，皆重也。"隋刘臻《河边古树诗》："奇树临芳渚，半死若龙门。"

③露脚：露滴。唐李贺《李凭箜篌引》："露脚斜飞湿寒兔。"又宋姜夔《自制曲·秋宵吟》："露脚斜飞云表。"

④虹腰：虹的中部。清毛先舒《前调·自快》："翠螺浮来，虹腰忽断，零落风情晚未收。"

⑤雕笼：指雕刻精致的鸟笼。三国魏祢衡《鹦鹉赋》："闭以雕笼，剪其翅羽。"又宋黄庭坚《两同心》："樽前见，玉槛雕笼，堪爱难亲。"

⑥雪衣：雪衣女这里指白色羽毛的鹦鹉。《太平广记》卷四六〇引唐胡璩《谭宾录·雪衣女》："天宝中，岭南献白鹦鹉，养之宫中。岁久，颇甚聪慧，洞晓言词，上及贵妃，皆呼为雪衣女。"前蜀贯休《还举人歌行卷》诗："古松直笔雷不折，雪衣女啄蟠桃缺。"分付：交付，寄意。

⑦一镜：指像一面明镜的平水，这里指太液池。

⑧白苹：水中浮草。

⑨内家：指皇宫，宫廷。结束：装束，打扮。

⑩孤稳：玉，古代契丹语的音译。《辽史·国语解》："孤稳，玉也。"辽王鼎《焚椒录》："宫中为（懿德皇后）语曰：'孤稳压帕女古鞢，菩萨唤作耨斡幺。'盖言以玉饰首，以金饰足，以观音作皇后也。"

⑪女古：黄金，契丹语音译。《辽史·营卫志上》："女古斡鲁朵，圣宗置。是为兴圣宫。金曰'女古'。"

⑫苍苔：青色苔藓。

⑬十眉：十眉图。十样不同的美女眉型画图。唐玄宗命画工绘制。明杨慎《丹铅续录·十眉图》："唐明皇令画工画十眉图。一曰鸳鸯眉，又名八字眉；二曰小山眉，又名远山眉；三曰五岳眉；四曰三峰眉；五曰垂珠眉；六曰月棱眉，又名却月眉；七曰分梢眉；八曰逐烟眉；九曰拂云眉，又名横烟眉；十曰倒晕眉。"

⑭胭粉：脂粉，借指妇女。

⑮花铃：指用以惊吓鸟雀的护花铃。五代王仁裕《开元天宝遗事·花上金铃》："至春时，于后园中纫红丝为绳，密缀金铃，系于花梢之上。每有鸟鹊翔集，则令园吏掣铃索以惊之，盖惜花之故也。"

又　上元

阑珊火树鱼龙舞①，望中宝钗楼远②。靺鞨余红③，琉璃剩碧④，待嘱花归缓缓⑤。寒轻漏浅。正乍敛烟霏，陨星如箭⑥。旧事惊心，一双莲影藕丝断⑦。

莫恨流年逝水，恨销残蝶粉⑧，韶光忒贱⑨。细语吹香，暗尘笼鬓，都逐晓风零乱⑩。阑干敲遍⑪。问帘底纤纤⑫，甚时重见？不解相思，月华今夜满⑬。

【笺注】

①火树：指用竿架装饰的焰火，比喻繁盛的灯火。唐苏味道《观灯》："火树银花合，星桥铁锁开。"鱼龙：指鱼形、龙形的灯。宋辛弃疾《青玉案·元夕》："凤箫声动，玉壶光转，一夜鱼龙舞。"

②宝钗楼：唐宋时咸阳酒楼名，这里泛指京城中的阁楼亭台。宋邵博《闻见后录》卷十九："予尝秋日饯客咸阳宝钗楼上，汉诸陵在晚照中，有歌此词者，一坐凄然而罢。"宋陆游《对酒》："但恨宝钗楼，胡沙隔咸阳。"自注："宝钗楼，咸阳旗亭也。"

③靺鞨：宝石名。即红玛瑙，色红，隐晶质，产靺鞨，故称。《旧唐

书·肃宗纪》：“楚州刺史崔侁献定国宝玉十三枚……七曰红靺鞨，大如巨栗，赤如樱桃。”

④琉璃：一种有色半透明的玉石。《后汉书·西域传·大秦》：“土多金银奇宝、有夜光璧、明月珠、骇鸡犀、珊瑚、虎魄（即琥珀）、琉璃、琅玕、朱丹、青碧。”

⑤待嘱花归缓缓：吴越王钱镠的爱妃每到春天都会回临安河亲。一年，钱镠坐在大殿上，思念爱妃，写信道：“陌上花开，可缓缓归矣。”宋姜夔《鹧鸪天·正月十一日观灯》：“沙河塘上春寒浅，看了游人缓缓归。”

⑥陨星：绚烂的烟花。宋辛弃疾《青玉案·元夕》：“东风夜放花千树，更吹落、星如雨。”

⑦藕丝：莲藕折断，藕丝相连，喻男女情意绵绵。宋晏殊《渔家傲》：“一把藕丝牵不断。”

⑧蝶粉：唐人官妆。唐李商隐《酬崔八早梅有赠兼示之作》：“何处拂胸资蝶粉，几时涂额藉蜂黄。”冯浩笺注：“按：《野客丛书》引《草堂诗余注》：蝶粉蜂黄，唐人官妆也。且引此联以证之。然粉面额黄，岂始唐时哉？”

⑨韶光：春光。明汤显祖《牡丹亭·惊梦》：“雨丝风片，烟波画船，锦屏人忒看的这韶光贱。”

⑩晓风零乱：明末清初陈子龙《前调》：“冰心寂寞难禁，早被晓风零乱又春深。”又顾贞观《忘梅·中秋》：“怕珮声、钗影俱逐，晓风零乱。”

⑪阑干敲遍：宋欧阳修《踏莎行》：“阑干敲遍不应人，分明帘下闻裁剪。”又宋周邦彦《感皇恩》：“绮窗依旧，敲遍阑干谁应。”

⑫帘底纤纤：帘底露出女子的纤足，这里代指女子。宋辛弃疾《念奴娇》：“闻道绮陌东头，行人曾见，帘底纤纤月。”

⑬月华：月光，月色。唐陆龟蒙《赠远》：“怨生泣西风，秋窗月华满。”

又　塞外七夕

　　白狼河北秋偏早[①]，星桥又迎河鼓[②]。清漏频移[③]，微云欲湿，正是金风玉露[④]。两眉愁聚[⑤]，待归踏榆花[⑥]，那时才诉。只恐重逢，明明相视更无语。

　　人间别离无数，向瓜果筵前[⑦]，碧天凝伫。连理千花[⑧]，相思一叶[⑨]，毕竟随风何处。羁栖良苦。算未抵空房，冷香啼曙[⑩]。今夜天孙[⑪]，笑人愁似许。

【笺注】

　　①白狼河：《水经注疏》卷十四："辽水右会白狼水。"白狼河，即大凌河。白狼河北，泛指广大塞外边地。唐沈佺期《独不见》："白狼河北音书断，丹凤城南秋夜长。"

　　②星桥：神话中的鹊桥。河鼓：星名。属牛宿，在牵牛之北。《史记·天官书》："牵牛为牺牲。其北河鼓，河鼓大星，上将；左右，左右将。"宋欧阳修《渔家傲》："河鼓无言西北盼，香娥有恨东南远。脉脉横波珠泪满。归心乱，离肠便逐星桥断。"

　　③清漏：清晰的滴漏声。古代以漏壶滴漏计时。

　　④金风玉露：秋风和白露，以之借指秋天。唐李商隐《辛未七夕》："由来碧落银河畔，可要金风玉露时。清漏渐移相望久，微云未接过来迟。"

　　⑤两眉愁聚：宋晏殊《浣溪沙》："月好谩成孤枕梦，酒阑空得两眉愁。"又宋柳永《甘草子》之二："聚两眉离恨。"

　　⑥榆花：俗称榆钱。唐曹唐《织女怀牛郎》："欲将心就仙郎说，借问榆花早晚秋。"

⑦瓜果筵：南朝梁宗懔《荆楚岁时记》："七月七日为牵牛织女聚会之夜。是夕，人家妇女结彩缕，穿七孔针（旧俗七夕妇女穿针乞巧所用的针），或以金银鍮石为针，陈瓜果于庭中以乞巧，有喜子（一种小蜘蛛）网于瓜上则以为符应。"

⑧连理：异根草木，枝干连生。喻结为夫妇或男女欢爱。唐白居易《长恨歌》："七月七日长生殿，夜半无人私语时。在天愿作比翼鸟，在地愿为连理枝。"千花：唐皇甫松《竹枝》："木棉花尽荔枝垂，千花万花待郎归。"

⑨相思一叶：唐李白《长相思》："相思黄叶落。"又宋晏殊《采桑子》："林间摘遍双双叶，寄于相思。"

⑩冷香：清香的花或花的清香。此处借指妇女。

⑪天孙：即织女星。《史记·天官书》："河鼓大星，……其北织女。织女者，天孙也。"宋苏轼《菩萨蛮·新月》："遥认玉帘钩，天孙梳洗楼。"

玉连环影

何处，几叶萧萧雨①。湿尽檐花②，花底人无语。掩屏山③，玉炉寒④，谁见两眉愁聚倚阑干⑤。

【笺注】

①几叶萧萧雨：宋晏殊《踏莎行》："高楼目尽欲黄昏，梧桐叶上潇潇雨。"

②檐花：靠近屋檐下边开的花。唐杜甫《醉时歌》："清夜沉沉动春酌，灯前细雨檐花落。"赵次公注："檐花近乎檐边之花也。学者不知所出，或

以檐雨之细如水，或遂以檐花为檐雨之名。故特为详之。"

③屏山：此处指屏风。唐温庭筠《菩萨蛮》："无言匀睡脸，枕上屏山掩。"

④玉炉：熏炉的美称。五代蜀顾夐《虞美人》："翠帏香粉玉炉寒。"

⑤两眉愁聚倚阑干：宋柳永《歇指调·祭天神》："听空阶和漏，碎声斗滴愁眉聚。"五代南唐李煜《捣练子》："云鬓乱，晚妆残。带恨眉儿远岫攒。斜托香腮春笋嫩，为谁和泪倚阑干。"

又

才睡，愁压衾花碎①。细数更筹②，眼看银虫坠③。梦难凭，讯难真，只是赚伊终日两眉颦④。

【笺注】

①衾花：指织印在被子上的花卉图案。

②更筹：古代夜间报更用的计时竹签。南朝梁庾肩吾《奉和春夜应令》："烧香知夜漏，刻烛验更筹。"这里借指时间。宋晁端礼《金盏子》："遥夜枕冷衾寒，数更筹无寐。"

③银虫：蠹鱼的俗称，这里用来喻指灯花。

④赚：赚得，赢得。颦：攒眉。宋柳永《浪淘沙令》："应是西施娇困也，眉黛双颦。"

*此词补遗自《纳兰词》，许增编，清光绪六年娱园刻本。

又 雪

　　密洒征鞍无数①，冥迷远树②。乱山重叠杳难分，似五里、蒙蒙雾。

　　惆怅琐窗深处③，湿花轻絮④。当时悠扬得人怜⑤，也都是、浓香助。

【笺注】

　　①征鞍：犹征马。指旅行者所乘的马。

　　②冥迷：阴暗迷茫。唐杜牧《阿房宫赋》："高低冥迷，不知西东。"

　　③琐窗：镂刻有连琐图案的窗棂。清毛媞《丑奴儿令·春闺》："锁窗深处无人见，别是幽清。"

　　④湿花：指雪花。北周庾信《同颜大夫初晴诗》："湿花飞未远，阴云敛向低。"

　　⑤悠扬：飘扬，飞扬。

谒金门

　　风丝袅①，水浸碧天清晓②。一镜湿云青未了③，雨晴春草草④。

　　梦里轻螺谁扫⑤？帘外落花红小⑥。独睡起来情悄悄，寄愁何处好？

【笺注】

①风丝：指微风。袅：微风吹拂。

②水浸碧天：宋欧阳修《蝶恋花》："水浸碧天风皱浪。"清晓：天微微亮时。宋晏殊《迎春乐》："被啼莺语燕催清晓。"

③青未了：谓秀发青丝茂美。唐杜甫《望岳》："岱宗夫如何，齐鲁青未了。"

④草草：忧心的样子。《诗经·小雅·巷伯》："骄人好好，劳人草草。"

⑤轻螺：指淡淡的黛眉。

⑥帘外落花：唐温庭筠《春晓曲》："笼中娇鸟暖犹睡，帘外落花闲不扫。"红小：宋晏几道《临江仙》："绿娇红小正堪怜。"

四和香

麦浪翻晴风飐柳①，已过伤春候②。因甚为他成僝僽③，毕竟是春迟逗④。

红药阑边携素手⑤，暖语浓于酒。盼到园花铺似绣，却更比春前瘦。

【笺注】

①麦浪翻晴：清顾贞观《东风第一枝·用史梅溪韵》："麦浪翻晴，柳烟吹暮，可怜时候新暖。"风飐（zhǎn）柳：风吹柳条颤动。

②伤春：因春天到来而引起忧伤、苦闷。候：时节。

③愀（chán）愗（zhòu）：烦恼，愁苦。

④迤逗：挑逗，引诱。

⑤红药：芍药花。宋欧阳修《醉蓬莱》："红药阑边，恼不教伊过。"
又宋赵长卿《长相思·春浓》："药栏东，药栏西。记得当时素手携。"

海棠月　瓶梅

重檐淡月浑如水，浸寒香一片小窗里①。双鱼冻合②，似曾
伴个人无寐。横眸处③，索笑而今已矣④。

与谁更拥灯前髻⑤，乍横斜疏影疑飞坠⑥。铜瓶小注⑦，休教
近麝炉烟气⑧。酬伊也，几点夜深清泪。

【笺注】

①寒香：清冽的香气，形容梅花的香气。宋秦观《满庭芳·赏梅》："休
道寒香较晚，芳丛里、便觉孤高。"

②双鱼：这里指双鱼形的盥洗器皿。宋张元幹《夜游宫》："半吐寒梅
未拆，双鱼洗、病渐初结。"

③横眸：流动的眼神。隋卢思道《日出东南隅行》："深情出艳语，密
意满横眸。"

④索笑：犹逗乐，取笑。宋陆游《梅花》："不愁索笑无多子，惟恨相
思太瘦生。"

⑤拥灯前髻：汉伶玄《赵飞燕外传》附《伶玄自叙》："通德（伶玄
之妾，曾为汉成帝宫中婢女）占袖，顾视烛影，以用拥髻，凄然泣下，不胜

其悲。"拥髻,灯下以手拥捧发髻,有说旧事生悲慨之意。宋朱敦儒《浣溪沙》:"拥髻凄凉论旧事,曾随织女度银梭。"明王彦泓《予怀》:"何年却话当年恨,拥髻灯边侍子于。"

⑥横斜、疏影:宋《山园小梅》:"疏影横斜水清浅,暗香浮动月黄昏。"

⑦小注:注水用的器皿。宋刘过《沁园春·赠王禹锡》:"自注铜瓶,做梅花供尊前树枝。"

⑧麝炉烟气:焚麝香散发出的烟气。古人认为麝香不宜于花,瓶中梅花自然要远离麝炉烟气。明王彦泓《寒词》:"终是护花心意切,倩郎移过镜函边。"自注:"瓶花畏香,故嫌相逼。"

金菊对芙蓉　上元①

金鸭消香②,银虬泻水③,谁家夜笛飞声?正上林雪霁④,鸳甃晶莹⑤、鱼龙舞罢香车杳⑥,剩尊前袖掩吴绫⑦。狂游似梦⑧,而今空记,密约烧灯⑨。

追念往事难凭。叹火树星桥,回首飘零。但九逵烟月⑩,依旧笼明。楚天一带惊烽火,问今宵可照江城⑪?小窗残酒,阑珊灯灺⑫,别自关情。

【笺注】

①上元:节日名。俗以农历正月十五日为上元节,亦称元宵节。康熙十八年(1679)秋,词人好友张纯修离京赴任湖南江华县。此词原作于康熙十九年正月,《瑶华集》存其初稿。"楚天"以下数句作"锦江烽火连

三月，与蟾光、同照神京"，及至同年四月二十一日，词人寄张纯修，改动若干字句。

②金鸭：一种镀金的鸭形铜香炉。宋晏殊《诉衷情》："榴花寿酒，金鸭炉香，岁岁长新。"

③银虬：漏壶底部的银质流水龙头。唐王维《送张舍人佐江州同薛据十韵》："清晨听银虬，薄暮辞金马。"

④上林：古宫苑名。秦旧苑，汉初荒废，至汉武帝时重新扩建。《三辅黄图·苑囿》："汉上林苑，即秦之旧苑也。"这里代指清宫苑。

⑤鸳甃（zhòu）：用对称的砖瓦砌成的井壁，此处借指井。

⑥鱼龙：鱼形、龙形的灯。香车：对女性所乘坐的装饰华美车子的美称。宋辛弃疾《青玉案·元夕》："宝马雕车香满路。凤箫声动，玉壶光转，一夜鱼龙舞。"

⑦吴绫：古代吴地所产的一种丝织品，有纹彩，又轻又薄。宋周紫芝《菩萨蛮》："粉汗湿吴绫，玉钗敲枕棱。"

⑧狂游：纵情游逛。

⑨烧灯：指元宵节。宋晏几道《生查子》："心情剪彩慵，时节烧灯近。"

⑩九逵：四通八达的大道。《三辅黄图·都城十二门》："长安城面三门，四面十二门，皆通达九逵，以相经纬。"后多指京城的大路。南朝梁吴均《古意七首》之三："西都盛冠盖，九逵尘雾塞。"

⑪江城：临江之城市、城郭，这里指湖南江华县城。

⑫灯炧（xiè）：谓灯烛将熄。清吴伟业《萧史青门曲》："花落回头往是非，更残灯炧泪沾衣。"

纳兰词全编新注

点绛唇^①

一种蛾眉^②，下弦不似初弦好^③。庾郎未老^④，何事伤心早？
素壁斜辉^⑤，竹影横窗扫^⑥。空房悄，乌啼欲晓，又下西楼了。

【笺注】

①汪元治编道光十二年结铁网斋刊刻的《纳兰词》有副题"对月"。

②蛾眉：指蛾眉月。月初或月末的一种月相，因形似蛾眉，故称。

③下弦：农历每月的二十二或二十三日，此时的月相称为下弦。初弦：
农历每月的初七或初八，此时月如弓弦，故称。

④庾郎：指北周诗人庾信。庾信奉命出使北朝的西魏被留，不得回归故
土，暮年文风萧瑟哀戚，又有豪健雄浑之气。唐杜甫《戏为六绝句》："庾
信文章老更成，凌云健笔意纵横。"。这里借指多愁善感之诗人。

⑤素壁：白色的墙壁、山壁、石壁。

⑥竹影横窗扫：宋杨万里《雨晴得毗陵故旧书》："日与山光弄秋色，
风将竹影扫窗尘。"

卷

一

又　咏风兰^①

别样幽芬，更无浓艳催开处。凌波欲去^②，且为东风住。
忒煞萧疏^③，争奈秋如许。还留取，冷香半缕，第一湘江雨^④。

【笺注】

①风兰：一种兰花，夏开白色花，因喜欢在通风、湿度高的地方生长而得名。古代士人喜欢把它吊置于屋檐下谈论风流，亦称"轩兰"。这首作品在张纯修（字子敏，号见阳）刻本中有副题：题见阳画兰。清曹寅《墨兰歌·序》："见阳每画兰，必书容若词。"

②凌波：在水上行走。三国魏曹植《洛神赋》："凌波微步，罗袜生尘。"

③忒煞：太，过分。

④第一湘江雨：张纯修其时在湖南江华县为官，故有湘江雨之称。第一，乃赞誉之意。清曹寅《墨兰歌》："潇湘第一岂凡情，别样萧疏墨有声。可怜侧帽楼中客，不再董炉烟外听。"

又　寄南海梁药亭①

一帽征尘②，留君不住从君去③。片帆何处，南浦沉香雨④。回首风流，紫竹村边住。孤鸿语，三生定许，可是梁鸿侣⑤。

【笺注】

①梁药亭：梁佩兰，清初著名诗人，字芝五，号药亭，别号柴翁。

②征尘：指旅途中所染的灰尘，含有劳碌辛苦之意。

③留君不住从君去：宋苏轼《江神子·冬景》："雪意留君君不住，从此去，少清欢。"又宋蔡伸《踏莎行》："百计留君，留君不住。留君不住君须去。望君频问梦中来，免教肠断巫山雨。"

④南浦：南面的水边，后常用称送别之地。《楚辞·九歌·河伯》："子交手兮东行，送美人兮南浦。"沉香：沉香浦，在今广东南海琵琶洲。《晋书·良吏传》载，广州刺史吴隐之发现妻子刘氏藏了一斤沉香，便把沉香投入水中，因此得名。

⑤梁鸿侣：东汉梁鸿与妻孟光相敬如宾，这里喻指夫妇志同道合，生活美满。《后汉书·逸民传》："梁鸿，字伯鸾，扶风平陵人也。……势家慕其高节，多欲女之；鸿并绝不娶。同县孟氏有女，状肥丑而黑，力举石臼，择对不嫁，至年三十。父母问其故。女曰："欲得贤如梁伯鸾者。"鸿闻而聘之。女求作布衣、麻屦，织作筐、缉绩之具。及嫁，始以装饰入门。……妻曰："以观夫子之志耳。妾自有隐居之服。"乃更为椎髻布衣，操作而前。鸿大喜曰："此真梁鸿妻也。能奉我矣！"字之曰德曜，名孟光。……乃共入霸陵山中，以耕织为业，咏《诗》《书》，弹琴以自娱。后至吴，依大家皋伯通，居庑下，为人赁春。每归，妻为具食；不敢于鸿前仰视，举案齐眉。"

又　黄花城早望①

五夜光寒②，照来积雪平于栈。西风何限，自起披衣看。对此茫茫③，不觉成长叹。何时旦④，晓星欲散⑤，飞起平沙雁⑥。

【笺注】

①黄花城：古代关口，在今北京怀柔北长城内侧。

②五夜：指戊夜，即第五更。

③对此茫茫：《世说新语·言语》："卫洗马初欲渡江，形神惨悴，语左右云：'见此芒芒，不觉百端交集。苟未免有情，亦复谁能遣此！'"

④旦：天亮。南朝宋裴骃《史记集解》引应劭之语有宁戚《饭牛歌》："从昏饭牛薄夜半，长夜漫漫何时旦。"又宋贺铸《秋风叹·燕瑶池》："长宵半，参旗烂烂，何时旦。"

⑤晓星：拂晓的星星。唐李商隐《嫦娥》："云母屏风烛影深，长河渐落晓星沉。"

⑥平沙：指广阔的沙原。宋陈亮《渔家傲·重阳日作》："漠漠平沙初落雁，黄花浊酒情何限。"

又

小院新凉，晚来顿觉罗衫薄①。不成孤酌，形影空酬酢②。萧寺怜君③，别绪应萧索④。西风恶⑤，夕阳吹角⑥，一阵槐花落。

【笺注】

①顿觉罗衫薄：宋仇远《忆秦娥》："秋乍觉，露凉顿觉罗衾薄。"

②酬酢：主客相互敬酒，主敬客称酬，客还敬称酢。形与影相互敬酒，谓独自一人。

③萧寺：唐李肇《唐国史补》卷中："梁武帝造寺，令萧子云飞白大书'萧'字，至今一'萧'字存焉。"后因称佛寺为萧寺。

④萧索：萧条冷落，凄凉。宋柳永《尾犯》："夜雨滴空阶，孤馆梦回，情绪萧索。"

⑤西风恶：宋黄机《忆秦娥》："秋萧索，梧桐落尽西风恶。西风恶，

数声新雁，数声残角。”

⑥夕阳吹角：宋陆游《浣溪沙·和无咎韵》："夕阳吹角最关情。"

浣溪沙

消息谁传到拒霜①？两行斜雁碧天长，晚秋风景倍凄凉。
银蒜押帘人寂寂②，玉钗敲竹信茫茫③。黄花开也近重阳④。

【笺注】

①拒霜：花名，木芙蓉的别称。冬凋夏茂，仲秋开花，耐寒不落，故名。宋代宋祁《益都方物略记》："添色拒霜花，生彭、汉、蜀州，花常多叶，始开白色，明日稍红，又明日则若桃花然。"

②银蒜：银质蒜头形帘坠，用以压帘幕。寂寂：孤单，冷落。宋苏轼《哨遍·春词》："睡起画堂，银蒜押帘，珠幕云垂地。"

③玉钗敲竹：击节高吟，为唐宋歌吟的习俗。以玉制的钗敲击修竹，说明击节者乃一名女性。唐高适《听张立本女吟》："危冠广袖楚宫妆，独步闲庭逐夜凉。自把玉钗敲砌竹，清歌一曲月如霜。"明王彦泓《即事》："玉钗敲竹立旁皇，孤负楼心几夜凉。"茫茫：遥远。

④近重阳：重阳，节令名，阴历九月初九日，故曰重阳。宋晏几道《蝶恋花》："金菊开时，已近重阳宴。"

又

雨歇梧桐泪乍收，遣怀翻自忆从头，摘花销恨旧风流①。
帘影碧桃人已去，屧痕苍藓径空留②。两眉何处月如钩③？

【笺注】

①摘花销恨：五代王仁裕《开元天宝遗事·销恨花》："明皇于禁苑中，初，有千叶桃盛开，帝与贵妃日逐宴于树下。帝曰'不独萱草忘忧，此花亦能销恨。'"宋赵长卿《虞美人·深春》："碧桃银恨犹堪爱，妃子今何在。"

②屧（xiè）痕苍藓：木屐在苍苔上留下痕迹。宋张先《御街行》："绿苔深径少人行，苔上屐痕无数。"

③两眉何处月如钩：南朝陈后主《三妇艳诗》："小妇初妆点。回眉对月钩。"五代南唐李煜《乌夜啼》："无言独上西楼，月如钩。"

又

欲问江梅瘦几分，只看愁损翠罗裙①，麝篝衾冷惜余熏②。
可耐暮寒长倚竹③，便教春好不开门。枇杷花底校书人④。

【笺注】

①翠罗裙：宋孔夷《南浦·旅怀》："故园梅花归梦，愁损绿罗裙。"

②麝篝：燃麝香的熏笼。余熏：犹馀香。

③可耐：可奈。宋晁端礼《菩萨蛮》："风雨夜来多，春寒可奈何。"宋高观国《金人捧露盘·梅花》："天寒翠袖，可怜是，倚竹依依。"

④校书：古代掌校理典籍的官员。汉有校书郎中，三国魏始置秘书校书郎，隋、唐等都设此官，属秘书省。唐胡曾《赠薛涛》："万里桥边女校书，枇杷花下闭门居。"薛涛，蜀中能诗文的名妓，时称女校书。后因以"女校书"为妓女的雅称。

又

泪浥红笺第几行①，唤人娇鸟怕开窗②，那能闲过好时光。屏障厌看金碧画③，罗衣不奈水沈香④。遍翻眉谱只寻常。

【笺注】

①泪浥：沾湿。宋张先《更漏子》："彩笺疏，红粉泪，两心知。"宋欧阳修《洞仙歌令》："未写了，泪成行，早满香笺。"宋晏几道《蝶恋花》："欲写彩笺书别怨，泪痕早已先书满。"

②唤人娇鸟：宋王安石《午枕》："窥人鸟唤悠扬梦，隔水山供宛转愁。"

③屏障：屏风。唐杜甫《韦讽寻事宅观曹将军画马图歌》："贵戚牧门得笔迹，始觉屏障生光辉。"金碧：指国画颜料中的泥金、石青和石绿。

④沈香：亦作"沉香"，香木名，又名"伽南香"或"奇南香"。晋嵇含《南方草木状·蜜香沉香》："交趾有蜜香，树干似柜柳，其花白而繁，其叶如橘。欲取香伐之，经年，其根干枝叶，各有别色也。木心与节坚黑，

沉水者为沉香。"宋晏几道《诉衷肠》："长因蕙草记罗裙，绿腰沉水熏。"

又

残雪凝辉冷画屏①，落梅横笛已三更②，更无人处月胧明③。
我是人间惆怅客，知君何事泪纵横④。断肠声里忆平生⑤。

【笺注】

①冷画屏：唐杜牧《秋夕》："银烛秋光冷画屏，轻罗小扇扑流萤。"

②落梅：即《梅花落》，古笛曲名。唐李白《司马将军歌》："羌笛横
吹阿嚲回，向月楼中吹落梅。"

③胧明：微明。

④泪纵横：辛弃疾《江神子·和人韵》："月胧明，泪纵横。"

⑤断肠声里：宋晏殊《点绛唇》："炉烟起，断肠声里，敛尽双蛾翠。"
忆平生：宋辛弃疾《和人韵》："忆平生，若为情。试取灵槎，归路问君平。"

又

睡起惺惚强自支①，绿倾蝉鬓下帘时②，夜来愁损小腰肢③。
远信不归空伫望，幽期细数却参差④。更兼何事耐寻思。

纳兰词全编新注

【笺注】

①惺惚：惚，同"鬆"。惺惚，犹惺忪，清醒。宋周邦彦《浣溪沙》"起来娇眼未惺惚。"强自支：勉强支撑。

②蝉鬓：古时妇女的一种发式，两鬓薄如蝉翼，故称。南朝梁元帝《登颜园故阁》："妆成理蝉鬓，笑罢敛蛾眉。"

③夜来：一语双关，既表时间，又是古时美女之名，即魏文帝爱妾薛灵芸的别名。晋王嘉《拾遗记·魏》："文帝所爱美人，姓薛名灵芸，常山人也……灵芸未至京师十里，帝乘雕玉之辇，以望车徒之盛，嗟曰：'昔者言"朝为行云，暮为行雨"，今非云非雨，非朝非暮。'改灵芸之名曰夜来……夜来妙于针工，虽处于深帷之内，不用灯烛之光，裁制立成。非夜来缝制，帝则不服。宫中号为'针神'也。"小腰肢：唐韦庄《天仙子》："露桃宫里小腰肢。眉眼细，鬓云垂。"

④幽期：指男女间的幽会。参差：蹉跎，错过。宋秦观《水龙吟》："怅佳期，参差难又。"

<h1 style="text-align:center">又</h1>

十里湖光载酒游，青帘低映白蘋洲①，西风听彻采菱讴②。
沙岸有时双袖拥，画船何处一竿收？归来无语晚妆楼。

【笺注】

①白蘋洲：长满白色蘋花的沙洲。唐温庭筠《梦江南》："斜晖脉脉水

悠悠，断肠白苹洲。"

②采菱：古代歌曲名。《楚辞·招魂》："《涉江》《采菱》，发《扬荷》些。"王逸注："楚人歌曲也。"

又

脂粉塘空遍绿苔①，掠泥营垒燕相催②，妒他飞去却飞回。一骑近从梅里过③，片帆遥自藕溪来。博山香炉未全灰④。

【笺注】

①脂粉塘：溪名，传说中为春秋时西施浴处。《太平御览》卷九八一引南朝梁任昉《述异记》："吴故宫有香水溪，俗云西施浴处，又呼为脂粉塘。吴王宫人濯妆于此溪上源，至今馨香。"

②营垒：筑巢。

③梅里：江南地名，传说为吴国始祖太伯的居处。

④博山：博山炉的简称，因炉盖上的造型似传闻中的海中名山博山而得名。一说象华山，因秦昭王与天神博于此，故名。后作为名贵香炉的代称。《西京杂记》卷一："长安巧工丁缓者……又作九层博山香炉，镂为奇禽怪兽，穷诸灵异，皆自然运动。"宋晏殊《望仙门》："博山炉暖泛浓香。"

又

五月江南麦已稀，黄梅时节雨霏微①，闲看燕子教雏飞②。
一水浓阴如罨画③，数峰无恙又晴晖。湔裙谁独上渔矶④？

【笺注】

①霏微：蒙蒙细雨飘洒状。宋晏几道《好女儿》："梅子青时，尽无端，尽日东风恶，更霏微细雨，恼人离恨，满路春泥。"

②闲看燕子教雏飞：宋辛弃疾《添字浣溪沙》："日日闲看燕子飞，旧巢新垒画帘低。"

③罨画：色彩鲜明的绘画。明杨慎《丹铅总录·订讹·罨画》："画家有罨画，杂彩色画也。"多用以形容自然景物或建筑物等的艳丽多姿。

④湔（jiān）裙：洗裙。旧俗，上巳节妇女相约至水畔洗衣，以除晦气。男女常常于湔裙时相约。宋晏几道《木兰花》："湔裙曲水曾相遇，挽断罗巾容易去。"渔矶：可供垂钓的水边岩石。宋陆游《一落索》："雨蓑烟笠傍渔矶，应不是、封侯相。"

又　西郊冯氏园看海棠，因忆香岩词有感①

谁道飘零不可怜，旧游时节好花天，断肠人去自今年②。
一片晕红才著雨③，几丝柔绿乍和烟④，倩魂销尽夕阳前⑤。

①西郊冯氏园：原为明朝万历年间大太监冯保在阜成门外的园子，清代以海棠花知名，是文人雅士玩赏之处。香岩：龚鼎孳，字孝升，号芝麓，与钱谦益、吴伟合称为"江左三大家"。词集初题为《香岩词》。龚鼎孳曾做过康熙十二年（1673）会试主考官，词人出其门下。

②断肠人去自今年：谓龚鼎孳之死。龚氏死于康熙十二年（1673）九月。

③晕红：中心浓而四周渐淡的一团红色，写海棠花色。著雨：古语有"海棠著雨透胭脂"之说。明钱毂《柳梢青·春望》："黄鸣啼晴，海棠著雨，无限留连。"

④和：合。宋杜安世《行香子》："寒食下，半和雨，半和烟。"宋贺铸《夜游宫》："江南岸、草和烟绿。"

⑤倩魂销尽夕阳前：宋姜夔《浣溪沙》："销魂都在夕阳中。"

又　咏五更和湘真韵①

微晕娇花湿欲流，簟纹灯影一生愁②，梦回疑在远山楼③。
残月暗窥金屈戍④，软风徐荡玉帘钩。待听邻女唤梳头。

【笺注】

①湘真：明清之际的陈子龙，字卧子、人中，号大樽、海士，南直隶松江华亭（今上海松江）人，有词集名"湘真"。陈子龙的词开启清词振兴的局面，二十世纪词学大家龙榆生评曰："卧子英年殉国，大节凛然，

而所作词，婉丽绵密，韵格在淮海（秦观）、漱玉（李清照）间，尤为当行本色。"

②簟纹：席纹。宋辛弃疾《御街行·无题》："纱橱如雾，簟纹如水，别有生凉处。"灯影：灯光下的人影。宋周邦彦《虞美人·正宫》之二："又是一窗灯影、两人愁。"

③远山楼：明汤显祖《紫钗记》第四十出"开笺泣玉"："无事爱娇嗔，没伊边少个人。当初拟画屏深宠，又谁知生暗尘？他独自个易黄昏，将咱身心想伊情分。则他远山楼上费精神，旧模样直恁翠眉攒。"远山楼为女子思念在外为官的丈夫的所在，这里代指女子的居处。明王彦泓《梦游十二首》之十二："绣被鄂君仍眺赏，蓬窗新署远山楼。"

④屈戌：即屈戌。门窗、屏风、橱柜等的环纽、搭扣。明陶宗仪《辍耕录·屈戌》："今人家窗户设铰具，或铁或铜，名曰环纽，即古金铺之遗意，北方谓之屈戌，其称甚古。"

又

伏雨朝寒愁不胜①，那能还傍杏花行，去年高摘斗轻盈。
漫惹炉烟双袖紫，空将酒晕一衫青②。人间何处问多情。

【笺注】

①伏雨：指连绵不断的雨。唐杜甫《秋雨叹》诗之二："阑风伏雨秋纷纷，四海八荒同一云。"仇兆鳌注引赵子栎曰："阑珊之风，沉伏之雨，言其风雨之不已也。"

②酒晕：饮酒后脸上泛起的红晕。宋赵长卿《西江月·夏日有感》："有恨眉尖皱碧，多情酒晕生红。"

浣溪沙

酒醒香销愁不胜，如何更向落花行？去年高摘斗轻盈①。
夜雨几番销瘦了，繁华如梦总无凭②。人间何处问多情。

【笺注】

①高摘：摘高处的花朵。轻盈：多形容女子体态之纤柔、轻快。唐李白《相逢行》："下车何轻盈，飘然似落梅。"

②繁华如梦：宋林景熙《西湖》："繁华已如梦，登览忽成尘。"总无凭：总是没根据。宋欧阳修《燕归梁》："而今前事总无凭，空赢得、瘦棱棱。"

*此词补遗自《纳兰词补遗》，王云五主编，万有文库第二集。此首作品与《浣溪沙·伏雨朝寒愁不胜》字句词文构思大略相同，故暂附录于此。

又

五字诗中目乍成①，尽教残福折书生②，手揉裙带那时情③。
别后心期和梦杳，年来憔悴与愁并。夕阳依旧小窗明④。

【笺注】

①五字诗：即五言诗。目乍成：屈原《九歌·少司命》："满堂兮美人，忽与余兮目成。"目成，男女之间睨而相视，终相亲定情。明王彦泓《有赠》："矜严时已逗风情，五字诗中目乍成。"

②尽教残福折书生：明王彦泓《梦游十二首》之四："相对只消香共茗，半宵残福折书生。"

③挼（ruó）：揉搓。五代薛绍蕴《小重山》："手挼裙带绕阶行。思君切，罗幌暗尘生。"

④夕阳依旧小窗明：南朝陈后主《小窗诗》："夕阳如有意，偏傍小窗明。"五代前蜀顾夐《临江仙》："蝉吟人静，残日傍，小窗明。"

又

欲寄愁心朔雁边[①]，西风浊酒惨离颜[②]，黄花时节碧云天[③]。古戍烽烟迷斥堠[④]，夕阳村落解鞍鞯[⑤]。不知征战几人还[⑥]？

【笺注】

①欲寄愁心：唐李白《王昌龄左前龙标遥寄》："我寄愁心语明月，随风直到夜郎西。"雁边：泛指北方边境。元萨都剌《梦登高山得诗》："万壑泉声松外去，数行秋色雁边来。"

②浊酒：用糯米、黄米等酿制的酒，较混浊。离颜：离别时的惆怅表情。唐温庭筠《宋人东游》："何当重相见，樽酒慰离颜。"

③碧云天：元王实甫《西厢记》第十五出"长亭送别"："碧云天，黄叶地，西风紧，北雁南飞。"

④古戍：边疆古老的城堡、营垒。斥堠（ruó）：侦察；候望。《史记·李将军列传》："然亦远斥候，未尝遇害。"司马贞索隐："许慎注《淮南子》云：'斥，度也。候，视也，望也。'"

⑤鞍鞯（jiān）：鞍子和托鞍的垫子。《木兰诗》："东市买骏马，西市买鞍鞯。"

⑥征战几人还：唐王翰《凉州词》："醉卧沙场君莫笑，古来征战几人回。"

又

记绾长条欲别难①，盈盈自此隔银湾②，便无风雪也摧残。
青雀几时裁锦字③，玉虫连夜剪春幡④，不禁辛苦况相关。

【笺注】

①绾（wǎn）：系结。《汉书·周勃传》："绛侯绾皇帝玺，将兵于北军，不以此时反，今居一小县，顾欲反邪！"颜师古注："绾谓引结其组。"长条：长的枝条。特指柳枝。唐李商隐《离亭赋得折杨柳》："人世死前惟有别，春风争拟惜长条。"明王廷相《杨花篇》："长条不绾思归客，散作飞花愁杀人。"

②盈盈：《古诗十九首》之十："迢迢牵牛星，皎皎河汉女。盈盈一水间，脉脉不得语。"银湾：指银河。唐李贺《溪晚凉》："玉烟青湿白如幢，

银湾晓转流天东。"王琦汇解："银湾，银河也。"

③青雀：指青鸟，神话传说中西王母所使之神鸟。锦字：指锦字书，指前秦苏蕙寄给丈夫的织锦回文诗。《晋书·列女传·窦滔妻苏氏》："窦滔妻苏氏，始平人也，名蕙，字若兰。善属文（撰写文章）。滔，苻坚时为秦州刺史，被徙流沙，苏氏思之，织锦为回文旋图诗对赠滔。宛转循环以读之，词甚凄惋。"清孔尚任《桃花扇·寄扇》："手帕儿包，头绳儿绕，抵过锦字书多少。"后多指妻子给丈夫的书信，表达思念之情。

④玉虫：喻灯花。春幡：春旗。旧俗于立春日或挂春幡于树梢，或剪缯绢成小幡，连缀簪之于首，以示迎春之意。南朝陈徐陵《杂曲》："立春历日自当新，正月春幡底须故。"

又

谁念西风独自凉①，萧萧黄叶闭疏窗，沉思往事立残阳②。
被酒莫惊春睡重③，赌书消得泼茶香④。当时只道是寻常。

【笺注】

①西风独自凉：宋张先《菩萨蛮》："何处断离肠，西风昨夜凉。"

②深思往事立残阳：五代李珣《浣溪沙》："安思何事立残阳。"

③被酒：为酒所醉，犹中酒。《史记·高祖本纪》："高祖被酒，夜径泽中，令一人行前。"张守节正义："被，加也。"

④赌书：比赛读书的记忆力。典出宋李清照、赵明诚翻书赌茶之事。约定某种比赛条件，以胜负决定饮茶的先后。宋李清照《〈金石录〉后序》："余

性偶强记，每饭罢，坐归来堂，烹茶，指堆积书史，言某事在某书、某卷、第几页、第几行，以中否角胜负，为饮茶先后。”

又

十八年来堕世间①，吹花嚼蕊弄冰弦②，多情情寄阿谁边③。

紫玉钗斜灯影背④，红绵粉冷枕函偏⑤。相看好处却无言。

【笺注】

①十八年来堕世间：李商隐《曼倩辞》："十八年来堕世间，瑶池归梦碧桃闲。如何汉殿穿针夜，又向窗中觑阿环。"东方朔，字曼倩。《仙吏传·东方朔传》："朔未死时，谓同舍郎曰：'天下人无能知朔，知朔者唯太王公耳。'朔卒后，武帝得此语，即召太王公问之曰：'尔知东方朔乎？'公曰：'不知。''公何所能？'曰：'颇善星历。'帝问'诸星皆具在否'，曰：'诸星具在，独不见岁星十八年，今复见耳。'"

②吹花嚼蕊：指吹奏、歌唱。唐李商隐《柳枝诗序》："柳枝，洛中里娘也……生十七年，涂妆绾髻未尝竟。已复起去，吹花嚼蕊，调丝擪管，作天海风涛之曲，幽忆怨断之音。……余从昆让山，比柳枝居为近。他日春曾阴，让山下马柳枝南柳下，咏余《燕台诗》。柳枝惊问：'谁人有此？谁人为是？'让山谓曰：'此吾里中少年叔耳。'柳枝手断长带，结让山为赠叔乞诗。明日，余比马出其巷，柳枝丫鬟毕妆，抱立扇下，风障一袖，指曰：'若叔是？后三日，邻当去湔裙水上，以博山香待，与郎俱过。'余诺之。会所友有偕当诣京师者，戏盗余卧装以先，不果留。"冰弦：琴弦的美

称。传说中有用冰蚕丝作的琴弦，故称。

③阿谁：疑问代词。犹言谁，何人。

④紫玉钗：蒋防《霍小玉传》："曾令侍婢浣沙将紫玉钗一只，诣景先家货之。路逢内作老玉工，见尝纱所执，前来认之，曰：此钗吾所作也。皆霍王小女将欲上鬟，令我作此，酬我万钱，我尝不忘。汝是何人？从何得来？"

⑤红绵：粉扑。宋陆游《浣溪沙·南郑席上》："浴罢华清第二汤，红绵扑粉玉肌凉。"宋史达祖《恋绣衾》："瘦骨怕、红绵冷，说年时、斗帐夜分。"枕函：中间可以藏物的枕头。明汤显祖《牡丹亭·闹殇》："枕函敲破漏声残，似醉如呆死不难。"

又

莲漏三声烛半条①，杏花微雨湿红绡②，那将红豆记无聊③？春色已看浓似酒④，归期安得信如潮⑤。离魂入夜倩谁招⑥。

【笺注】

①莲漏：即莲花漏。古代的一种计时器。唐李肇《唐国史补》卷中："初，惠远以山中不知更漏，乃取铜叶制器，状如莲花，置盆水之上，底孔漏水，半之则沉。每昼夜十二沉，为行道之节，虽冬夏短长，云阴月黑，亦无差也。"宋和岘《六州》："严夜警，铜莲漏迟迟。"

②杏花微雨：宋楼采《玉漏迟》："深院宇，黄昏杏花微雨。"红绡：红色薄绸。五代南唐冯延巳《应天长》词之三："枕上长夜只如岁，红绡三尺泪。"

③红豆：红豆树、海红豆及相思子等植物种子的统称。其色鲜红，文学作品中常用以象征爱情或相思。唐王维《相思》："红豆生南国，春来发几枝。愿君多采撷，此物最相思。"

④春色已看浓似酒：宋秦观《如梦令》："门外鸦啼杨柳，春色著人如酒。"宋黄庭坚《和曹子方杂言》："人言春色浓如酒，不见插秧吴女手。"

⑤归期安得信如潮：王彦泓《错认》："秋期只愿信如潮。"潮信，潮水。以其涨落有定时，故称。

⑥离魂：指远游他乡的旅人。宋吴文英《高阳台·落梅》："离魂难倩招清些，梦缟衣、解佩溪也。"

又

身向云山那畔行①，北风吹断马嘶声，深秋远塞若为情②。一抹晚烟荒戍垒③，半竿斜日旧关城④。古今幽恨几时平。

【笺注】

①那畔：犹那边。

②若为情：何以为情。五代孙光宪《浣溪沙》："查无消息若为情。"

③戍垒：戍堡。边防驻军的营垒、城堡。

④半竿斜日：宋张孝祥《眼儿媚》："半竿斜日，两行珠泪，一叶扁舟。"

又　大觉寺^①

燕垒空梁画壁寒^②，诸天花雨散幽关^③，篆香清梵有无间^④。蛱蝶乍从帘影度^⑤，樱桃半是鸟衔残。此时相对一忘言。

【笺注】

①大觉寺：又称西山大觉寺，大觉禅寺，在今北京海淀阳台山麓。始建于辽代咸雍四年（1068），称清水院。金代时大觉寺为金章宗西山八大水院之一，后改名灵泉寺，明重建后改为大觉寺。

②燕垒：燕子的窝。喻栖身之所。隋薛道衡《昔昔盐》："空梁落燕泥。"清高士奇《玉蝴蝶》："吴宫宋苑，燕垒空梁。"画壁：绘有图画的墙壁。

③诸天：佛教语，指护法众天神。佛经言欲界有六天，色界之四禅有十八天，无色界之四处有四天，其他尚有日天、月天、韦驮天等诸天神，总称之曰诸天。花雨：佛教语。诸天为赞叹佛说法之功德而散花如雨。《仁王经·序品》："时无色界雨诸香华，香如须弥，华如车轮。"后用为赞颂高僧颂扬佛法之词。幽关：深邃的关隘，紧闭的关门。

④篆香：犹盘香。清梵：谓僧尼诵经的声音。南朝梁王僧孺《初夜文》："大招离垢之宾，广集应真之侣，清梵含吐，一唱三叹。"

⑤蛱蝶：蝴蝶。帘影：阳光照射门帘、窗帘投下的影子。宋周密《西江月·延祥观拒霜拟稼轩》："迷香双碟下庭心，一行惝惝帘影。"

又 古北口①

杨柳千条送马蹄②，北来征雁旧南飞，客中谁与换春衣③。
终古闲情归落照④，一春幽梦逐游丝⑤。信回刚道别多时。

【笺注】

①古北口：长城隘口之一。在北京密云东北，为古代军事要地。据徐乾
学所作纳兰墓志铭，词人曾侍从康熙巡幸口外。

②杨柳千条送马蹄：南朝陈江总《折杨柳》："万里音尘绝，千条杨柳
结。"唐孟郊《古离别》："杨柳织别愁，千条万条丝。"

③换春衣：冬天过去，换上春天穿的衣服。宋陆游《闻雁》："过尽梅
花把酒稀，熏笼香冷换春衣。"

④终古：往昔，自古以来。《楚辞·九章·哀郢》："去终古之所居兮，
今逍遥而来东。"南朝梁刘勰《文心雕龙·时序》："终古虽远，旷焉如面。"
落照：夕阳的馀晖。

⑤一春幽梦：春天里隐约恍惚的梦境。宋赵彦端《秦楼月·咏睡
香》："一春幽梦，与君相续。"游丝：指虫类吐的飘荡在空中的丝。明汤
显祖《牡丹亭·惊梦》："袅晴丝，吹来闲亭院，摇漾春如线。"

又

凤髻抛残秋草生①，高梧湿月冷无声②，当时七夕记深盟③。

信得羽衣传钿合^④，悔教罗袜葬倾城^⑤。人间空唱雨淋铃^⑥。

【笺注】

①凤髻：古时妇女的一种发型。唐宇文氏《妆台记》："周文王于髻上加珠翠翘花，傅之铅粉，其髻高名曰凤髻。"唐杜牧《为人题赠二首》之一："和簪抛凤髻，将泪入鸳衾。"秋草：唐白居易《长恨歌》："西宫南内多秋草，落叶满阶红不扫。"

②高梧湿月：唐温庭筠《织锦词》："丁东细漏侵琼瑟，影转高梧月初出。"冷无声：宋姜夔《扬州慢》："二十四桥仍在，波心荡、冷月无声。"

③当时七夕记深盟：唐陈鸿《长恨歌传》："玉妃茫然退立，若有所思，徐而言曰：昔天宝十载，侍辇避暑于骊山宫。秋七月，牵牛织女相见之夕，秦人风俗，是夜张锦绣、陈饮食、树瓜华，焚香于庭，号为乞巧。宫掖间尤尚之。时夜殆半，休侍卫于东西厢，独侍上。上凭肩而立，因仰天感牛女事，密相誓心，愿世世为夫妇。"此即为唐白居易《长恨歌》："七月七日长生殿，夜半无人私语时。在天愿为比翼鸟，在地愿做连理枝。"

④羽衣：道士的代称。《长恨歌传》载，适有道士自蜀来，知上心念杨妃如是，自言有李少君之术。玄宗大喜，命致其神。方士乃竭其术以索之，不至。又能游神驭气，出天界，没地府以求之，不见。又旁求四虚上下，东极天海，跨蓬壶。见最高仙山，上多楼阙，西厢下有洞户，东向，阖其门，署曰"玉妃太真院"。方士抽簪扣扉，有双鬟童女，出应其门。方士造次未及言，而双鬟复入。俄有碧衣侍女又至。诘其所从。方士因称唐天子使者，且致其命。碧衣云："玉妃方寝，请少待之。"于时云海沉沉，洞天日晓，琼户重阖，悄然无声。方士屏息敛足，拱手门下。久之，而碧衣延入，且曰："玉妃出。"见一人冠金莲，披紫绡，佩红玉，曳凤舄，左右侍者七八人，揖方士，问皇帝安否，次问天宝十四载以还事。言讫，悯然。指碧衣女取金钗钿合，各

析其半，授使者曰："为我谢太上皇，谨献是物，寻旧好也。"

⑤罗袜：丝罗制成的袜。《乐史·杨太真外传》卷下："妃子死日，马嵬媪得锦拗袜一只，相传过客一玩百钱，前后获钱无数。"倾城：旧以形容女子极其美丽。《诗·大雅·瞻卬》："哲夫成城，哲妇倾城。"郑玄笺："城，犹国也。"

⑥雨淋铃：雨霖铃。唐教坊曲名。唐郑处诲《明皇杂录补遗》："明皇既幸蜀，西南行初入斜谷，属霖雨涉旬，于栈道雨中闻铃，音与山相应。上既悼念贵妃，采其声为《雨霖铃》曲，以寄恨焉。"

又

败叶填溪水已冰，夕阳犹照短长亭①，何年废寺失题名。
倚马客临碑上字②，斗鸡人拨佛前灯③。净消尘土礼金经④。

【笺注】

①短长亭：短亭和长亭的并称。旧时城外大道旁，五里设短亭，十里设长亭，为行人休憩或送行饯别之所。北周庾信《哀江南赋》："十里五里，长亭短亭。"

②倚马：靠在马身上。南朝宋刘义庆《世说新语·文学》："桓宣武北征，袁虎时从，被责免官。会须露布文，唤袁倚马前令作。手不辍笔，俄得七纸，绝可观。"形容才思敏捷。

③斗鸡人：据唐代《东城父老传》，唐玄宗喜好斗鸡，元宵节和清明节时，贾昌至骊山为唐玄宗表演斗鸡。深得玄宗宠爱。贾昌所受的待遇让文人

看不惯，便写了不少讽刺诗。安史之乱爆发，唐玄宗逃亡蜀地，贾昌失去靠山，隐姓埋名寄居在一寺院，家中的巨额财富被乱兵所劫。等时局稳定后，贾昌便出家为僧。

④礼金经：指礼敬佛学经籍。此句在道光十二年刻行的汪元治编《纳兰词》作"劳劳尘世几时醒"。

又　庚申除夜①

收取闲心冷处浓②，舞裙犹忆柘枝红③，谁家刻烛待春风④？
竹叶樽空翻彩燕⑤，九枝灯炧颤金虫⑥。风流端合倚天公⑦。

【笺注】

①庚申除夜：康熙十九年（1680）除夕之夜。

②冷处浓：明王彦泓《寒词》："个人真与梅花似，一日幽香冷处浓。"

③柘（zhè）枝：柘枝舞，唐代西北民族舞蹈，自西域石国传来。最初为女子独舞，舞姿矫健，节奏多变，大多以鼓伴奏。后来有双人舞，名《双柘枝》。又有二女童藏于莲花形道具中，花瓣开放，出而对舞，女童帽施金铃，舞时转动作声。宋时发展为多人队舞。

④刻烛：古人刻度数于烛，烧以计时。《南史·王僧孺传》："竟陵王子良尝夜集学士，刻烛为诗，四韵者则刻一寸，以此为率。文琰曰：'顿烧一寸烛，而成四韵诗，何难之有。'"

⑤竹叶：竹叶青酒。晋张华《轻薄篇》："苍梧竹叶清，宜城九酝醷。"
彩燕：旧俗，立春日剪彩绸为燕饰于头部。南朝梁宗懔《荆楚岁时记》："立

春日悉翦彩为燕以戴之，帖'宜春'二字。"

⑥九枝：谓一干九枝的烛灯。泛指一干多枝的灯。南朝梁沈约《伤美人赋》："拂螭云之高帐，陈九枝之华烛。"金虫：妇女首饰。五代蜀顾夐《酒泉子》："金虫玉燕，锁香奁，恨厌厌。"

⑦端合：应当，应该。

又

万里阴山万里沙，谁将绿鬓斗霜华①，年来强半在天涯②。魂梦不离金屈戍，画图亲展玉鸦叉③。生怜瘦减一分花④。

【笺注】

①绿鬓：乌黑发亮的鬓发。宋晏殊《少年游》："绿鬓朱颜，道家装束，长似少年时。"霜华：霜花。喻指白色须发。宋秦观《蝶恋花》："何事霜华催鬓老，把杯独对嫦娥笑。"

②强半：大半，过半。宋苏轼《满庭芳》："百年强半，来日苦无多。"

③金屈戍：门窗上铜制的环钮。玉鸦叉：玉制的叉子。唐李商隐《病中闻河东公乐营置酒口占寄上》："锁门金了鸟，展幰玉鸦叉。"清翟灏《通俗编》"了鸟"：此了鸟即屈戍，悬著门户间，以备扣锁。

④生怜：犹可怜。一分：一点儿，少量。明汤显祖《牡丹亭》第十出"写真"："这是春梦暗随三月景，晓寒瘦减一分花。"

又

肠断班骓去未还^①，绣屏深锁凤箫寒^②，一春幽梦有无间。
逗雨疏花浓淡改^③，关心芳草浅深难^④。不成风月转摧残^⑤。

【笺注】

①班骓（zhuī）：班，通"斑"，杂色，亦指杂色斑点或斑纹。班骓，指毛色青白相杂的骏马，古人常以之代指心上人所骑的马。宋范成大《班骓》："班骓别后月纤纤，门外疏桐影画帘。留下可怜将不去，西风吹上两眉尖。"

②绣屏深锁：明末清初沈谦《前调·友人纳姬戏赠》："玉帘不卷，翠屏深锁，花气著人如醉。"凤箫：即排箫。比竹为之，参差如凤翼，故名。唐沈佺期《凤箫曲》："昔时嬴女厌世纷，学吹凤箫乘彩云。"这里指箫声。宋辛弃疾《江神子·和人韵》："绣阁香浓，深锁凤箫声。"

③逗雨疏花：宋张先《山亭宴慢·有美堂赠彦猷主人》："天意送芳菲，正黯淡、疏烟逗雨。"浓淡改：花色由浓而淡，时光流逝。明王彦泓《宾于席上徐霞话旧》："时世妆梳浓淡改，儿郎情境浅深知。"

④芳草：《楚辞·招隐士》："王孙游兮不归，芳草生兮萋萋。"晋陆机《拟庭中有奇树诗》："芳草久已茂，佳人竟不归。"宋张先《熙州慢·赠述古》："离情尽寄芳草。"

⑤不成：助词。用于句首，表示反诘。

又

容易浓香近画屏，繁枝影著半窗横①，风波狭路倍怜卿②。
未接语言犹怅望③，才通商略已瞢腾④。只嫌今夜月偏明。

【笺注】

①繁枝影著半窗横：宋范成大《卜算子》："冷蕊疏枝半不禁，更著横窗影。"

②风波：比喻动荡不定或艰辛劳苦。《庄子·天地》："天下之非誉，无益损焉，是谓全德之人哉！我之谓风波之民。"成玄英疏："夫水性虽澄，逢风波起，我心不定，类彼波澜，故谓之风波之民也。"明王彦泓《代所思别后》："风波狭路惊团扇，风月空庭泣浣衣。"

③未接语言：明王彦泓《和端己韵》："未接语言当面笑，暂同行坐凤生缘。"

④才通商略：明王彦泓《赋得别梦依依到谢家》："今日眼波微动处，半通商略半矜持。"瞢（méng）腾：形容模模糊糊，神志不清。

又

抛却无端恨转长①，慈云稽首返生香②，妙莲花说试推详③。
但是有情皆满愿④，更从何处着思量。篆烟残烛并回肠。

【笺注】

①无端：引申指无因由，无缘无故。《楚辞·九辩》："寨充倔而无端兮，泊莽莽而无垠。"王逸注："媒理断绝，无因缘也。"

②慈云：佛教语。比喻慈悲心怀如云之广被世界、众生。稽首：古时一种跪拜礼，叩头至地，是九拜中最恭敬者。返生香：传说中能令死人复活的一种香。《太平御览》卷九五二引《十洲记》："聚窟洲中，申未地上，有大树，与枫木相似，而华叶香闻数百里，名为返魂树。于玉釜中煮取汁，如黑粘，名之为返生香。香气闻数百里，死尸在地，闻气乃活。"

③妙莲花：这里指《妙法莲华经》。推详：推究审察。

④但是有情皆满愿：明王彦泓《和于氏诸子秋词》："但是有情皆满愿，妙莲花说不荒唐。"

又　小兀喇①

桦屋鱼衣柳作城②，蛟龙鳞动浪花腥，飞扬应逐海东青③。
犹记当年军垒迹④，不知何处梵钟声。莫将兴废话分明。

【笺注】

①兀喇：在今吉林省吉林市。有大、小兀喇之分，大兀喇为今吉林市之乌拉街；小兀喇未详其址，大约在附近。此地原为词人先祖叶赫部的领地。

②桦屋：以桦木筑屋。鱼衣：以鱼皮制衣。清高士奇《冬训日录》："驻跸大乌喇虞村……山多黑松林，结松子甚巨。土产人参，水出北珠，江有鲟鱼，禽有鹰鹍、海东青之属。乌稽人间有以大鱼皮为衣者。"柳作城：柳条

边。清初顺治年间开始分段修筑，至康熙中陆续完成的一条柳条篱笆。也称盛京边墙、柳墙、柳城、条子边。南起今辽宁凤城南，东北经新宾东折西北至开原北，又折而西南至山海关北接长城，名为"老边"。自开原东北至今吉林市北，名为"新边"。初设边门二十一，后减为二十。每门常驻官兵各数十人，稽察出入。清魏源《圣武记》卷六："盛京吉林，则以柳条结边为界，柳条边依内外兴安岭而建。"

③海东青：一种凶猛而珍贵的鸟，属雕类，产于黑龙江下游及附近海岛。宋庄季裕《鸡肋编》卷下："鸷禽来自海东，唯青鹘（jiāo）最嘉，故号海东青。"

④当年军垒迹：词人先世叶赫部位明海西女真四部之一。诸部之间多有攻伐杀戮，明万历四十七年（1619），叶赫部被建州女真首领努尔哈赤率军打败，并入建州女真。当年的军垒遗迹，当为小兀喇一带的战场故地。

又　姜女祠①

海色残阳影断霓②，寒涛日夜女郎祠，翠钿尘网上蛛丝。澄海楼高空极目③，望夫石在且留题④。六王如梦祖龙非⑤。

【笺注】

①姜女祠：在山海关欢喜岭以东凤凰山上。此庙据"孟姜女哭长城"之传说而建，相传始建于宋，明代重修，至今犹存。

②断霓：断虹。宋苏过《飓风赋》："断霓饮海而北指，赤云夹日而南翔，此飓之渐也。"

③澄海楼：楼名。在河北省旧临榆县南宁海城上，明兵部主事王致中建。

④望夫石：古迹名。各地多有，均属民间传说，谓妇人伫立望夫日久化而为石。在姜女庙主殿后，为一巨石，上刻有"望夫石"三字。相传为孟姜女望夫之处。

⑤六王：指战国齐、楚、燕、韩、魏、赵六国之王。祖龙：指秦始皇。《史记·秦始皇本纪》："（三十六年）秋，使者从关东夜过华阴平舒道，有人持璧遮使者曰：'为吾遗滈池（即镐池，古池名，在西周镐京，今陕西省西安丰镐村一带。池水经由滈水，北注入渭。唐以后湮废。滈池君，水神名）君。'因言曰：'今年祖龙死。'"裴骃集解引苏林曰："祖，始也；龙，人君象。谓始皇也。"

又

旋拂轻容写洛神①，须知浅笑是深颦②，十分天与可怜春。
掩抑薄寒施软障③，抱持纤影藉芳茵④。未能无意下香尘⑤。

【笺注】

①轻容：薄纱名。宋周密《齐东野语·轻容方空》："纱之至轻者，有所谓轻容，出唐《类苑》云：'轻容，无花薄纱也。'"这里指用于绘画的素绢。洛神：传说中的洛水女神，即宓妃。后诗文中常用以指代美女。

②浅笑是深颦：古诗词中"浅笑"和"微（轻）颦"常联用，词人此句反其意而用之。宋辛弃疾《浣溪沙·赠子文侍人名笑笑》："歌欲颦时还浅

笑，醉逢笑处还轻颦。宜颦宜笑越精神。"明祝允明《忆青娥》："云窗梦破十年春，浅笑深颦隔一春。"

③掩抑：遮盖，遮挡。软障：即幛子。古代用作画轴。

④芳茵：茂美的草地。

⑤香尘：芳香之尘，多指女子之步履而起者。晋王嘉《拾遗记·晋时事》："（石崇）又屑沉水之香如尘末，布象床上，使所爱者践之。"宋晏几道《两同心》："拾翠处、闲随流水，踏青路、暗惹香尘。"

又

十二红帘窣地深①，才移刬袜又沉吟②，晚晴天气惜轻阴。珠绂佩囊三合字③，宝钗拢鬓两分心④。定缘何事湿兰襟。

【笺注】

①十二红帘：一说为十二个红帘。宋吴文英《喜迁莺·吴江与闲堂王瞿庵家》："万顷素云遮断，十二红帘钩处。"一说十二红小太平鸟的别称。十二红小太平鸟，候鸟的一种，体形近似太平鸟而稍小，尾羽末端红色，故名。十二红帘，即绘有太平鸟的帘子。明杨基《十二红图》："何处飞来十二红，万年枝上立东风。楚王宫殿皆零落，说尽春愁暮雨中。"窣（sū）：下垂。

②刬（chǎn）袜：只穿着袜子着地。南唐李煜《菩萨蛮·花明月暗笼轻雾》："刬袜步香阶，手提金缕鞋。"

③珠绂（jié）：缀珠的裙带。三合字：古时男女情侣所佩香囊成双，香囊上各绣三个半边字，合在一起则组成三个完整的字。宋高观国《思佳

客》："同心罗帕轻藏素，合字香囊半影金。"

④两分心：古时待字闺中的少女多梳双髻，自头发中间分开，左右各一。

又　红桥怀古和王阮亭韵①

无恙年年汴水流②，一声水调短亭秋③，旧时明月照扬州。
曾是长堤牵锦缆④，绿杨清瘦至今愁⑤，玉钩斜路近迷楼⑥。

【笺注】

①红桥：桥名，在江苏省扬州市。明崇祯时建，为扬州游览胜地之一。王阮亭：王士禛，清代文学家，字贻上，号阮亭。王士禛于顺治十七年（1660）至康熙二年（1663）任扬州推官。期间，王士禛曾撰写《红桥游记》，文中记载："游人登平山堂，率至法海寺，舍舟而陆径，必出红桥下。桥四面触皆人家荷塘。六七月间，菡萏作花，香闻数里，青帘白舫，络绎如织，良谓胜游矣。予数往来北郭，必过红桥，顾而乐之。登桥四望，忽复徘徊感叹。当哀乐之交乘于中，往往不能自喻其故。王谢冶城之语，景晏牛山之悲，今之视昔，亦有怨耶！壬寅季夏（康熙元年，1662）之望，与箬庵、茶村、伯矶诸子偶然漾舟，酒阑兴极，援笔成小词二章，诸子倚而和之。"康熙二十三年（1684），词人随驾南巡之扬州，撰成此词。

②汴水：即通济渠，古运河名。隋大业元年开，分东西两段：西段起自东都洛阳西苑引谷、洛水，贯洛阳城东出循阳渠故道至偃师入洛，由洛水入黄河；东段起自板渚引黄河水东行汴水故道，至今开封市别汴水而东南流。唐白居易《长相思》："汴水流，泗水刘，流到瓜州古渡头。吴山点点愁。"

③水调：曲调名。明胡震亨《唐音癸签·乐通二》："《海録碎事》云：'隋炀帝开汴河，自造《水调》。'按，《水调》及《新水调》，并商调曲也。唐曲凡十一叠，前五叠为歌，后六叠为入破。"唐杜牧《扬州》："谁家歌水调，明月满扬州。"

④长堤：隋堤。隋炀帝时沿通济渠、邗沟河岸修筑的御道，道旁植杨柳，后人谓之隋堤。锦缆：锦制的缆绳，精美的缆绳。唐杜牧《汴河怀古》："锦缆龙舟隋炀帝。"

⑤绿杨：清曹贞吉《浣溪沙·步阮亭红桥韵》之一："绿杨深处见红桥。"之二："玉树歌来犹有恨，锦帆牵去已无愁。"

⑥玉钩斜：古代著名游宴地，相传为隋炀帝葬宫人处。后泛指葬宫人处。迷楼：隋炀帝所建楼名，故址在今江苏省扬州市西北。唐冯贽《南部烟花记·迷楼》："迷楼凡役夫数万，经岁而成。楼阁高下，轩窗掩映，幽房曲室，玉栏朱楯，互相连属。帝大喜，顾左右曰：'使真仙游其中，亦当自迷也。'故云。"

又　寄严荪友①

藕荡桥边理钓筒②，苎萝西去五湖东③，笔床茶灶太从容④。况有短墙银杏雨，更兼高阁玉兰风⑤。画眉闲了画芙蓉⑥。

【笺注】

①严荪友：即严绳孙。

②藕荡桥：此桥位于严绳孙无锡西洋溪宅第附近，故严绳孙以此自号藕

荡渔人。钓筒：置在水里捕鱼的竹器，口小而腹大，鱼进去即不得出。宋陆游《长相思》："身在千重云水中，明月收钓筒。"

③苎萝：山名，在浙江诸暨，春秋时美女西施即出自苎萝山。五湖：太湖及附近四湖。汉赵晔《吴越春秋·夫差内传》："入五湖之中。"徐天佑注引韦昭曰："胥湖、蠡湖、洮湖、滆湖，就太湖而五。"北魏郦道元《水经注·沔水二》："南江东注于具区，谓之五湖口。五湖谓长荡湖、太湖、射湖、贵湖、滆湖也。"相传春秋时范蠡辅佐越王灭吴国，功成身退，携西施泛舟于五湖。

④笔床：卧置毛笔的器具。茶灶：烹茶的小炉灶。《新唐书·隐逸传·陆龟蒙》："不乘马，升舟设篷席，赍束书、茶灶、笔床、钓具往来，时谓江湖散人。"宋陆游《洞庭春色》："且钓竿渔艇，笔床茶灶，闲听荷雨，一洗衣尘。"

⑤银杏雨、玉兰风：清严绳孙《望江南》："春欲尽，昨夜画楼东。暗绿扑帘银杏雨，昏黄扶袖玉兰风，人在小窗中。"

⑥画眉：以黛描饰眉毛。《汉书·张敞传》："敞无威仪……又为妇画眉，长安中传张京兆眉怃。有司以奏敞。上问之，对曰：'臣闻闺房之内，夫妇之私，有过于画眉者。'"芙蓉：这里用来形容美人面容的姣好。唐白居易《长恨歌》："芙蓉如面柳如眉，对此如何不泪垂。"明姚绶《折枝芙蓉》："芙蓉花似人面，柳眉不在秋时见。墨池为尔闲写生，鸳鸯所合长生殿。"

*此词补遗自《今词初集》，顾贞观、纳兰性德编，康熙十七年刻本。

又

锦样年华水样流，鲛珠逬落更难收^①，病余常是怯梳头^②。
一径绿云修竹怨，半窗红日落花愁。惜惜只是下帘钩^③。

【笺注】

①鲛珠：神话传说中鲛人泪珠所化的珍珠。比喻泪珠。宋刘辰翁《宝鼎现》："又说向、灯前拥髻，暗滴鲛珠坠。"

②怯梳头：时光流逝，初愈体弱，梳头会见掉发，徒生悲慨，因而内心生怯。宋周邦彦《南乡子》："早起怯梳头，欲绾云鬟又却休。"

③惜惜：柔弱貌。

*此词补遗自《纳兰词》，许增编，清光绪六年娱园刻本。

又

肯把离情容易看，要从容易见艰难^①，难抛往事一般般^②。
今夜灯前形共影^③，枕函虚置翠衾单。更无人与共春寒。

【笺注】

①离情容易看、见艰难：宋晏殊《玉楼春》："年少抛人容易去。楼头残梦五更钟，花底离情三月雨。"

纳兰词全编新注

②般般：犹种种，样样，件件。

③形共影：灯下只有形影为伴，谓孤单。宋陆游《书巢冬夜待旦》："风霜渐逼岁时晚，形影相依灯火明。"

*此词补遗自《纳兰词》，许增编，清光绪六年娱园刻本。

又

一半残阳下小楼，朱帘斜控软金钩①，倚阑无绪不能愁②。有个盈盈骑马过③，薄妆浅黛亦风流④。见人羞涩却回头⑤。

【笺注】

①朱帘：红色帘子。元奥敦周卿《南吕·一枝花》："人寂静门初掩，控金钩垂绣帘。"

②无绪：没有情绪。

③盈盈：仪态美好貌。盈，通"嬴"。《文选·古诗〈青青河畔草〉》："盈盈楼上女，皎皎当窗牖。"李善注："《广雅》曰：'嬴，容也。''盈'与'嬴'同。"这里借指女子。

④薄妆：淡妆。浅黛：描画浅眉。宋贺铸《题醉袖》："浅黛宜犫，明波欲溜。"

⑤见人羞涩却回头：宋李清照《点绛唇》："见有人来，袜刬金钗溜，和羞走。倚门回首，却把青梅嗅。"

*此词补遗自《昭代词选》卷九，蒋重光编，清乾隆三十二年经锄堂刻本。

又

已惯天涯莫浪愁①，寒云衰草渐成秋，漫因睡起又登楼。
伴我萧萧惟代马②，笑人寂寂有牵牛③，劳人只合一生休。

【笺注】

①浪愁：空愁，无谓的忧愁。

②萧萧：这里形容凄清寒冷。马叫之声亦可，一语双关。《诗经·小雅·车攻》："萧萧马鸣，悠悠旆旌。"代马：古时代郡之地所产的良马。唐李白《豫章行》："胡风吹代马，北拥鲁阳光。"

③寂寂：孤单、冷清。汉秦嘉言《赠妇诗》："寂寂独居，寥寥空室。"唐李商隐《马嵬》诗中有"当时七夕笑牵牛"一句，《饯韩同本西迎家室戏赠》有"天河迢递笑牵牛"一句，词人在这里反其意而用之，极写行役在外的"劳人"不能阖家团聚。

*此词补遗自《纳兰词》，许增编，清光绪六年娱园刻本。

浣溪沙　郊游联句①

出郭寻春春已阑（陈维崧），东风吹面不成寒（秦松龄）。
青村几曲到西山（严绳孙）。

并马未须愁路远（姜宸英），看花且莫放杯闲（朱彝尊）。
人生别易会常难（成德）。

【笺注】

①联句：作诗方式之一。由两人或多人各成一句或几句，合而成篇。旧传始于汉武帝和诸臣合作的《柏梁诗》。南朝梁刘勰《文心雕龙·明诗》："回文所兴，则道原为始；联句共韵，则《柏梁》余制。"

*本词补遗自《词人纳兰容若手简》，朱彝尊，上海图书馆1961年影印。

风流子　秋郊即事

平原草枯矣，重阳后，黄叶树骚骚①。记玉勒青丝②，落花时节，曾逢拾翠③，忽听吹箫。今来是，烧痕残碧尽，霜影乱红凋。秋水映空，寒烟如织，皂雕飞处④，天惨云高。

人生须行乐，君知否？容易两鬓萧萧⑤。自与东君作别⑥，划地无聊⑦。算功名何许，此身博得，短衣射虎⑧，沽酒西郊⑨。便向夕阳影里，倚马挥毫⑩。

【笺注】

①骚骚：象声词。风吹树木声。

②玉勒：玉饰的马衔。青丝：指马缰绳。南朝梁王僧孺《古意》："青丝控燕马，紫艾饰吴刀。"

③拾翠：拾取翠鸟羽毛以为首饰。后多指妇女游春。三国魏曹植《洛神赋》："或采明珠，或拾翠羽。"

④皂雕：一种黑色大型猛禽。宋黄庭坚《和曹子方杂言》："一矢射落皂雕落，张侯犹思在戎行。"

⑤萧萧：稀疏。宋贺铸《减字木兰花》："簪花照镜，客鬓萧萧都不整。"

⑥东君：司春之神。宋何梦桂《喜迁莺·感春》："东君别后。见说道花枝，也成清瘦。"

⑦刬（chǎn）地：依旧，照样。

⑧短衣射虎：唐杜甫《曲江》："短衣匹马随李广，看射猛虎终残年。"《史记·李将军列传》："广所居郡，闻有虎，尝自射之。及居右北平，射虎，虎腾伤广，广亦竟射杀之。"形容英雄气概、英勇豪迈。

⑨沽酒：买酒。

⑩倚马：南朝宋刘义庆《世说新语·文学》："桓玄武北征，袁宏时从，被责免官。会须露布，唤袁倚马前，令作。手不辍笔，俄得七纸，殊可观。"挥毫：运笔。谓书写或绘画。宋吴文英《高阳台·寿毛荷塘》："风月襟怀，挥毫倚马成章。"

画堂春

一生一代一双人①，争教两处销魂②。相思相望不相亲③，天为谁春？浆向蓝桥易乞④，药成碧海难奔⑤。若容相访饮牛津⑥，相对忘贫。

【笺注】

①一生一代一双人：唐骆宾王《代女道士王灵妃赠道士李荣》："相怜

相念倍相亲，一生一代一双人。"

②争教：怎教。

③相思相望不相亲：唐王勃《寒夜怀友杂体》："故人故情怀故宴，相望相思不相见。"

④蓝桥：桥名，在陕西省蓝田县东南蓝溪之上。相传其地有仙窟，为唐裴航遇仙女云英处。《太平广记》卷十五引裴铏《传奇·裴航》载，裴航从鄂渚回京途中，与樊夫人同舟，裴航赠诗致情意，后樊夫人答诗云："一饮琼浆百感生，玄霜捣尽见云英。蓝桥便是神仙窟，何必崎岖上玉清。"后于蓝桥驿因求水喝，得遇云英，裴航向其母求婚，其母曰："君约取此女者，得玉杆臼，吾当与之也。"后裴航终于寻得玉杆臼，遂成婚，双双仙去。后常用作男女约会之处。

⑤药成碧海难奔：唐李商隐《嫦娥》："嫦娥应悔偷灵药，碧海青天夜夜心。"《淮南子·览冥训》："羿请不死之药于西王母，姮娥窃之，奔月宫。"高诱注："姮娥，羿妻，羿请不死之药于西王母，未及服之。姮娥盗食之，得仙。奔入月宫，为月精。"

⑥牛津：天河。晋张华《博物志》："旧说云：天河与海通，近世有人居海渚者，年年八月，有浮槎来去，不失期。人有奇志，立飞阁于槎上，多资粮，乘槎而去。至一处，有城郭状，屋舍甚严，遥望宫中多织妇，见一丈夫牵牛诸次饮之，此人问此何处，答曰：'君还至蜀郡问严君平则知之。'"

蝶恋花

辛苦最怜天上月，一昔如环①，昔昔都成玦②。若似月轮终皎洁③，不辞冰雪为卿热④。

无那尘缘容易绝，燕子依然，软踏帘钩说⑤。唱罢秋坟愁未歇⑥，春丛认取双栖蝶⑦。

【笺注】

①一昔：一夜。

②玦（jué）：古时佩带的玉器，环形，有缺口。

③终皎洁：南朝宋谢灵运《怨晓月赋》："浮云褰兮收泛滟，明舒照兮殊皎洁。"

④不辞冰雪为卿热：典出《世说新语》："荀奉倩妇病，乃出庭中，自取冷还，以身慰之。"

⑤踏帘钩：指（燕子）轻轻踏于帘钩之上。唐李贺《贾公间贵婿曲》："燕语踏帘钩，日虹屏中碧。"清万廷仕《武陵春·春怨》："和雨和烟双燕子，细语踏帘钩。"

⑥唱罢秋坟：李贺《秋来》："秋坟鬼唱鲍家诗，恨血千年土中碧。"愁未歇：宋仇远《西江月》："折柳新愁未歇，落梅旧梦谁圆。"句子大意为：在秋日面对你的坟茔高歌一曲，愁绪依然丝毫没有减少。

⑦双栖蝶：《山堂肆考》载，民间传说蝴蝶必定成双，为梁山伯、祝英台所化，一说是韩凭夫妇的魂魄。

又

眼底风光留不住①，和暖和香，又上雕鞍去②。欲倩烟丝遮别路，垂杨那是相思树。

惆怅玉颜成闲阻③，何事东风，不作繁华主④。断带依然留乞句⑤，斑骓一系无寻处。

【笺注】

①眼底风光留不住：宋辛弃疾《蝶恋花·继杨济翁韵饯范南伯知县归京城》："有底风光留不住，烟波万顷春江橹"。

②雕鞍：刻饰花纹的马鞍，华美的马鞍，此处借指宝马。明王彦泓《骊歌二叠》："怜君辜负晓衾寒，和暖和香上马鞍。"

③闲阻：阻隔。

④繁华：宋晏几道《踏莎行》："柳上烟归，池南雪尽。东风渐有，繁华信。"

⑤断带：割断了的衣带。唐李商隐《柳枝词序》所叙故事，序云：商隐从弟李让山遇洛中里女子柳枝，诵商隐《燕台诗》，"柳枝惊问：'谁人有此，谁人为是？'让山谓曰：'此吾里中少年叔耳。'柳枝手断长带，结让山为赠叔，乞诗。"

又　散花楼送客

城上清笳城下杵，秋尽离人，此际心偏苦。刀尺又催天又暮①，一声吹冷蒹葭浦②。

把酒留君君不住，莫被寒云，遮断君行处。行宿黄茅山店路③，夕阳村社迎神鼓④。

①刀尺：剪刀和尺。裁剪工具，这里指服装的制作。唐杜甫《秋兴》诗之一："寒衣处处催刀尺，白帝城高急暮砧。"

②蒹葭：《诗·秦风·蒹葭》："蒹葭苍苍，白露为霜。所谓伊人，在水一方。"本指在水边怀念恋人，后以泛指思念异地友人。

③黄茅山店：荒野郊外的店家。

④村社、神鼓：村中社日，这里指秋社之日。农事结束，立社以祀土地神，鸣奏鼓乐。宋辛弃疾《沁园春·答余叔良》："被西风吹尽，村箫社鼓，青山留得，松盖云旗。"

又

准拟春来消寂寞①，愁雨愁风，翻把春担阁②。不为伤春情绪恶，为怜镜里颜非昨。

毕竟春光谁领略，九陌缁尘③，抵死遮云壑④。若得寻春终遂约，不成长负东君诺⑤。

【笺注】

①准拟：料想，希望。

②翻：反而。担阁：亦作"耽阁"。

③九陌：汉长安城中的九条大道。《三辅黄图·长安八街九陌》："《三辅旧事》云：长安城中八街，九陌。"缁尘：黑色灰尘，常喻世俗污垢。南

朝齐谢朓《酬王晋安》："谁能久京洛，缁尘染素衣。"

④抵死：冒死，至死。云壑：云气遮覆的山谷。这里指幽静隐居处。宋王禹偁《酬种放征君一百韵》："侧闻种先生，终南卧云壑。"

⑤不成：不可以。东君：此处指司春之神。

又

又到绿杨曾折处，不语垂鞭①，踏遍清秋路②。衰草连天无意绪，雁声远向萧关去③。

不恨天涯行役苦，只恨西风，吹梦成今古④。明日客程还几许，沾衣况是新寒雨⑤！

【笺注】

①不语垂鞭：唐温庭筠《赠知音》："景阳宫里钟初动，不语垂鞭上柳堤。"意指心绪沉重，纵马缓行。

②踏遍清秋路：唐李贺《马诗》："何当金络脑，快走踏清秋。"

③萧关：古关名。故址在今宁夏固原东南，为自关中通向塞北的交通要冲。《汉书·武帝纪》："（元封四年冬十月）通回中道，遂北出萧关。"颜师古注引如淳曰："《匈奴传》：'入朝那萧关'，萧关在安定朝那县也。"

④只恨西风，吹梦成今古：宋毛滂《七娘子·舟中早秋》："云外长安，斜晖脉脉。西风吹梦来无迹。"

⑤沾衣：南朝梁吴均《杂绝句四首》之一："昼蝉已伤念，夜露复沾衣。"

又

　　萧瑟兰成看老去①，为怕多情②，不作怜花句。阁泪倚花愁不语③，暗香飘尽知何处？

　　重到旧时明月路④，袖口香寒⑤，心比秋莲苦⑥。休说生生花里住，惜花人去花无主⑦。

【笺注】

　　①萧瑟：凄凉。兰成：北周庾信的小字。唐陆龟蒙《小名录》："庾信幼而俊迈，聪敏绝伦，有天竺僧呼信为兰成，因以为小字。"唐杜甫《咏怀古迹五首》之一："庾信平生最萧瑟，暮年诗赋动江关。"清浦起龙《读杜心解》："《庾信传》：信在周，虽位望通显，常有乡关之思，乃作《哀江南赋》以致其意，其辞曰：'信年始二毛，即逢丧乱，藐是乱离，至于没齿。燕歌远别，悲不自胜；楚老相逢，泣将何及？'"

　　②为怕多情：宋柳永《归去来》："一夜狂风雨，花英坠、碎红无数。垂杨漫结黄金缕。尽春残、萦不住。""多情不惯相思苦。休惆怅、好归去。"

　　③阁泪：含着眼泪。

　　④旧时明月：宋毛滂《踏莎行·追往事》："碧云无信失秦楼，旧时明月犹相照。"

　　⑤袖口香寒：这里指衣服袖子边缘还笼有清冽的香气，宋李清照《醉花阴》："东篱把酒黄昏后，有暗香盈袖。"宋晏几道《西江月》："醉帽檐头风细，征山袖口香寒。"

　　⑥秋莲：荷花。因于秋季结莲，故称。宋晏几道《生查子》："遗恨几时休，心抵秋莲苦。"

⑦惜花人去花无主：宋王炎《念奴娇·海棠时过江潭》："惜花无主，自怜身是行客。"

又

露下庭柯蝉响歇①，纱碧如烟②，烟里玲珑月③。并著香肩无可说，樱桃暗解丁香结④。

笑卷轻衫鱼子缬⑤，试扑流萤⑥，惊起双栖蝶。瘦断玉腰沾粉叶⑦，人生那不相思绝。

【笺注】

①庭柯：庭园中的树木。宋张先《南歌子》："蝉抱高高柳，莲开浅浅波。倚风疏叶下庭柯。"

②纱碧如烟：唐李白《乌夜啼》："机中织锦秦川女，碧纱如烟隔窗语。"

③玲珑：明彻貌。唐李白《玉阶怨》："却下水精帘，玲珑望秋月。"

④樱桃：喻指女子小而红润的嘴。丁香结：丁香的花蕾，用以喻愁绪之郁结难解。五代前蜀牛峤《感恩多》："自从南浦别，愁见丁香结。"

⑤鱼子缬（xié）：绢织物名。

⑥流萤：飞行无定的萤烛。唐杜牧《秋夕》："银烛秋光冷画屏，轻罗小扇扑流萤。"

⑦玉腰：玉腰奴，蝴蝶的别名，指蝴蝶的身体。宋陶谷《清异录·花贼》："温庭筠尝得一句云：'蜜官金翼使。'偏於知识，无人可属。久之，自联其下曰：'花贼玉腰奴。'予以谓道尽蜂蝶。"

又　出塞

今古河山无定据①，画角声中，牧马频来去。满目荒凉谁可语，西风吹老丹枫树②。

从前幽怨应无数，铁马金戈，青冢黄昏路③。一往情深深几许④，深山夕照深秋雨。

【笺注】

①定据：犹凭据、定数。

②丹枫：经霜泛红的枫叶。唐李贺《大堤曲》："今日菖蒲短，明朝老枫树。"

③青冢：指汉王昭君墓。在今内蒙古自治区呼和浩特市南。传说当地多白草而此冢独青，故名。唐杜甫《咏怀古迹》之三："一去紫台连朔漠，独留青冢向黄昏。"

④一往情深：明汤显祖《牡丹亭题词》："情不知所起，一往情深，生者可以死，死者可以生。"深几许：宋欧阳修《蝶恋花》："庭院深深深几许。"

又

尽日惊风吹木叶，极目嵯峨①，一丈天山雪②。去去丁零愁不绝③，那堪客里还伤别。

若道客愁容易辍，除是朱颜，不共春销歇④。一纸乡书和泪折⑤，红闺此夜团圞月⑥。

【笺注】

①嵯峨：高峻的山势。宋苏轼《满庭芳》："归去来兮，清溪无底，上有千仞嵯峨。"

②一丈天山雪：唐李端《雨雪曲》："天山一丈雪，杂雨夜霏霏。"

③去去：谓远去。丁零：汉代匈奴属国，在匈奴以北。唐李端《雨雪曲》："丁零苏别，疏勒范羌归。"

④销歇：衰败消失。

⑤一纸乡书：唐孟郊《闻夜啼赠刘正元》："愁人独有也灯见，一纸乡书泪滴穿。"

⑥团圞（luán）：团栾。月圆貌。唐任华《杂言寄杜拾遗》诗："积翠扈游花匼匝，披香寓值月团栾。"

河传

春残，红怨①，掩双环②。微雨花间昼闲。无言暗将红泪弹。阑珊，香销轻梦还。

斜倚画屏思往事③，皆不是④，空作相思字⑤。记当时，垂柳丝，花枝，满庭胡蝶儿。

【笺注】

①红怨：因春残花落而懊恼伤感。

②双环：门环，代指大门。

③斜倚画屏：明陆卿子《画堂春》："香消斜倚画屏时，此恨谁知。"

④皆不是：唐温庭筠《梦江南》："过尽千帆皆不是，斜晖脉脉水悠悠。"

⑤相思字：意指信中表达相思的话语。宋晏几道《河满子》："良辰好景，相思字、换不归来。"宋辛弃疾《满江红》："相思字，空盈幅。相思意，何时足。"

河渎神

凉月转雕阑，萧萧木叶声乾①。银灯飘落璅窗闲②，枕屏几叠秋山③。

朔风吹透青缣被④，药炉火暖初沸⑤。清漏沉沉无寐⑥，为伊判得憔悴⑦。

【笺注】

①萧萧：草木摇落之声。屈原《九歌·山鬼》："风飒飒兮木萧萧，思公子兮徒离忧。"声乾：声音清脆响亮。唐岑参《虢州西亭陪端公宴集》："开瓶酒色嫩，踏地叶声乾。"

②璅（suǒ）窗：璅，古同"琐"。琐窗，镂刻有连琐图案的窗棂。琐窗、朱户，在古诗词中大都写的是闺阁娇眠之处。宋晏几道《浣溪沙》："怅

恨不逢如意酒，寻思难值有情人。可怜虚度琐窗春。"

③枕屏：枕前屏风。宋周密《夜合花·茉莉》："枕屏金络，钗梁绛缕，都是思量。"

④青缣（jiān）：青色的细绢。

⑤药炉：煮药用的炉子。明王彦泓《述妇病怀》："无奈药炉初欲沸，梦中已作殷雷声。"

⑥清漏：清晰的滴漏声。宋陈允平《倦寻芳》："清漏沉沉，春梦无据。"

⑦判得：拼得。宋柳永《凤栖梧》："衣带渐宽终不悔，为伊消得人憔悴。"

又

风紧雁行高，无边落木萧萧①。楚天魂梦与香消②，青山暮暮朝朝。

断续凉云来一缕③，飘堕几丝灵雨④。今夜冷红浦溆⑤，鸳鸯栖向何处？

【笺注】

①无边落木萧萧：唐杜甫《登高》："无边落木萧萧下，不尽长江滚滚来。"

②楚天魂梦与香消：《文选·宋玉高唐赋序》："昔者楚襄王与宋玉游于云梦之台，望高唐之观，其上独有云气，崒兮直上，忽兮改容，须臾之间，变化无穷。王问玉曰：'此何气也？'玉对曰：'所谓朝云者也。'王

曰：'何谓朝云？'玉曰：'昔者先王尝游高唐，怠而昼寝，梦见一妇人，曰："妾，巫山之女也，为高唐之客。闻君游高唐，愿荐枕席。"王因幸之，去而辞曰："妾在巫山之阳，高丘之阻，旦为朝云，暮为行雨，朝朝暮暮，阳台之下。"旦朝视之，如言，故为立庙，号曰朝云。'"后来在诗文中以此作为男女情事的常用之典。

③凉云：阴凉的云。宋周密《长亭怨慢》："漫倚遍河桥，一片凉云吹雨。"

④灵雨：好雨。《诗·墉风·定之方中》："灵雨既零，命彼倌人，星言夙驾，说于桑田。"郑玄笺："灵，善也。"

⑤冷红：指轻寒时节的花。浦溆：水边。唐杨炯《青苔赋》："浦溆邅回兮心断续。"

落花时

夕阳谁唤下楼梯，一握香荑①。回头忍笑阶前立，总无语也依依②。

笺书直恁无凭据③，休说相思。劝伊好向红窗醉，须莫及，落花时④。

【笺注】

①香荑（tí）：女子香暖柔嫩的手指。《诗·卫风·硕人》："手如柔荑。"荑，茅草的嫩芽。宋柳永《般涉调·塞孤》："相见了，执柔荑，幽会处、偎香雪。"

②依依：依恋不舍的样子，《玉台新咏·古诗为焦仲卿妻作》："举手长劳劳，二情同依依。"

③直恁：犹言竟然如此。

④须莫及，落花时：宋欧阳修《玉楼春》："洛城春色待君来，莫到落花飞似霞。"

卷

二

金缕曲　赠梁汾①

德也狂生耳②。偶然间、缁尘京国③，乌衣门第④。有酒惟浇赵州土⑤，谁会成生此意⑥？不信道⑦、遂成知己。青眼高歌俱未老⑧，向樽前、拭尽英雄泪⑨。君不见，月如水。

共君此夜须沈醉。且由他、蛾眉谣诼⑩，古今同忌。身世悠悠何足问，冷笑置之而已。寻思起、从头翻悔。一日心期千劫在⑪，后身缘、恐结他生里。然诺重⑫，君须记。

【笺注】

①梁汾：顾贞观，号梁汾，无锡人，康熙五年（1666）举顺天乡试，擢内国史院典籍。康熙十年（1676）退归乡里，康熙十五年（1676）再度进京，结识词人，有《积书岩集》及《弹指词》。此词作于康熙十五年，是词人成名作，其时初识顾贞观，作《金缕曲》为顾题照。顾贞观有一首和作，附跋载："岁丙辰（1676），容若二十有二，乃一见即恨识余之晚，阅数日，填此曲为余题照。极感其意，而私讶他生再结殊不祥，何意为乙丑（1685）五月之谶也。"

②德：词人自指。

③缁尘：黑色灰尘，喻世俗污垢。南朝齐谢朓《酬王晋安》："谁能久京洛，缁尘染素衣。"京国：京城。

④乌衣门第：指世家望族。晋宋时期的王、谢两望族居住在南京秦淮河

畔的乌衣巷，故以乌衣门第指贵族门第。

⑤有酒惟浇赵州土：唐李贺《浩歌》："买丝绣作平原君，有酒唯浇赵州土。"平原君，即赵胜，战国时赵国贵族。赵惠文王之弟，封于东武城，号平原君。"战国四君子"之一，喜好交游。

⑥成生：即词人。性德原名成德，满族汉译，取汉语中谐音而美好的词。康熙十四年（1675），康熙立保成为太子，成德为了避讳便改名"性德"。翌年，保成改名胤礽，"性德"又恢复为"成德"，"性德"只用了一年而已。性德署名，常作"成德"，或效法汉人，以"成"为姓，另取"容若"为字，署作"成容若"，友人亦用"成容若"这个名字称呼他。

⑦道：语助词，相当于"得"。

⑧青眼高歌俱未老：唐杜甫《短歌行赠王郎司直》："青眼高歌望吾子，眼中之人吾老矣。"青眼，指对人喜爱或器重，与"白眼"相对。据《晋书·阮籍传》："籍又能为青白眼，见礼俗之士，以白眼对之。"

⑨向樽前、拭尽英雄泪：宋张槃《贺新凉》："髀肉未消仪舌在，向尊前、莫洒英雄泪。"尊前，在酒樽之前，指酒筵上。

⑩蛾眉谣诼：造谣中伤。战国楚屈原《离骚》："众女嫉余蛾眉兮，谣诼谓余以善淫。"顾贞观在康熙十年（1671）因被人诽谤，从内国史院典籍谪归故里。

⑪劫：佛教名词，"劫波"的略称，意为极久远的时节。古印度传说世界经历若干万年毁灭一次，重新再开始，这样一个周期叫做一"劫"。"劫"的时间长短，佛经有各种不同的说法。一"劫"包括"成"、"住"、"坏"、"空"四个时期，叫做"四劫"。到"坏劫"时，有水、火、风三灾出现，世界归于毁灭。后人借指天灾人祸。

⑫然诺：然、诺皆应对之词，表示应允。三国魏曹植《赠友》："延陵轻宝剑，季布重然诺。"

又　姜西溟言别赋此赠之①

谁复留君住。叹人生、几番离合，便成迟暮。最忆西窗同剪烛，却话家山夜雨②。不道只、暂时相聚。滚滚长江萧萧木③，送遥天、白雁哀鸣去④。黄叶下⑤，秋如许。

曰归因甚添愁绪⑥？料强似、冷烟寒月，栖迟梵宇⑦。一事伤心君落魄，两鬓飘萧未遇⑧。有解忆、长安儿女⑨。裂敝入门空太息⑩，信古来、才命真相负⑪。身世恨，共谁语？

【笺注】

①姜西溟：姜宸英，清代文学家，字西溟，号湛园、苇间，浙江慈溪人。明末诸生，年七十举进士，授编修。后因科场案牵连，死于狱中。姜宸英与词人结识于康熙十二年（1673）。康熙十八年（1679），姜宸英为奔母丧南归，此词写于南归之前。

②最忆西窗同剪烛，却话家山夜雨：唐李商隐《夜雨寄北》："何当共剪西窗烛，却话巴山夜雨时。"

③滚滚长江：唐杜甫《登高》："无边落木萧萧下，不尽长江滚滚来。"

④白雁哀鸣：唐李白《学古思边》："衔悲上陇首，肠断不见君。……白雁从中来，飞鸣苦难闻。"

⑤黄叶下：南朝梁何逊《日夕望江赠鱼司马诗》："仲秋黄叶下，长风正骚屑。"

⑥曰：助词，用于句首。

⑦栖迟：羁留，隐遁。《后汉书·冯衍传下》："久栖迟于小官，不得舒其所怀。"梵宇：佛寺。当时，词人将姜宸英安顿于什刹海之千佛寺。

⑧飘萧：鬓发稀疏貌。唐郑嵎《津阳门诗》："漂萧雪鬓双垂颐。"未遇：未得到赏识和重用，未发迹。

⑨有解忆、长安儿女：唐杜甫《月夜》："遥怜小儿女，未解忆长安。"

⑩裘敝：比喻生活穷困，穷途末路。敝，破旧。典出《战国策·秦策一》："说秦王书十上而说不行，黑貂之裘敝，黄金百斤尽，资用乏绝，去秦而归。"

⑪信古来、才命真相负：唐李商隐《有感》："中路因循我所长，古来才命两相妨。"

又　简梁汾①

洒尽无端泪。莫因他、琼楼寂寞②，误来人世。信道痴儿多厚福③，谁遣偏生明慧。莫更著、浮名相累。仕宦何妨如断梗④，只那将、声影供群吠⑤。天欲问，且休矣。

情深我自判憔悴⑥。转丁宁⑦、香怜易爇⑧，玉怜轻碎。羡杀软红尘里客⑨，一味醉生梦死。歌与哭、任猜何意。绝塞生还吴季子⑩，算眼前、此外皆闲事。知我者，梁汾耳。

【笺注】

①简：简札，书信。此词作于顾贞观寄吴兆骞《金缕曲》二首之后，约康熙十五年（1676）岁末或年初。汪刻本词题作《简梁汾，时方为吴汉槎作归计》。词人向顾贞观作出许诺，誓必把流放东北多年的吴兆骞营救回来。吴兆骞：清代文学家，字汉槎，吴江人。少有隽才，入慎交社，文名鹊起。

顺治丁酉（顺治十四年，1657）举乡试，卷入科场案，流放宁古塔，曾在戍所与友人结"七子会"，所作《长白山赋》，为世所传。后经词人、顾贞观、徐乾学等救助，遂得放归。

②琼楼：形容华美的建筑物，此处指雪后寺庙的楼台。顾贞观《金缕曲》有小注："寄吴汉槎宁古塔，以词代书。丙辰冬，寓京师千佛寺，冰雪中作。"

③痴儿多厚福：俗语又有疾人多福之说。明《菜根谭》："痴人每多福，以其近厚也。"

④断梗：折断的苇梗。《战国策·齐策》载，苏代谓孟尝君曰："臣来过于淄上，有土偶人与桃梗相与语。桃梗谓土偶曰：'子西岸之土也，挺子以为人，淄水至则汝残矣。'土偶曰：'吾，西岸之土也，土则复西岸耳。今子，东国之桃梗也，刻削子以为人，淄水至，流子而去，则漂漂者将如何耳？'"后以桃梗或断梗比喻漂流无定的旅人，这里指绝意于仕途。

⑤声影供群吠：汉王符《潜夫论·贤难》："一犬吠形，百犬吠声。"喻庸众胡乱随声附和。

⑥判憔悴：拼得憔悴亦甘心之意。情深：顾贞观《金缕曲》中有："我亦飘零久。十年来，深恩负尽，死生师友。……薄命长辞知己别，问人生，到此凄凉否。千万恨，为君剖。"

⑦丁宁：嘱咐。

⑧爇（ruò）：烧，焚烧。

⑨软红尘：飞扬的尘土。形容繁华热闹，亦指繁华热闹的地方。

⑩吴季子：春秋时吴国贤公子季札，亦称延陵季子，这里代指吴兆骞。吴兆骞在家中排行老四，依古人习惯，用"伯、仲、叔、季"或"孟、仲、叔、季"，表示从老大到老幺。顾贞观《金缕曲》："季子平安否。便归来、平生万事，那堪回首。"

又　寄梁汾

　　木落吴江矣^①。正萧条、西风南雁，碧云千里。落魄江湖还载酒^②，一种悲凉滋味。重回首、莫弹酸泪^③。不是天公教弃置，是南华、误却方城尉^④。飘泊处，谁相慰？

　　别来我亦伤孤寄^⑤。更那堪、冰霜摧折，壮怀都废^⑥。天远难穷劳望眼，欲上高楼还已^⑦。君莫恨、埋愁无地。秋雨秋花关塞冷，且殷勤、好作加餐计^⑧。人岂得，长无谓^⑨！

【笺注】

　　①吴江：吴淞江，代指顾贞观的家乡无锡。宋叶梦得《满庭芳》："枫落吴江，扁舟摇荡，暮山斜照催日晴。"

　　②落魄江湖还载酒：唐杜牧《遣怀》："落魄江湖载酒行，楚腰纤细掌中轻。"落魄，穷困失意。

　　③酸泪：酸楚悲伤的眼泪。宋高观国《生查子》："酸泪不成弹，又向春心聚。"

　　④南华：《南华真经》的省称，即《庄子》的别名。唐天宝元年，诏号《庄子》为《南华真经》。方城尉：指唐代诗人、词人温庭筠，曾任随县和方城县尉。据五代孙光宪《北梦琐言》卷二、宋计有功《唐诗纪事》卷五十四，令狐绹曾以旧事相询于温庭筠，温庭筠答道："此事见于《南华经》。《南华经》并不是冷门书，相国公事之余也应该看一点古书。"令狐绹与温庭筠积怨已久，因而更加生气，上奏说温庭筠有才无行，致使温庭筠终落榜。

　　⑤孤寄：独身寄居他乡。

⑥壮怀：豪壮的胸怀。废：旷废，消散。宋李纲《感皇恩·枕上》："壮怀消散，尽付败荷衰草。"

⑦天远难穷劳望眼，欲上高楼还已：宋辛弃疾《满江红》："天远难穷休久望，楼高欲下还重倚。"

⑧加餐：慰劝之辞。谓多进饮食，保重身体。《古诗十九首》："长跪读素书，其中意何如：上言加餐饭，下言长相忆。"

⑨人岂得，长无谓：谓当有所作为。唐李商隐《无题》："人生岂得长无谓，怀故思乡共白头。"

又　再赠梁汾，用秋水轩旧韵①

酒涴青衫卷②。尽从前、风流京兆③，闲情未遣。江左知名今廿载④，枯树泪痕休法⑤。摇落尽、玉蛾金茧⑥。多少殷勤红叶句，御沟深、不似天河浅⑦。空省识，画图展⑧。

高才自古难通显。枉教他、堵墙落笔⑨，凌云书扁⑩。入洛游梁重到处⑪，骇看村庄吠犬。独憔悴⑫、斯人不免。袞袞门前题凤客⑬，竟居然、润色朝家典⑭。凭触忌，舌难剪⑮。

【笺注】

①秋水轩：明末清初孙承泽旧宅。康熙十一年（1672），周在浚借居其中，与曹尔堪、龚鼎孳酬唱，后辑录为《秋水轩唱和词》。嗣后，大江南北多有赓和，为清初词坛的一大盛事，史称"秋水轩唱和"。顾贞观《金缕曲》词前小序称"秋水轩词，一韵累百"。词人并未参与秋水轩唱和，这里

仅用其词牌与韵脚字，故称"用秋水轩旧韵"。

②渧（wò）：酒渍浸染。

③风流京兆：用汉代张敞"画眉"之典。《汉书·张敞传》："敞无威仪……又为妇画眉，长安中传张京兆眉忾。有司以奏敞。上问之，对曰：'臣闻闺房之内，夫妇之私，有过于画眉者。'"宋刘过《蝶恋花·赠张守宠姬》："眉黛两山谁为扫，风流京兆江南调。"

④江左：江东，指长江下游南岸地区。古人在地理上以东为左，以西为右，故江东又名江左。

⑤枯树泪痕休泫：北周庾信《枯树赋》："桓大司马闻而叹：昔年移柳，依依江南；今看摇落，凄怆江潭。树犹如此，人何以堪。"

⑥玉蛾：常喻雪花，这里指柳絮。明杨慎《柳》："玉蛾翻雪暖风前。"金茧：金黄色的蚕茧，喻柳叶。明俞彦《蝶恋花·柳絮》："飞絮粘空，总被东风唤。金茧玉蛾寒食半，永丰坊里天涯畔。"

⑦多少殷勤红叶句，御沟深、不似天河浅：用"御沟红叶"之典。御沟，流经宫苑的河道。唐孟棨《本事诗》载，顾况在洛阳游苑中，流水上得大梧叶，上有宫女题诗，顾况次日于上游题诗叶上，泛于波中，以此传情。又一说，题诗宫女名韩翠苹，诗为于祐所得，于又题诗为韩所得，韩、于最终成为夫妻。红叶题诗的故事，后比喻男女奇缘。这里的"深"和"浅"显然别有所指，朝廷之中阻碍深重。

⑧空省识，画图展：唐杜甫《咏怀古迹》："画图省识春风面，环佩空归月夜魂。"据《西京杂记》："元帝后宫既多，不得常见，乃使画工图其形，案图召幸。诸宫人皆赂画工，多者十万，少者亦不减五万。独王嫱不肯，遂不得见。匈奴入朝，求美人为阏氏，于是上案图以昭君行。及去，召见。貌为后宫第一，善应对，举止闲雅。帝悔之，而名籍已定，帝重信于外国，故不复更人，乃穷案其事。画工皆弃市，籍其家资巨万。"词人以此典暗喻朝廷无人识得顾贞观的才学。

⑨堵墙落笔：谓围观者密集众多，排列如墙。唐杜甫《莫相疑行》："集贤学士如堵墙，观我落笔中书堂。"时杜甫献三大礼赋，唐玄宗安排宰相在集贤院试他的文章。杜甫应试时，集贤院的学士们围观，对文章给予高度评价。但朝廷并未重用杜甫，只是把他列入候补名册。

⑩凌云书扁：扁，即匾。《晋书·王献之传》载，太元年间，新建太极殿，谢安想请王献之题字，试探着说："魏时凌云殿的匾额还没有题写就被工匠误钉上去，无法摘下来。韦仲将不得不站在吊起的凳子上书写。写完后，韦仲将的胡须鬓角都白了，只剩一口气，回来对子弟说再不可这么做。"王献之明白谢安的用意，严肃地说："韦仲将是魏国大臣，怎么会有这事。即使果真如此，那只能说明魏国国运不长是有原因的了。"于是，谢安不再强迫王献之题匾。

⑪入洛：比喻不得志。《晋书·陆机传》载，陆机、陆云兄弟于晋太康末年自吴入洛，在司徒张华的赏识下，平步青云，但最终失势被谗害。游梁：谓仕途不得志。《史记·司马相如列传》："（司马相如）以赀为郎，事孝景帝，为武骑常侍，非其好也。会景帝不好辞赋，是时梁孝王来朝，从游说之士齐人邹阳、淮阴枚乘、吴庄忌夫子之徒，相如见而说之，因病免，客游梁。"

⑫独憔悴：唐杜甫《梦李白》："冠盖满京华，斯人独憔悴。"

⑬题凤：南朝宋刘义庆《世说新语·简傲》："嵇康与吕安善，每一相思，千里命驾。安后来，值康不在。喜（嵇康兄）出户延之，不入。题门上作'鳳（凤）'字而去。喜不觉，犹以为欣，故作。'凤'字，凡鸟也。"后因以为访友的典故。

⑭朝家：国家，朝廷。《后汉书·应劭传》："鲜卑隔在漠北……苟欲中国珍货，非为畏威怀德。计获事足，旋踵为害。是以朝家外而不内，盖为此也。"李贤注："朝家犹国家也。"顾贞观曾任内国史院典籍，负责的正是"朝家典"，却被同僚排挤而去官。

⑮凭触忌、舌难剪：唐《广异志》：夔州道士王法朗舌长，呼言不正，乃日诵《道德经》，后梦老君剪其舌，觉来，语言乃正。这两句是说纵然触犯朝廷，还是会直言不讳。

又

生怕芳樽满①。到更深、迷离醉影，残灯相伴。依旧回廊新月在，不定竹声撩乱。问愁与、春宵长短。人比疏花还寂寞，任红蕤、落尽应难管②。向梦里，闻低唤③。

此情拟倩东风浣。奈吹来、馀香病酒④，旋添一半。惜别江郎浑易瘦⑤，更著轻寒轻暖⑥。忆絮语⑦、纵横茗椀。滴滴西窗红蜡泪⑧，那时肠、早为而今断。任角枕⑨，欹孤馆。

【笺注】

①芳樽：精致的酒器。唐王勃《秋日楚州郝司户宅饯崔使君序》："宾友盛而芳樽漏，林塘清而上筵肃。"

②蕤（ruí）：指花萼。

③向梦里，闻低唤：明王彦泓《满江红》："无端梦觉低声唤。"

④病酒：饮酒沉醉。宋欧阳修《蝶恋花》："日日花前常病酒。"

⑤江郎：江淹，南朝梁文学家，代表作有《恨赋》《别赋》，文辞精美，情调悲凉凄婉。

⑥轻寒轻暖：宋陈亮《水龙吟·春恨》："迟日催花，淡云阁雨，轻寒轻暖。"轻，微。

⑦絮语：连绵不断地低声细语。明吴骐《甘州子·题情》："暗香微逗锦衾鲜，愁到五更天。鸳枕畔、絮语不成眠。"

⑧红蜡：红烛。唐皮日休《春夕酒醒》："夜半醒来红蜡短，一枝寒泪作珊瑚。"

⑨角枕：角制或用角装饰的枕头。《诗·唐风·葛生》："角枕粲兮，锦衾烂兮。"敧：通"倚"。斜倚，斜靠。

又　慰西溟①

何事添悽咽？但由他、天公簸弄②，莫教磨涅③。失意每多如意少，终古几人称屈。须知道、福因才折。独卧藜床看北斗④，背高城、玉笛吹成血⑤。听谯鼓⑥，二更彻⑦。

丈夫未肯因人热⑧。且乘闲、五湖料理⑨，扁舟一叶。泪似秋霖挥不尽⑩，洒向野田黄蝶。须不羡、承明班列⑪。马迹车尘忙未了，任西风、吹冷长安月⑫。又萧寺⑬、花如雪⑭。

【笺注】

①西溟：即姜宸英。见《金缕曲·姜西溟言别赋此赠之》笺注。此词作于康熙十八年（1679），其时姜宸英错过博学鸿儒科之选，词人以词相慰。

②簸弄：玩弄，耍弄。宋张炎《词源》卷下："簸弄风月，陶写性情，词婉于诗。"

③磨涅：喻挫折。《论语·阳货》："不曰坚乎，磨而不磷；不曰白乎，涅而不淄。"晋蔡洪《与刺史周俊书》："张畅，字威伯，……居磨涅之中，

而无淄磷之损。"

④藜床：藜茎编的床榻。泛指简陋的坐榻。北周庾信《小园赋》："况乎管宁藜床，虽穿而可坐；嵇康煅灶，既暖而堪眠。"北斗：指北斗星。《晋书·天文志上》："北斗七星在太微北……斗为人君之象，号令之主也。"后因以喻帝王。

⑤背高城：姜宸英在京城时，暂住在京城北城墙外的千佛寺，是为背高墙。

⑥谯鼓：谯楼更鼓。谯楼，古代城门上建造的用以高望的楼。更鼓，报更的鼓声。清曹贞吉《扫花游》："漫凭仁，听寒城数声谯鼓。"

⑦彻：达，到。

⑧未肯因人热：用"不因人热"之典。《东观汉记·梁鸿传》："（鸿）常独坐止，不与人同食。比舍先炊，已，呼鸿及热釜炊。鸿曰：'童子鸿不因人热者也。'灭灶更燃火。"后因以称不仰仗别人。清钱澄之《孤萤篇》："熠熠何曾借墙光，凄凉不肯因人热。"

⑨五湖：《国语·越语下》载，春秋末越国大夫范蠡，辅佐越王勾践，灭亡吴国，功成身退，乘轻舟以隐于五湖。后因以"五湖"指隐遁之所。

⑩秋霖：秋日的淫雨。战国宋玉《九辩》："皇天淫溢而秋霖兮，后土何时而得干？"

⑪承明：承明庐。汉承明殿旁屋，侍臣值宿所居，称承明庐。又三国魏文帝以建始殿朝群臣，门曰承明，其朝臣止息之所亦称承明庐。《汉书·严助传》："君厌承明之庐，劳侍从之事，怀故土，出为郡吏。"颜师古注引张晏曰："承明庐在石梁阁外，直宿所止曰庐。"班列：朝班的行列。

⑫长安：代指京城。

⑬萧寺：这里指千佛寺。

⑭花如雪：南朝齐范云《别诗》："洛阳城东西，长作经识别。昔去雪如花，今来花如雪。"参照严绳孙《金缕曲》："赠西溟，次容若韵。"

词下片：“更谁炙手真堪热。只些儿、翻云覆雨，移根换叶。我是漆园工隐几，也任人猜蝴蝶。凭寄语、四明狂客。烂醉绿槐双影畔，照伤心、一片琳宫月。归梦冷，逐回雪。”

又　亡妇忌日有感①

　　此恨何时已②。滴空阶、寒更雨歇③，葬花天气④。三载悠悠魂梦杳⑤，是梦久应醒矣。料也觉、人间无味。不及夜台尘土隔⑥，冷清清、一片埋愁地⑦。钗钿约⑧，竟抛弃。

　　重泉若有双鱼寄⑨。好知他、年来苦乐，与谁相倚？我自终宵成转侧，忍听湘弦重理⑩。待结个、他生知己。还怕两人俱薄命，再缘悭⑪、剩月零风里。清泪尽，纸灰起⑫。

【笺注】

　　①词人悼念亡妻卢氏，于妻三周年忌日，即康熙十九年（1680）五月三十日所作。据叶崇舒《纳腊室卢氏墓志铭》：“夫人卢氏，年十八归余同年生成德，康熙十六年（1677）五月三十日卒，春秋二十有一。”

　　②此恨何时已：宋李之仪《卜算子》：“此水几时休，此恨何时已。”

　　③滴空阶：南朝梁何逊《临行与故游夜别》：“夜雨滴空阶，晓灯暗离室。”宋柳永《尾犯》：“夜雨滴空阶，孤馆梦回，情绪萧索。”又《浪淘沙》：“那堪酒醒，又闻空阶，夜雨频滴。”寒更：寒夜的更点，这里借指寒夜。宋柳永《忆帝京》：“展转数寒更，起了还重睡。”

　　④葬花天气：五月正是暮春落花时节，这里既指时令，又暗喻妻子如落

卷
二

113

花般零落。

⑤杳：消失，不见踪影。

⑥夜台：坟墓。这里借指阴间。宋张炎《锁窗寒》："想如今、醉魂未醒，夜台梦语秋声碎。"

⑦埋愁地：《后汉书·仲长统传》载："统性俶傥，敢直言，不矜小节，默语无常，时人或谓之狂生。每州郡命召，辄称疾不就。常以为凡游帝王者，欲以立身扬名耳，而名不常存，人生易灭，优游偃仰，可以自娱。欲卜居清旷，以乐其志。"曾作诗表志，其中有"寄愁天上，埋忧地下"句。

⑧钗钿：金钗、钿合。钗钿约，用唐玄宗与杨贵妃定情之典。唐陈鸿《长恨歌传》："进见之日，奏《霓裳羽衣曲》以导之；定情之夕，授金钗钿合以固之。"

⑨重泉：犹九泉，即死者所归处。双鱼：用两条鲤鱼做底盖，把书信夹在里面的鱼形木板，故常用来代指书信。

⑩湘弦：即湘瑟。湘妃所弹之瑟，代指瑟。古人用琴瑟喻夫妻，故称丧妻为"断弦"，称再娶为"续弦"。"湘弦重理"暗示当时有人建议词人再娶。忍：怎，岂。

⑪悭（qiān）：阻碍。唐杜甫《铜官渚守风》："早泊云物晦，逆行波浪悭。"仇兆鳌注："悭，阻滞难行也。"剩月零风：顾贞观《唐多令》："双泪滴花丛，一身惊断蓬，尽当年、剩月零风。"

⑫纸灰：纸钱烧化的灰。元萨都剌《酹江月·过淮阴》："古木鸦啼，纸灰风起，飞入淮阴庙。"

又

疏影临书卷①。带霜华②、高高下下，粉脂都遣。别是幽情嫌妩媚，红烛啼痕休泫③。趁皓月、光浮冰茧④。恰与花神供写照，任泼来、淡墨无深浅。持素障⑤，夜中展。

残缸掩过看逾显⑥。相对处、芙蓉玉绽，鹤翎银扁⑦。但得白衣时慰藉⑧，一任浮云苍犬⑨。尘土隔、软红偷免⑩。帘幌西风人不寐，恁清光、肯惜鹳裘典⑪。休便把，落英翦⑫。

【笺注】

①疏影：疏朗的影子。书卷：书籍。古代书本多作卷轴，故称。

②霜华：皎洁的月光。唐白居易《长相思》："九月西风兴，月冷霜华凝。"此处喻指白色须发。

③啼痕：泪痕。这里指红烛燃烧时淌下的红色蜡痕。

④冰茧：冰蚕所结的茧。这里指"茧纸"，用蚕茧制作的纸，洁白缜密。明胡汝嘉《江城子·燕坐》："醉写新词陶客思，冰茧薄，墨痕浓。"

⑤障：屏风。这里指屏风画，一种素白色的绢帛软障。

⑥缸：同"釭"。

⑦鹤翎：鹤的羽毛。喻指白色的花瓣。扁：谓物体宽而薄，这里指花瓣薄。

⑧白衣：送酒的吏人。南朝宋檀道鸾《续晋阳秋·恭帝》："王宏为江州刺史，陶潜九月九日无酒，于宅边东篱下菊丛中摘盈把，坐其侧。未几，望见一白衣人至，乃刺史王宏送酒也。即便就酌而后归。"后因以为重阳故事。这里指饮酒。

⑨浮云苍犬：浮云像白裳，很快又变成了白色的狗。比喻世事变幻无常。唐杜甫《可叹》："天上浮云似白衣，斯须改变如苍狗。"

⑩软红：即软红尘。飞扬的尘土，形容繁华热闹。宋李石《雨中花慢》："尽道软红香土，东华风月俱新。"

⑪鹔鹴典：用"貂裘换酒"之典。东晋葛洪《西京杂记》：司马相如初与卓文君还成都，居贫愁懑，以所着鹔（sù）鹴（shuāng）裘就市人阳昌贳酒，与文君为欢。既而文君抱颈而泣曰："我平生富足，今乃以衣裘贳酒。"遂相与谋于成都卖酒。形容富贵者放荡不羁的生活。宋刘筠《劝石集贤饮》："鲁壁休分科斗字，蜀都且换鹔鹴裘。"

⑫落英：落花。《楚辞·离骚》："朝饮木兰之坠露兮，夕餐秋菊之落英。"按，一说为初生之花。游国恩纂义引孙奕曰："宫室始成而祭则曰落成。故菊英始生亦曰落英。"

又

未得长无谓①。竟须将、银河亲挽，普天一洗②。麟阁才教留粉本③，大笑拂衣归矣④。如斯者、古今能几？有限好春无限恨，没来由、短尽英雄气⑤。暂觅个，柔乡避⑥。

东君轻薄知何意⑦。尽年年、愁红惨绿⑧，添人憔悴。两鬓飘萧容易白⑨，错把韶华虚费。便决计、疏狂休悔⑩。但有玉人常照眼⑪，向名花⑫、美酒拼沈醉。天下事，公等在。

【笺注】

①长无谓：长时间无所作为。唐李商隐《无题》："人生岂得长无谓，怀古思乡共白头。"

②银河亲挽：亲手引天河之水。唐杜甫《洗兵马》："安得壮士挽天河，净洗甲兵长不用。"

③麟阁：即汉代麒麟阁，在未央宫。汉宣帝时曾图霍光等十一功臣像于阁上，以表扬其功绩。后多以画像于"麒麟阁"表示卓越功勋和最高的荣誉。《三辅黄图·阁》："麒麟阁，萧何造，以藏秘书，处贤才也。"《汉书·苏武传》："甘露三年，单于始入朝。上思股肱之美，迺图画其人于麒麟阁。"颜师古注引张晏曰："武帝获麒麟时作此阁，图画其像于阁，遂以为名。"粉本：本谓画稿。这里指图画。

④拂衣：振衣而去，这里指归隐。唐李白《侠客行》："事了拂衣去，深藏身与名。"

⑤短尽英雄气：用"英雄气短"之典。《增广尚友录统编》卷三《苏丕》载："丕，有高行，少时一试礼部，不中，即拂衣去，曰：'此中最易短英雄之气。'"后谓才识之士因遭遇困厄或挫折而意志消沉。

⑥柔乡：温柔富贵之乡，这里指女色迷人之境。

⑦东君：司春之神。

⑧愁红惨绿：经风雨摧残的残花败叶。这里比喻女子的愁容。宋柳永《定风波》："自春来，惨绿愁红，芳心是事可可。"

⑨飘萧：鬓发稀疏貌。宋毛滂《烛影摇红·归去曲》："鬓绿飘萧，漫郎已是青云晚。"

⑩疏狂：豪放，不受拘束。五代前蜀顾敻《玉楼春》："恨郎何处纵疏狂，长使含啼眉不展。"

⑪照眼：犹耀眼。这里指玉人美得让人眼前一亮。明王彦泓《梦

游》："但有玉人长照眼，更无尘务暂经心。"

⑫名花：有名的美女。旧时常指名妓。

*此词补遗自《纳兰词》卷四，汪元治编，清道光十二年结铁网斋刻本。

踏莎美人　清明

拾翠归迟①，踏青期近，香笺小叠邻姬讯②。樱桃花谢已清明，何事绿鬟斜亸宝钗横③？

浅黛双弯④，柔肠几寸，不堪更惹其他恨。晓窗窥梦有流莺⑤，也觉个侬憔悴可怜生⑥。

【笺注】

①拾翠：拾取翠鸟羽毛以为首饰。后多指妇女游春。三国魏曹植《洛神赋》："或采明珠，或拾翠羽。"宋张先《木兰花·乙卯吴兴寒食》："芳洲拾翠暮忘归，秀野踏青来不定。"

②笺：同"牋"。精美的小幅纸张，供题诗、写信等用。香笺，加香料的诗笺或信笺。宋柳永《玉蝴蝶》："珊瑚筵上，亲持犀管，旋叠香笺。"邻姬：宋朱淑真《约春游不去》："邻姬约我踏青游，强拂愁眉下小楼。"

③绿鬟：乌黑发亮的发鬟。这里指妇女美丽的头发。亸（duǒ）：下垂。

④浅黛：指用黛螺淡画的眉。宋张先《卜算子慢》："惜弯弯浅黛长长眼。"

⑤流莺：即莺。流，谓其鸣声婉转。宋王安石《午枕》："窥人鸟唤悠

纳兰词全编新注

飐梦。"

⑥个侬：这人，那人。生：语助词，无实意。

红窗月

燕归花谢，早因循又过清明①。是一般风景②，两样心情。犹记碧桃影里誓三生③。

乌丝阑纸娇红篆④，历历春星⑤。道休孤密约⑥，鉴取深盟⑦。语罢一丝香露湿银屏⑧。

【笺注】

①因循：顺应自然，有无奈之意。宋宋祁《浪淘沙近》："因循不觉韶光换。"

②一般：一样，同样。

③碧桃影里：《续青琐高议》载，鲁敢与西真走进一座洞中，碧桃艳杏，香气凝聚。西真说："希望他日与君从人间归来，双栖于此。"誓三生：用"三生石"之典。唐袁郊《甘泽谣·圆观》载，传说唐李源与僧圆观友善，同游三峡，见妇人引汲，观曰："其中孕妇姓王者，是某托身之所。"更约十二年中秋之夜，相会于杭州天竺寺外。是夕观果殁，而孕妇产。及期，源赴约，闻牧童歌《竹枝词》："三生石上旧精魂，赏月吟风不要论。惭愧情人远相访，此身虽异性长存。"源因知牧童即圆观之后身。后人附会谓杭州天竺寺后山的三生石，即李源、圆观相会处，诗人常以此为前因宿缘之典。词人在此悼念亡妻，以"三生石"之典，寄托哀思之情。三生，前

生、今生和来生。

④乌丝阑：指有墨线格子的笺纸。宋辛弃疾《乌夜啼·戏赠籍中人》："春寂寂，娇滴滴，笑盈盈。一段乌丝阑上、记多情。"有时省称乌丝。宋辛弃疾《临江仙》："入手清风词更好，细书白茧乌丝。"娇红：嫩红，鲜艳的红色。篆：名字印章。

⑤历历：清晰貌。《古诗十九首·明月皎夜光》："玉衡指孟冬，众星何历历。"

⑥孤：通"辜"，辜负。

⑦鉴取：察知了解。取，助词，表示动作的进行。深盟：指男女双方向天发誓，永结同心的盟约。

⑧香露：花草上的露水。

南歌子

翠袖凝寒薄①，簾衣入夜空②。病容扶起月明中③，惹得一丝残篆旧薰笼④。

暗觉欢期过，遥知别恨同。疏花已是不禁风，那更夜深清露湿愁红⑤。

【笺注】

①翠袖：青绿色衣袖，这里指女子的装束。凝寒：严寒。三国魏刘桢《赠从弟》诗之二："岂不罹凝寒，松柏有本性。"李善注："凝，严也。"唐杜甫《佳人》："天寒翠袖薄，日暮倚修竹。"

②簾衣：《南史·夏侯亶传》："（亶）晚年颇好音乐，有妓妾十数人，并无被服姿容，每有客，常隔帘奏之，时谓帘为夏侯妓衣。"后因谓帘幕为帘衣，"簾"同"帘"。

③病容扶起：犹扶病而起。扶病，带着病，支撑病体。

④残篆：烧剩下的盘香。

⑤清露：雨的别称。宋晏殊《浣溪沙》："湖上西风急暮蝉，夜来清露湿红莲。"愁红：经风雨摧残的花。

又

暖护樱桃蕊，寒翻蛱蝶翎①。东风吹绿渐冥冥②，不信一生憔悴伴啼莺。

素影飘残月③，香丝拂绮棂④。百花迢递玉钗声⑤，索向绿窗寻梦寄馀生⑥。

【笺注】

①蛱蝶：蝴蝶。翎：昆虫的翅翼。

②冥冥：幽深貌。《楚辞·九章·涉江》："深林杳以冥冥兮，乃猿狖之所居。"

③素影：月影。宋孙觌《浣溪沙》："素影徘徊波上月，醉乡摇荡竹间云。"

④香丝：指柳条。绮棂：装饰花纹的窗棂。晋袁宏《拟古诗》："文幌曜琼扇，碧疏映绮棂。"

⑤迢递：连绵不绝貌。玉钗：指美女。

⑥绿窗：绿色纱窗，这里指女子居室。唐温庭筠《菩萨蛮》："花落子规啼，绿窗残梦迷。"

又　古戍

古戍饥乌集①，荒城野雉飞。何年劫火剩残灰②？试看英雄碧血满龙堆③。

玉帐空分垒④，金笳已罢吹⑤。东风回首尽成非，不道兴亡命也岂人为。

【笺注】

①饥乌：饥饿的乌鸦。唐沈佺期《出塞曲》："饥乌啼旧垒，疲马恋空城。"

②劫火：佛教语，谓坏劫之末所起的大火。南朝梁高僧慧皎《高僧传·竺法兰》："又昔汉武穿昆明池底，得黑灰，以问东方朔。朔云：'不知，可问西域胡人。'"后法兰既至，众人追以问之，兰云：'世界终尽，劫火洞烧，此灰是也。'"这里借指兵火。

③碧血：《庄子·外物》："苌弘死于蜀，藏其血，三年而化为碧。"后因以"碧血"称忠臣烈士所流之血。龙堆：白龙堆的略称。古西域沙丘名，在新疆天山南路。《汉书·匈奴传下》："岂为康居、乌孙能逾白龙堆而寇西边哉，乃以制匈奴也。"颜师古注引孟康曰："龙堆形如土龙身，无头有尾，高大者二三丈，埤者丈余，皆东北向，相似也。在西域中。"

④玉帐：帐幕如玉之坚，为主帅所居，这里借指主将。宋辛弃疾《满江红》："破敌金城雷过耳，谈兵玉帐冰生颊。"垒：指军营。

⑤金笳：古代北方民族常用的一种管乐器。南朝梁江淹《从萧骠骑新亭》："金笳夜一远，明月信悠悠。"

一络索

过尽遥山如画，短衣匹马①。萧萧落木不胜秋，莫回首斜阳下。

别是柔肠萦挂②，待归才罢。却愁拥髻向灯前③，说不尽离人话。

【笺注】

①短衣匹马：穿着短衣，骑着一匹骏马。形容士兵雄姿强健。唐杜甫《曲江三章章五句》诗之三："短衣匹马随李广，看射猛虎终残年。"短衣，短装。古代为平民、士兵等所服。《史记·刘敬叔孙通列传》："叔孙通儒服，汉王憎之，廼变其服，服短衣，楚制，汉王喜。"司马贞索隐："孔文祥云：'短衣便事，非儒者衣服。高祖楚人，故从其俗裁制。'"

②萦（yíng）挂：牵挂。

③拥髻向灯前：捧持发髻，话旧生哀。汉伶玄《赵飞燕外传》附《伶玄自叙》："通德占袖，顾眄烛影，以手拥髻，凄然泣下。"宋苏轼《九日舟中望见有美堂上鲁少卿饮处以诗戏之》之二："遥知通德凄凉甚，拥髻无言怨未归。"

又

野火拂云微绿①，西风夜哭②。苍茫雁翅列秋空，忆写向屏山曲③。

山海几经翻覆④，女墙斜矗⑤。看来费尽祖龙心⑥，毕竟为谁家筑？

【笺注】

①野火：指磷火，俗称"鬼火"。人或动物尸体腐烂分解出磷化氢，能自燃。夜间野地里有时出现白色带蓝绿色的火焰，就是磷火。《列子·天瑞》："羊肝化为地皋，马血之为转邻也，人血之为野火也。"拂云：触到云。野火火焰自带蓝绿色，空中云层在其映照下会发出些许青绿色。

②西风夜哭：清吴伟业《送友人出塞》："鱼海萧条万里霜，西风一哭断人肠。"形容寒风肆虐、凄切。

③屏山：屏风。曲：局部，部分。屏山曲，雁翅列秋空的景象，好像屏风所绘的一部分。

④翻覆：反转，倾覆。这里指江山几经兴亡。

⑤女墙：城墙上呈凹凸形的小墙。当敌人侵犯攻城时，用来掩护守城士兵。这里指长城。《释名·释宫室》："城上垣，曰睥睨……亦曰女墙，言其卑小，比之于城。"

⑥祖龙：指秦始皇。《史记·秦始皇本记》："（三十六年）秋，使者从关东夜过华阴平舒道，有人持璧遮使者曰：'为吾遗滈池君。'因言曰：'今年祖龙死。'"裴骃集解引苏林曰："祖，始也；龙，人君象。谓始皇也。"当年秦始皇为了防御北方游牧民族的侵扰，修长城，故曰"费尽祖龙心"。

赤枣子

惊晓漏①，护春眠②。格外娇慵只自怜③。寄语酿花风日好④，绿窗来与上琴弦⑤。

【笺注】

①晓漏：拂晓时铜壶滴漏之声。宋李清照《菩萨蛮》："角声催晓漏。"

②春眠：春睡。

③娇慵：柔弱倦怠貌。

④寄语：传话，转告。酿花：催花吐放。宋吴潜《江城子·示表侄刘国华》："正春妍，酿花天。"

⑤上琴弦：清周在浚《翻香令·指环》："绿窗深夜上琴弦，春葱露出玉纤纤。"

又

风浙浙①，雨纤纤②。难怪春愁细细添。记不分明疑是梦，梦来还隔一重帘。

【笺注】

①浙浙：象声词，这里指风声。僧贯休《君子有所思行》："陌苍萧萧

风淅淅，缅想斯人胜珪璧。"

②纤纤：细长，柔细貌。宋苏轼《江神子》："黄昏犹是雨纤纤。"

*此词补遗自《纳兰词》，许增编，清光绪六年娱园刻本。

眼儿媚

林下闺房世罕俦①，偕隐足风流②。今来忍见③，鹤孤华表④，
人远罗浮⑤。

中年定不禁哀乐⑥，其奈忆曾游。浣花微雨⑦，采菱斜日，
欲去还留⑧。

【笺注】

①林下闺房：用"林下风气、闺房之秀"之典。南朝宋刘义庆《世说新
语·贤媛》："谢遏绝重其姊，张玄常称其妹，欲以敌之。有济尼者，并游
张、谢二家。人问其优劣。答曰：'王夫人神情散朗，故有林下风气。顾家
妇清心玉映，自是闺房之秀。'"林下风气，称颂妇女闲雅飘逸的风采；闺
房之秀，称颂女子是冰清玉洁，恪守妇德的大家闺秀。俦（chóu）：匹敌。

②偕隐：夫妇一起隐居。用"东汉鲍宣桓少君夫妇同归乡里"之
典。《后汉书·鲍宣妻传》："妻乃悉归侍御服饰，更著短布裳，与宣共挽
鹿车归乡里。"

③忍见：岂忍见，怎忍见，古汉语之反训。

④鹤孤：谓孤寂。鹤性孤高，故称。华表：古代设在桥梁、宫殿、城

垣或陵墓等前兼作装饰用的巨大柱子。一般为石造，柱身往往雕有纹饰。这里用"鹤归华表"典。晋陶潜《搜神后记》："丁令威，本辽东人，学道于灵虚山。后化鹤归辽，集城门华表柱。时有少年，举弓欲射之。鹤乃飞，徘徊空中而言曰：'有鸟有鸟丁令威，去家千年今始归。城郭如故人民非，何不学仙冢累累。'遂高上冲天。今辽东诸丁云其先世有升仙者，但不知名字耳。"喻久别重归而叹世事变迁。

⑤罗浮：山名，在广东省东江北岸，此处用"罗浮梦"之典。唐柳宗元《龙城录》载："隋开皇中赵师雄迁罗浮，一日天寒日暮，在醉醒间，因憩仆车于松林间酒肆傍舍，见一女子淡妆素服出迓师雄，时至昏黑，残雪对月色微明，师雄喜之与之语，但觉芳香袭人，语言极清丽，因与之扣酒家门，得数杯相与饮，少顷有一绿衣童来，笑歌戏舞亦自可观，顷醉寝，师雄亦懵然，但觉风寒相袭。久之，时东方已白，师雄起视乃在大梅花树下，上有翠羽啾嘈相顾，月落参横，但惆怅而尔。"后多为咏梅典实。

⑥中年定不禁哀乐：《世说新语·言语》载，太傅谢安对右将军王羲之说："中年伤于哀乐，每与亲友分别，总会难过许多天。"哀乐，悲哀与快乐，偏重哀义。

⑦浣花：指浣花日。成都旧时习俗，每年四月十九日，宴游于浣花溪畔，称"浣花日"。宋陆游《老学庵笔记》卷八："四月十九日，成都谓之浣花，遨头宴于杜子美草堂沧浪亭。倾城皆出，锦绣夹道。自开岁宴游，至是而止，故最盛于他时。予客蜀数年，屡赴此集，未尝不晴。蜀人云：'虽戴白之老，未尝见浣花日雨也。'"

⑧欲去还留：宋苏轼《菩萨蛮·西湖送述古》："秋风湖上萧萧雨，使君欲去还留住。"

又　咏红姑娘[1]

骚屑西风弄晚寒[2]，翠袖倚阑干[3]。霞绡裹处[4]，樱唇微绽，靺鞨红殷[5]。

故宫事往凭谁问，无恙是朱颜。玉墀争采[6]，玉钗争插，至正年间[7]。

【笺注】

①红姑娘：又名花姑姑，草本植物，酸浆的别名。其果色绛红，酸甜可食。明杨慎《丹铅总录·花木·红姑娘》引明徐一夔《元故宫记》：“金殿前有野果，名红姑娘，外垂绛囊，中空有子，如丹珠，味酸甜可食，盈盈绕砌，与翠草同芳，亦自可爱。”

②骚屑：风声。汉刘向《九叹·思古》：“风骚屑以摇木兮，云吸吸以湫戾。”王逸注：“风声貌。”

③翠袖：青绿色衣袖，这里比喻红姑娘的枝叶。

④霞绡：美艳轻柔的丝织物。宋陈亮《小重山》：“碧幕霞绡一缕红。”这里比喻红姑娘的花萼。

⑤靺鞨：红玛瑙之类的宝石。《旧唐书·肃宗纪》：“楚州刺史崔侁献定国宝玉十三枚……七曰红靺鞨，大如巨栗，赤如樱桃。”

⑥玉墀（chí）：台阶的美称。

⑦至正：元顺帝时第三个年号，自1341年到1370年。词人推想故宫中宫女们采戴红姑娘的情景。

又 中元夜有感①

　　手写香台金字经②，惟愿结来生。莲花漏转③，杨枝露滴④，想鉴微诚。

　　欲知奉倩神伤极⑤，凭诉与秋檠⑥。西风不管，一池萍水⑦，几点荷灯⑧。

【笺注】

①中元：指农历七月十五日。旧时道观于此日作斋醮，僧寺作盂兰盆会，民俗亦有祭祀亡故亲人等活动。唐韩鄂《岁华纪丽·中元》："道门宝盖，献在中元。释氏兰盆，盛于此日。"

②香台：烧香之台，即佛殿。金字经：指佛教经文。以金粉书就之文字，铭刻于碑石、器物上。

③莲花：佛门钟情于莲花，十方诸佛，同生于淤泥之浊，三身证觉，俱坐于莲台之上。又喻指佛门妙法。莲花漏转，这里一语双关，指时光流转。明李贽《观音问》："若无国土，则阿弥陀佛为假石，莲华为假相，接引为假说。"

④杨枝：梵语，译曰齿木。取杨柳等之小枝，将枝头咬成细条，用以刷牙，故又称杨枝。晋法显《佛国记》："出沙祇城南门，道东，佛本在此嚼杨枝。"杨枝水，佛教喻称能使万物复苏的甘露。

⑤奉倩：《三国志·魏志·荀恽传》裴松之注引晋孙盛《晋阳秋》载，三国魏荀粲，字奉倩，因妻病逝，痛悼不能已，每不哭而伤神，岁余亦死，年仅二十九岁。后成为悼亡的典实。

⑥秋檠：秋灯。檠，同"檠"，灯柱，灯台。宋吴文英《拜星月慢》"又

怕硬、绿减西风，泣秋檠烛外。"

⑦一池萍水：宋苏轼《水龙吟·次韵章质夫杨花词》："晓来雨过，遗踪何在？一池萍碎。"萍水，萍草随水漂泊。因聚散无定，故喻人之偶然相遇。

⑧荷灯：荷花形的河灯。中元节的夜晚，放荷灯浮于水面，用以祭祀亡灵，表达对逝去亲人的悼念。纳兰《西苑咏和苏友韵》："新凉却爱中元节，万点荷灯散玉河。"

又　咏梅

莫把琼花比淡妆①，谁似白霓裳②？别样清幽，自然标格，莫近东墙③。

冰肌玉骨天分付④，兼付与凄凉⑤。可怜遥夜，冷烟和月，疏影横窗⑥。

【笺注】

①淡妆：代指梅花。宋欧阳修《渔家傲》："仙格淡妆天与丽，谁可比。"

②霓裳：神仙的衣裳，以云为裳。《楚辞·九歌·东君》："青云衣兮白霓裳，举长矢兮射天狼。"这里比喻梅花的色泽姿态。

③东墙：用"宋玉东墙"之典。战国楚宋玉《登徒子好色赋》序："天下之佳人，莫若楚国；楚国之丽者，莫若臣里；臣里之美者，莫若臣东家之子……然此女登墙窥臣三年，至今未许也。"后常以"东家子"指美貌的女子，这里比喻美丽的梅花。

④冰肌玉骨天分付：《庄子·逍遥游》："藐姑射之山，有神人居焉，肌肤若冰雪，淖约若处子。"冰肌，形容女子纯净洁白的肌肤。这里比喻梅花娇柔美丽的体态。玉骨，梅花枝干的美称。宋毛滂《玉楼春·红梅》："当日岭头相见处，玉骨冰肌元淡伫。"宋南山居士《永遇乐·客答梅》："玉骨冰肌，野墙山径，烟雨萧索。"分付，交给。

⑤付于凄凉：宋柳永《彩云归》："朝欢暮宴，被多情、赋与凄凉。"

⑥疏影：稀疏的梅枝之影。宋林逋《山园小梅》："疏影横斜水清浅，暗香浮动月黄昏。"又宋曹冠《汉宫春·梅》："爱浮香胧月，疏影横窗。"

又

独倚春寒掩夕扉，清露泣铢衣①。玉箫吹梦，金钗划影②，悔不同携。

刻残红烛曾相待③，旧事总依稀。料应遗恨，月中教去，花底催归④。

【笺注】

①铢衣：传说神仙穿的衣服，重量只有数铢甚至半铢。这里指极轻的衣衫。铢，古代重量单位，二十四铢等于旧制一两。唐韩偓《浣溪沙》："宿醉离愁慢鬓鬟，六铢衣薄惹轻寒。"宋苏轼《水龙吟》："青鸾歌舞，铢衣摇曳。"

②金钗：妇女插于发髻的金制首饰，由两股合成。这里借指妇女。

③刻残红烛：古人刻度数于烛，烧以计时。

④花底催归：清朱彝尊《摸鱼子》："双栖燕，岁岁花时飞度，阿谁花底催去。"

又

重见星娥碧海槎①，忍笑却盘鸦②。寻常多少，月明风细，今夜偏佳。

休笺彩笔闲书字③，街鼓已三挝④。烟丝欲袅⑤，露光微泫⑥，春在桃花⑦。

【笺注】

①星娥：神话传说中的织女。唐李商隐《圣女祠》："星娥一去后，月姊更来无？"朱鹤龄注："星娥谓织女。"碧海：指青天。天色蓝若海，故称。槎：木筏。晋张华《博物志》："旧说云天河与海通。近世有人居海渚者，年年八月有浮槎去来，不失期。"

②却：犹再。盘鸦：指妇女盘卷黑发而成的头髻。唐李贺《美人梳头歌》："纤手却盘老鸦色，翠滑宝钗簪不得。"宋石孝友《柳梢青》："云髻盘鸦，眉山远翠，脸晕微霞。"

③休笺彩笔闲书字：笺，犹握。彩笔，用江淹梦五色笔之典，喻指辞藻富丽之文笔。唐赵光远《咏手》："慢笺彩笔闲书字，斜指瑶阶笑打钱。"

④街鼓：设置在京城街道的警夜鼓。宵禁开始和终止时击鼓通报。始于唐，宋以后泛指更鼓。唐刘肃《大唐新语·厘革》："旧制，京城内金吾晓暝传呼，以戒行者。马周献封章，始置街鼓，俗号夐（dōng）夐，公私便

纳兰词全编新注

焉。"挝（zhuā）：击，敲打。

⑤烟丝：指细长的杨柳枝条。袅：微风吹拂貌。

⑥露光：露水珠反射出来的光耀。南朝梁元帝《和刘尚书侍五明集诗》："露光枝宿，霞影水中轻。"这里借指露水珠。泫：露水下滴。南朝宋谢灵运《从斤竹涧越岭溪行》："岩下云方合，花上露犹泫。"

⑦春在桃花：宋周邦彦《少年游》第二："而今丽日明金屋，春色在桃枝。"清曹学佺《华林寺看梅有桃花甚开》："只惜梅花飞欲尽，不知色在桃溪。"

荷叶杯

簾卷落花如雪，烟月①。谁在小红亭？玉钗敲竹乍闻声②，风影略分明③。

化作彩云飞去④，何处？不隔枕函边⑤。一声将息晓寒天⑥，肠断又今年。

【笺注】

①烟月：云雾笼罩的月亮，即朦胧的月色。唐韦庄《应天长》："暗相思，无处说。惆怅夜来烟月。"

②玉钗敲竹：唐高适《听张立本吟诗》："自把玉钗敲砌竹，清歌一曲月如霜。"玉钗，玉制的钗。

③风影：随风晃动的物影。这里指人影。

④化作彩云飞：唐李白《宫中行乐词八首》其一："只愁歌舞散，化作

彩云飞。"这里形容人影的婀娜多姿。

⑤枕函：中间可以藏物的枕头。

⑥将息：劝慰珍重，保重。宋谢逸《柳梢青·离别》："香肩轻拍。尊前忍听，一声将息。昨夜浓欢，今朝别酒，明日行客。"

又

知己一人谁是，已矣①。赢得误他生②。有情终古似无情③，别语悔分明④。

莫道芳时易度⑤，朝暮。珍重好花天。为伊指点再来缘⑥，疏雨洗遗钿⑦。

【笺注】

①已矣：叹词。罢了，算了。

②赢得：落得，剩得。他生：来生，下一世。

③似无情：宋柳永《清平乐》："多情争似无情。"宋欧阳修《玉楼春》："多情翻却似无情。"宋司马光《西江月》："相见争如不见，有情何似无情。"

④别语：离别时说的言语。宋周邦彦《蝶恋花·秋思》："去意徘徊，别语愁难听。"

⑤芳时：花开时节，指良辰。宋欧阳修《减字木兰花》："爱惜芳时，莫待无花空折枝。"

⑥再来缘：来生的缘分。用唐代韦皋和玉箫之典（见《采桑子·土花曾

纳兰词全编新注

染湘娥黛》"玉箫"笺注)。

⑦遗钿:《杨妃外传》:"天宝四载,贵妃进见之日,赐浴汤泉。定情之夕,授金钗钿,合以固之。安禄山之乱,贵妃缢。上皇心念妃,命方士杨通微致其神,至蓬壶玉妃太真院,妃出问帝安否?取金钗钿合析其半,曰:'寻旧好也。'方士请当时一事不闻于人者,以为验。妃曰:'骊山宫七夕夜半,独侍上,凭肩而立。感牛、女事,誓愿世世为夫妇,此特君王知之耳。'又上元观灯或好花时节,仕女出游,遗钿堕珥时常发生,有人专门搜寻之。"宋吴文英《朝中措》:"踏青人散,遗钿满路,雨打秋千。"此处可谓一语双关。

梅梢雪　元夜月蚀①

星球映彻②,一痕微褪梅梢雪。紫姑待话经年别③,窃药心灰④,慵把菱花揭⑤。

踏歌才起清钲歇⑥,扇纨仍似秋期洁⑦。天公毕竟风流绝,教看蛾眉⑧,特放些时缺⑨。

【笺注】

①元夜:元宵。

②星球:绣球灯。清陈维崧《春从天上来·壬子元夕》:"回思春桥夜市,对盏盏星球、扇扇银屏。"映彻:照临,晶莹剔透貌。

③紫姑:神话中厕神名,又称子姑、坑三姑。南朝宋刘敬叔《异苑》卷五载,紫姑本为人家妾,为大妇所嫉,每以秽事相役。正月十五日激愤而

135

死。故世人以其日作其形，夜于厕间或猪栏边迎之。一说，姓何名楣，字丽卿，为唐寿阳刺史李景之妾。宋苏轼《子姑神记》载，何楣为大妇曹氏所嫉，正月十五日夜，被杀于厕中，上帝怜悯，命为厕神。旧俗每于元宵在厕中祀之，并迎以扶乩。正月十五日，本为农家祭祀蚕神之日。后随着紫姑神传说的流传，人们把祭祀蚕神和紫姑联系在一起，通过拜迎紫姑，占卜新年蚕年如何。南朝梁宗懔《荆楚岁时记》："正月十五日，其夕迎紫姑以卜将来蚕桑。"宋欧阳修《蓦山溪》："应卜紫姑神，问归期、相思望断。"

④窃药：《淮南子·览冥训》载，后羿得不死之药于西王母，其妻姮娥盗食之，成仙奔月。后以"窃药"喻求仙。这里指死亡的婉词。

⑤菱花：指古代菱花铜镜，多为六角形或背面刻有菱花。唐韩偓《闺怨》："时光潜去暗凄凉，懒对菱花晕晓妆。"揭：持，拿。

⑥踏歌：拉手而歌，以脚踏地为节拍。《资治通鉴·唐则天后圣历元年》："尚书位任非轻，乃为虏踏歌。"胡三省注："踏歌者，连手而歌，踏地以为节。"钲（zhēng）：古代乐器。形圆如铜锣，悬而击之。《清史稿·乐志人》："钲，范铜为之，形如樆。面平，口径八寸六分四厘，深一寸二分九厘八毫，边阔八分六厘四毫。穿六孔，两两相比，周以框，亦穿孔，以黄绒紃聊属之。左右铜钚二，系黄绒紃，悬于项而击之。"古时人们以为月蚀为天狗食月，每到农历十五便会敲铜锣打鼓，来驱赶天狗。

⑦扇：团扇。纨：素绢。扇纨，比喻皎洁的月光。汉班婕妤《怨歌行》："新裂齐纨素，皎洁如霜雪。裁成合欢扇，团团似明月。"秋期：指七夕，牛郎织女约会之期。

⑧蛾眉：蚕蛾触须细长而弯曲，因以比喻女子美丽的眉毛。这里代指蛾眉月。

⑨些时：片刻，一会儿。

木兰花令　拟古决绝词①

人生若只如初见，何事秋风悲画扇②? 等闲变却故人心③，却道故心人易变。

骊山语罢清宵半，泪雨零铃终不怨④。何如薄幸锦衣郎⑤，比翼连枝当日愿。

【笺注】

①拟古：诗文仿效古人的风格形式。如汉扬雄拟《易》作《太玄》，拟《论语》作《法言》，以及《文选》中的"杂拟"等。后成为诗体之一。作者仿效的是唐元稹的《决绝词》。决绝：永别。决，通"诀"。

②秋风悲画扇：用汉朝班婕妤之典。班婕妤曾是汉成帝妃，遭赵飞燕妒忌，被打入冷宫。凄凉境遇之下，以团扇自喻，写了《怨歌行》："新裂齐纨素，皎洁如霜雪。裁作合欢扇，团圆似明月。出入君怀袖，动摇微风发。常恐秋节至，凉飙夺炎热。弃捐箧笥中，恩情中道绝。"

③等闲：轻易，随便。故人心：《古诗十九首·客从远方来》："相去万余里，故人心尚尔。"南朝齐谢朓《同王主簿怨情》："故人心尚永，故心人不见。"

④骊山语罢清宵半，泪雨零铃终不怨：用唐玄宗与杨贵妃之典。《太真外传》载："天宝十载，侍辇避暑骊山宫。秋七月，牵牛织女相见之夕。上凭肩而望，因仰天感牛女事，密相誓心：愿世世为夫妇。言毕，执手各鸣咽，此独君王知之耳。"唐白居易《长恨歌》"在天愿作比翼鸟，在地愿作连理枝"对此做了生动的描写。后安史之乱爆发，玄宗入蜀，于马嵬坡赐死杨贵妃。杨死前云："妾诚负国恩，死无恨矣。"后唐玄宗于途中闻雨声、

铃声，悲伤至极，有感而发作《雨霖铃》寄托哀思之情。

　　⑤薄幸锦衣郎：锦衣，精美华丽的衣服，为显贵者所穿。锦衣郎，薄幸：薄情，负心。清洪昇《长生殿·怂合》："从来薄幸男儿辈，多负了佳人意。"这里指唐玄宗。

长相思①

　　山一程，水一程，身向榆关那畔行②，夜深千帐灯③。
　　风一更，雪一更，聒碎乡心梦不成④，故园无此声。

【笺注】

　　①长相思：康熙二十一年（1682）二月十五日，词人随从康熙诣永陵、福陵、昭陵告祭，二十三日出山海关，此词当作于此行之中。清高士奇《东巡目录》："二月丁未（二十九日），东风作寒，急雨催暮，夜更变雪。驻畔广宁县羊肠河东。"

　　②榆关：古称渝关、临榆关、临渝关，明改为今名，在今河北省秦皇岛市。那畔：犹那边，即山海关外。

　　③夜深千帐灯：千帐，极写营帐之多。此句被王国维《人间词话》评为是与"明月照积雪""大江流日夜""中天悬明月""黄河落日圆"之类"差近之"的"千古壮观"。

　　④聒（guō）：声嘈杂而让人觉得烦扰。这里指风雪声。宋柳永《爪茉莉·秋夜》："残蝉噪晚，甚聒得、人心欲醉。"

朝中措

蜀弦秦柱不关情①，尽日掩云屏②。已惜轻翎退粉③，更嫌弱絮为萍④。

东风多事，馀寒吹散，烘暖微酲⑤。看尽一帘红雨⑥，为谁亲系花铃⑦？

【笺注】

①蜀弦：即蜀琴。汉蜀郡司马相如所用的琴。相传相如工琴，故名。亦泛指蜀中所制的琴。宋晏殊《更漏子》："蜀弦高，羌管咽。"秦柱：犹秦弦。指秦国筝瑟之类的弦乐器。柱，瑟、筝等拨弦乐器架弦的码子。关情：动心，牵动情怀。

②云屏：有云形彩绘或用云母作装饰的屏风。唐韦庄《天仙子》："梦觉云屏依旧空。"

③轻翎退粉：蝴蝶翅上的粉屑在交尾后粉会退去。宋罗大经《鹤林玉露》卷十四："杨东山言，道藏经云，蝶交则粉退，蜂交则黄退。"

④弱絮：轻柔的柳絮。宋周紫芝《西江月》："池面风翻弱絮，树头雨退嫣红。"古人以，柳絮飘落水面，形成浮萍。宋苏轼《水龙吟·次韵章质夫杨花词》："晓雨来过，遗踪何在？一池萍碎。"

⑤酲（chéng）：病酒，酒醉后神志不清。《诗·小雅·节南山》："忧心如酲，谁秉国成。"毛传："病酒曰酲。"

⑥红雨：比喻落花。唐李贺《将进酒》："况是青春日将暮，桃花乱落如红雨。"

⑦花铃：用以惊吓鸟雀的护花铃。五代王仁裕《开元天宝遗事·花上金

铃》："至春时，放后园中纫红丝为绳，密缀金铃，系于花梢之上。每有乌鹊集，则令园吏掣铃索以惊之，盖惜花之故也。"

寻芳草　萧寺记梦

客夜怎生过？梦相伴绮窗吟和。薄嗔佯笑道①，若不是恁凄凉，肯来么？

来去苦匆匆，准拟待晓钟敲破。乍偎人一闪灯花堕，却对著琉璃火②。

【笺注】

①薄嗔：假装恼怒。

②琉璃火：指玻璃灯，用玻璃制作的油灯，多用于寺庙中。清陈维岳《满江红·福庵感旧》："梵阁下，琉璃火。禅榻上，蒲团坐。"

遐方怨

欹角枕①，掩红窗。梦到江南伊家，博山沉水香②。浣裙归晚坐思量③。轻烟笼浅黛④，月茫茫。

①敧：通"倚"，斜倚，斜靠。角枕：角制的或用角装饰的枕头。

②博山：见《浣溪沙·脂粉塘空遍绿苔》笺注。沉水香：即沉香木。明李时珍《本草纲目·木一·沉香》："（沉香）木之心节置水则沉，故名沉水，亦曰水沉。"这里指这种香点燃时所生的烟或香气。博山沉香，象征男女爱情。《乐府诗集·杨叛儿》："暂出白门前，杨柳可藏乌。欢作沉水香，侬作博山炉。"后唐诗人李白借乐府诗创作《杨叛儿》，其中有"博山炉中沉香火，双烟一气凌紫霞"，比喻男女两情之好。

③浣裙：即湔裳。古代风俗，指农历正月元日至月晦，女子在水边洗衣，以避灾祸。隋杜台卿《玉烛宝典》卷一："（农历正月）元日至于月晦，民并为醋食、渡水，士女悉湔裳、醵酒于水湄，以为度厄。"注："今世唯晦日临河解除，妇女或湔裙也。"

④浅黛：远处的山色。

秋千索　渌水亭春望①

垆边唤酒双鬟亚②，春已到卖花帘下。一道香尘碎绿苹③，看白袷亲调马④。

烟丝宛宛愁萦挂⑤，剩几笔晚晴图画⑥。半枕芙蕖压浪眠⑦，教费尽莺儿话⑧。

【笺注】

①渌水亭：在北京什刹后海北岸，是纳兰家中园亭，词人在此与朋友聚会，同时也是词人吟诗作赋、研读经史、著书立说的主要场所。此词当作于康熙二十四年（1685）。

②垆：旧时酒店里安放酒瓮的土台子，这里借指酒家。双鬟：古代年轻女子的两个环形发髻。这里指酒家婢女。亚：通"压"，指婢女从酒槽中把酒按压出来。唐李白《金陵酒肆留别》："风吹柳花满店香，吴姬压酒劝客尝。"

③香尘：芳香之尘。多指女子涉履而起者。晋王嘉《拾遗记·晋时事》："（石崇）又屑沉水之香如尘末，布象床上，使所爱者践之。"绿苹：又称水苹，浮萍。浮在水面，叶绿色，夏天开小白花。

④白袷（jiá）：白色夹衣。

⑤烟丝：指细长的杨柳枝条。宛宛：细弱貌。唐陆羽《小苑春望宫池柳色》："宛宛如丝柳，含黄一望新。"

⑥晚晴：傍晚晴朗的天色。

⑦芙蕖：荷花。

⑧教费尽莺儿话：宋王安石《清平乐》："留春不住，费尽莺儿语。"

又

药阑携手销魂侣①，争不记看承人处②。除向东风诉此情，奈竟日春无语③。

悠扬扑尽风前絮，又百五韶光难住④。满地梨花似去年⑤，却多了廉纤雨⑥。

【笺注】

①药阑携手销魂侣：宋赵长卿《长相思》："药阑东，药阑西，记得当时素手携。"药阑，芍药之栏。

②争：犹怎。看承：护持，照顾。宋柳永《击梧桐》："自识伊来，便好看承，会得妖娆心素。"宋吴淑姬《祝英台近·春恨》："断肠曲曲屏山，温温沉水，都是旧，看承人处。"

③竟日：终日，整天。

④百五：寒食日。在冬至后的一百零五天，故名。南朝梁宗懔《荆楚岁时记》："去冬至节一百五日，即有疾风甚雨，谓之寒食。禁火三日，造饧，大麦粥。"韶光：美好的时光，常指春光。

⑤满地梨花：唐刘方平《春怨》："寂寞空庭春欲晚，梨花满地不开门。"五代前蜀尹鹗《清平乐》："雨打梨花满地。"

⑥廉纤：细小，细微。这里形容微雨。宋晏几道《生查子》："无端轻薄云，暗作廉纤雨。"宋周邦彦《虞美人》："廉纤小雨池塘遍。"

又

游丝断续东风弱①，浑无语半垂帘幞。茜袖谁招曲槛边②，弄一缕秋千索③。

惜花人共残春薄，春欲尽纤腰如削④。新月才堪照独愁，却又照梨花落⑤。

①游丝：指蜘蛛等吐的飘荡在空中的丝。

②茜袖：用茜草染就的红袖。茜，绛红色。这里借指美女。后唐孙光宪《菩萨蛮》："客帆风正急，茜袖偎墙立。"曲槛：曲折的栏杆。

③索：粗绳。这里指秋千的绳索。宋朱淑真《生查子》："无绪倦寻芳，闲却秋千索。"

④纤腰如削：南朝梁简文帝《七励》："发鬓如点，纤腰成削。"

⑤梨花落：宋朱淑真《生查子》："不忍卷帘看，寂寞梨花落。"

又

锦帏初卷蝉云绕①，却待要起来还早②。不成薄睡倚香篝③，一缕缕残烟袅。

绿阴满地红阑悄，更添与催归啼鸟④。可怜春去又经时⑤，只莫被人知了。

【笺注】

①锦帏：锦帐。蝉云：蝉鬓形的发式像乌云一样盘绕着。宋李莱老《点绛唇》："香衬蝉云湿。"

②却待：正要。

③不成：助词。用于句首，表示反诘。香篝：熏笼。一种覆盖于火炉上供熏香、烘物和取暖用的器物。

④催归：杜鹃。相传为古蜀王杜宇之魂所化。春末夏初，常昼夜啼鸣，其声哀切。南朝宋鲍照《拟行路难》诗之六："中有一鸟名杜鹃，言是古时蜀帝魂。其声哀苦鸣不息，羽毛憔悴似人髡。"

⑤经时：历久。

*此词补遗自《纳兰词》，许增编，清光绪六年娱园刻本。

茶瓶儿

杨花糁径樱桃落①。绿阴下晴波燕掠②。好景成担阁③。秋千背倚，风态宛如昨④。

可惜春来总萧索。人瘦损纸鸢风恶⑤。多少芳笺约⑥，青鸾去也⑦，谁与劝孤酌。

【笺注】

①糁（sǎn）：散落。唐杜甫《绝句漫兴》："糁径杨花铺白毡，点溪荷叶叠青钱。"宋潘汾《贺新郎》："芳草王孙知何处，惟有杨花糁径。"樱桃落：五代南唐李煜《临江》："樱桃落尽春归去，蝶翻金粉双飞。"

②晴波：阳光下的水波。清仲恒《南歌子·春闺》："燕掠晴波远，莺啼柳色新。"

③担阁：拖延，耽误。

④风态：犹风姿。清梁清标《蝶恋花》："风雨摧花，不许朱颜老。浅笑微颦风态查。"

⑤瘦损：消瘦。纸鸢（yuān）：俗称风筝。古代曾用于军事通讯，相传为汉韩信所做。五代李邺于宫中作纸鸢，引线乘风为戏，于鸢首以竹为笛，使风入响声如筝鸣。后民间多用作春季室外娱乐之具。陆游《新秋感事》："风际纸鸢那解久，祭余刍狗会堪哀。"

⑥芳笺：带芳香的信笺。宋陆游《闺思》："芳笺寄与何处，绣闺珠枕。"

⑦青鸾：古代传说中凤凰一类的神鸟。赤为凤，青为鸾。唐李白《凤凰曲》："青鸾不独去，更有携手人。"谓女子。

好事近

帘外五更风①，消受晓寒时节②。刚剩秋衾一半③，拥透帘残月④。
争教清泪不成冰⑤，好处便轻别⑥。拟把伤离情绪，待晓寒重说。

【笺注】

①帘外五更风：宋无名氏《浪淘沙》："帘外五更风，吹梦无踪。"

②消受：禁受，忍受。

③刚剩秋衾一半：被子多出一半，意喻孤枕难眠。宋石孝友《醉落魄》："夜深秋气生帘幕，半衾依旧空闲却。"宋洪瑹《行香子》："秋衾半冷，窗月窥人。"

④透帘残月：唐温庭筠《宿城南之友别墅》："还似昔年残梦里，透帘斜月独闻莺。"五代前蜀魏承班《满宫花》："寒夜长，更漏永。愁见透帘月影。"

纳兰词全编新注

⑤清泪、成冰：唐刘商《古意》："风吹昨夜泪，一片枕前冰。"宋苏轼《江神子》："风紧离亭，冰结泪珠圆。"

⑥好处便轻别：宋吴潜《满江红》："缘底事，春才好处，又成轻别。"好处，这里特指欢合情浓之时。

又

何路向家园？历历残山剩水①。都把一春冷淡，到麦秋天气②。料应重发隔年花③，莫问花前事。纵使东风依旧，怕红颜不似。

【笺注】

①残山剩水：唐杜甫《陪郑广文游何将军山林》诗之五："剩水沧江破，残山碣石开。"残山，荒芜的山。剩水，凋残的水。

②麦秋：麦熟的季节，通指农历四、五月。《礼记·月令》："（孟夏之月）靡草死，麦秋至。"陈澔集说："秋者，百谷成熟之期。此于时虽夏，于麦则秋，故云麦秋。"

③隔年花：去年的花。宋马令《南唐书·昭惠周后传》："（后主）又尝与后移植梅花于瑶光殿之西，及花时而后已殂，因成诗见意……又云：失却烟花主，东风自不知。清香更何用，犹发去年枝。"

又

马首望青山，零落繁华如此①。再向断烟衰草②，认藓碑题字③。休寻折戟话当年④，只洒悲秋泪。斜日十三陵下，过新丰猎骑⑤。

【笺注】

①零落：衰颓败落。

②断烟：孤烟。唐徐坚《伐许州宋司马》："断烟伤别望，零雨送离怀。"

③藓碑：长满苔藓的古碑。宋林景熙《禹庙》："年年送春事，来拂藓碑看。"

④折戟："折戟沉沙"的省称。断戟沉埋在沙里，形容失败惨重。唐杜牧《赤壁》："折戟沉沙铁未销，自将磨洗认前朝。"

⑤新丰：县名，治所在今陕西省临潼县西北，本秦骊邑。汉高祖定都关中，其父太上皇居长安官中，思乡心切，郁郁不乐。高祖乃依故乡丰邑街里房舍格局改筑骊邑，并迁来丰民，改称新丰。据说士女老幼各知其室，从迁的犬羊鸡鸭亦竞识其家。太上皇居新丰，日与故人饮酒高会，心情愉快。后用作新兴贵族游宴作乐及富贵后与故人聚饮叙旧之典。唐王维《观猎》："忽过新丰市，还归细柳营。"猎骑：骑马行猎。

太常引　自题小照

西风乍起峭寒生①，惊雁避移营②。千里暮云平③，休回首长亭短亭④。

无穷山色，无边往事，一例冷清清⑤。试倩玉箫声，唤千古英雄梦醒。

【笺注】

①峭寒：犹料峭寒意，形容微寒。宋杨无咎《传言玉女》："料峭寒生，知是那番花信。"

②惊雁：惊鸿。

③千里暮云平：唐王维《观猎》："回看射雕处，千里暮云平。"

④长亭短亭：旧时城外大道旁，五里设短亭，十里设长亭，为行人休憩或送别之所。北周庾信《哀江南赋》："十里五里，长亭短亭。"

⑤一例：一律，同等。

又

晚来风起撼花铃①，人在碧山亭。愁里不堪听，那更杂泉声雨声。

无凭踪迹，无聊心绪，谁说与多情。梦也不分明②，又何必催教梦醒。

【笺注】

①撼：动，摇动。花铃：见《朝中措·蜀弦秦柱不关情》笺注。

②梦也不分明：宋周邦彦《木兰花传》："恶嫌春梦不分明，忘了与伊相见处。"

转应曲

明月，明月，曾照个人离别①。玉壶红泪相偎②。还似当年夜来③。来夜，来夜，肯把清辉重借④？

【笺注】

①明月，明月，曾照个人离别：南唐冯延巳《三台令》："明月，明月，照得离人愁绝。"

②玉壶红泪：指妇人悲伤落泪。晋王嘉《拾遗记·魏》："时文帝选良家子女，以入六宫。习以千金宝赂聘之。既得，便以献文帝。灵芸闻别父母，歔欷累日，泪下沾衣。至升车就路之时，以玉唾壶盛泪壶中，即如红色。既发常山，及至京师，壶中泪凝如血。"

③夜来：三国魏文帝宫中美人薛灵芸的别名。晋王嘉《拾遗记·魏》："文帝所爱美人，姓薛名灵芸，常山人也……灵芸未至京师十里，帝乘雕玉之辇，以望车徒之盛，嗟曰：'昔者言：朝为行云，暮为行雨。今非云非雨，非朝非暮。'改灵芸之名曰'夜来'。"

④肯把清辉重借：晋王嘉《拾遗记》载："夜来妙于针工，虽处于深帷之内，不用灯烛之光，裁制立成。非夜来缝制，帝则不服。宫中号为'针神'也。"清辉：清光。这里指灯烛的光辉。

山花子

林下荒苔道韫家①，生怜玉骨委尘沙②。愁向风前无处说，数归鸦③。

半世浮萍随逝水④，一宵冷雨葬名花⑤。魂似柳绵吹欲碎，绕天涯⑥。

【笺注】

①道韫：谢道韫，典出《世说新语·贤媛》。参见《眼儿媚·林下闺房世罕俦》"林下"笺注。

②生怜：可怜。委尘沙：冰肌玉骨般的美女死后，终为泥土尘沙掩没。南朝宋鲍照《芜城赋》："东都妙姬，南国丽人，蕙心纨质，玉貌绛唇，莫不埋魂幽石，委骨穷尘。"

③数归鸦：宋辛弃疾《虞美人》："佳人何处，数尽旧鸦。"

④浮萍：本意为浮生在水面上的草本植物。这里比喻飘泊无定的身世或变化无常的人世间。晋傅玄《明月篇》："浮萍本无根，非水将何依。"

⑤一宵冷雨葬名花：宋周邦彦《六丑·落花》："为问花何叶，夜来风雨，葬楚宫倾国。"

⑥柳绵吹欲碎，绕天涯：柳绵，柳絮。五代顾敻《虞美人》："教人魂梦逐杨花，绕天涯。"

又

　　昨夜浓香分外宜^①，天将妍暖护双栖^②。桦烛影微红玉软^③，燕钗垂^④。

　　几为愁多翻自笑，那逢欢极却含啼。央及莲花清漏滴^⑤，莫相催。

【笺注】

　　①昨夜浓香：清徐轨《减字木兰花》："昨夜浓香似梦中。"宜：合适。宋辛弃疾《一剪梅》："酒入香腮分外宜。"

　　②妍暖：晴朗暖和。宋黄庭坚《戏和舍弟船场探春》："莫听游人待妍暖，十分倾酒对春寒。"双栖：飞禽雌雄共同栖止，比喻夫妻共处。南唐冯延已《应天长》："双栖人莫妒。"

　　③桦烛：用桦木皮卷成的烛。红玉：红色宝玉，比喻美人肌色。《西京杂记》卷一："赵后体轻腰弱，善行步进退，女弟昭仪，不能及也。但昭仪弱骨丰肌，尤工笑语。二人并色如红玉。"

　　④燕钗：旧时妇女别在发髻上的燕形钗。玉燕钗，郭宪《洞冥记》卷二："神女留玉钗以赠帝，帝以赐赵婕好。至昭帝元凤中，宫人犹见此钗。黄琳欲之。明日示之，既发匣，有白燕飞升天。后宫人学作此钗，因名玉燕钗，言吉祥也。"

　　⑤央及：请求，恳求。莲花漏：古代的一种计时器。唐李肇《唐国史补》卷中："初，惠远以山中不知更漏，乃取铜叶制器，状如莲花，置盆水之上，底孔漏水，半之则沉。每昼夜十二次，为行道之节，虽冬夏短长、云阴月黑，亦无差也。"唐李贺《湖中曲》："燕钗玉股照青渠，越王娇郎小字书。"

又

　　风絮飘残已化萍①，泥莲刚倩藕丝萦②。珍重别拈香一瓣③，记前生④。

　　人到情多情转薄，而今真个悔多情⑤。又到断肠回首处，泪偷零。

【笺注】

①风絮：随风飘悠的絮花，多指柳絮。飘残：指飘零凋残的花叶。

②泥莲：指荷塘中的莲花。倩（qing）：倚近，挨近。

③拈香：撮香焚烧以敬神佛。一瓣：犹一粒、一片、一炷。

④记前生：《晋书·王坦之传》载，王坦之于竺法师交情甚厚，常一起谈论因果报应，约定两人先死的那个要向后死的那个报知自己死后的事。过了一年，竺法师突然来说："我已经死了，知道因果报应分毫不爽。应该勤修道德以升天成为神明。"说完人就不见了。不久，王坦之也去世了。这里或为词人与已经去世的妻子卢氏相约来世。

⑤悔多情：五代前蜀顾敻《虞美人》："旧欢时有梦魂惊，悔多情。"

摊破浣溪沙①

　　欲话心情梦已阑②，镜中依约见春山③。方悔从前真草草④，等闲看。

环佩只应归月下⑤，钿钗何意寄人间。多少滴残红蜡泪⑥，
几时干？

【笺注】

①摊破浣溪沙：词牌名，又名"山花子"。

②梦已阑：梦醒。宋辛弃疾《南乡子·舟中记梦》："欲说还休梦已阑。"

③春山：春日山色黛青。这里喻指妇人姣好的眉毛。五代前蜀牛峤《酒泉子》："钿车纤手卷帘望，眉学春山样。"

④方悔从前真草草：清彭孙遹《卜算子》："草草百年身，悔杀从前错。"草草，匆忙仓促的样子。

⑤环佩：女子所佩的玉饰。这里指女子。唐杜甫《咏怀古迹》："画图省识春风面，环佩空归月夜魂。"

⑥蜡泪：即烛泪。指蜡烛燃烧时淌下的液态蜡。唐李商隐《无题》："春蚕到死丝方尽，蜡炬成灰泪始干。"宋贺铸《感皇恩》："恼人红蜡烛，啼相对。"

又

小立红桥柳半垂，越罗裙飐缕金衣①。采得石榴双叶子②，
欲贻谁？

便是有情当落日③，只应无伴送斜晖④。寄语东风休著力，
不禁吹⑤。

①越罗：越地所产的丝织品，以轻柔精致著称。唐温庭筠《归国谣》："越罗春水渌。"缕金衣：即缀有金线的衣服。五代前蜀李珣《浣溪沙》："缕金衣透雪肌香。"

②石榴双叶子：双叶，成双成对的叶子，诗中象征情侣相思。宋黄庭坚《江城子·忆别》："寻得石榴双叶子，凭寄与、插云鬟。"明王彦泓《无绪》："空寄石榴双叶子，隔帘消息正沉沉。"

③当落日：唐杜甫《喜达行在所三首》之一："眼穿当落日，心死著寒灰。"

④送斜晖：唐李商隐《落花》："参差连曲陌，迢递送斜晖。"

⑤不禁：经受不住。

卷
二

又

一霎灯前醉不醒，恨如春梦畏分明①。淡月淡云窗外雨，一声声。

人道情多情转薄，而今真个不多情。又听鹧鸪啼遍了②，短长亭。

【笺注】

①春梦分明：唐张泌《寄人》："倚柱寻思倍惘怅，一场春梦不分明。"清陈维崧《前调·梦起》："春梦太分明，关人半日晴。"真个：真的，确实。

155

②鹧鸪：中国南方留鸟。形似雌雉，头如鹑，胸前有白圆点。背毛有紫赤浪纹，足黄褐色。古人谐其鸣声为"行不得也哥哥"，诗文中常用以表示思念故乡。《文选·左思〈吴都赋〉》："鹧鸪南翥而中留，孔雀綷羽以翱翔。"刘逵注："鹧鸪，如鸡，黑色，其鸣自呼。或言此鸟常南飞不止。豫章以南诸郡处处有之。"

*此词补遗自《昭代词选》卷九，蒋重光编，清乾隆三十二年经锄堂刻本。

菩萨蛮

窗前桃蕊娇如卷①，东风泪洗胭脂面②。人在小红楼③，离情唱石州④。

夜来双燕宿，灯背屏腰绿⑤。香尽雨阑珊⑥，薄衾寒不寒⑦。

【笺注】

①窗前桃蕊：唐温庭筠《春暮宴罢寄宋寿先辈》："窗间桃蕊宿妆在，雨后牡丹春睡浓。"桃蕊，桃花花苞。这里借指女子。如卷：明姚汝循《雨后行园》："柳似酣眠容，花如倦舞人。"

②东风：指春风。唐白居易《后宫词》："三千宫女胭脂面，几个春来无泪痕。"南唐冯延巳《归国谣》："泪珠滴破胭脂脸。"

③红楼：红色的楼。泛指华美的楼房。人在小红楼，宋施枢《摸鱼儿》："人在小红楼，朱帘半卷，香注玉壶露。"

④石州：乐府商调曲名。唐李商隐《代赠》诗之二："东南日出照高楼，

楼上离人唱石州。"石州，原为胡部音乐，后从边地传入中国，起初作为唐代宫廷教坊大曲，后流传到民间。石州传达离别之情，成为相思的代名词。

⑤绿：黑。这里指双燕背灯而宿，身影投射到屏风的中间位置，显得灰暗不清。

⑥雨阑珊：雨将尽。

⑦薄衾寒不寒：宋朱淑真《阿那曲》："薄衾无奈五更寒，杜鹃叫落西楼月。"

又

朔风吹散三更雪，倩魂犹恋桃花月①。梦好莫催醒，由他好处行②。

无端听画角③，枕畔红冰薄④。塞马一声嘶，残星拂大旗⑤。

【笺注】

①倩魂：少女的梦魂。桃花月：农历二月，这里喻指男女温存、两情相悦之时。

②好处：美好的时候，美好的处所。

③画角：从西羌传入的管乐器。形如竹筒，本细末大，以竹木或皮革等制成，因表面有彩绘，故称。发声哀厉高亢，古时军中多用以警昏晓，振士气，肃军容。

④红冰：喻泪水。形容感怀之深。五代王仁裕《开元天宝遗事·红冰》："杨贵妃初承恩召，与父母相别，泣涕登车，时天寒，泪结为红冰。"

宋方千里《醉桃源》："去时情泪滴落红冰，西风吹涕零。"

⑤拂：掠过。

又①

问君何事轻离别，一年能几团圆月？杨柳乍如丝②，故园春
尽时。

春归归不得，两桨松花隔③。旧事逐寒潮④，啼鹃恨未消⑤。

【笺注】

①这首作品在1982年中华书局影印本的《瑶华集》中有副标题"大兀
喇"。《瑶华集》乃清代词人蒋景祁搜罗清初顺治、康熙年间词作精华，"凡
有去取，必三复详慎而后定"所辑成行世。据记载，这首作品作于康熙
二十一年（1682）春，纳兰扈从出巡之时。

②杨柳乍如丝：南朝梁沈约《杂咏五首》之"咏春"："杨柳乱如丝，
绮罗不自持。"唐刘希夷《春女行》："愁心伴杨柳，春尽乱如丝。"

③两桨：古乐府《莫愁乐》："艇子打两桨，催送莫愁来。"南朝梁江
淹《西洲曲》："西洲在何处，两桨桥头渡。"松花：谓松花江。

④旧事逐寒潮：康熙初东北流人张缙彦《宁古塔山水记》："有大乌喇
者，每遇阴雨，多闻鬼器。则中夜狂沸铁马金戈之声，如万马奔腾，盖尝系
灭国古战场也。"大乌喇虞村为叶赫部的旧地。明万历四十七年（1619），
清太祖努尔哈赤打败海西女真叶赫部。叶赫部贝勒金台什即词人纳兰性德曾
祖，被努尔哈赤缢死，叶赫部遂亡。词人作这首词时，距叶赫之亡仅六十多

纳兰词全编新注

年，站在先祖旧地，回想历历往事，词人心生感慨。旧事，这里即指词人先祖之事。

⑤啼鹃：用蜀主杜宇失位之典。《成都记》："望帝死，其魂化为鸟，名曰杜鹃。"《埤雅》："杜鹃一名子规，夜啼达旦，血渍草木。"

又　为陈其年题照①

乌丝曲倩红儿谱②，萧然半壁惊秋雨③。曲罢鬓鬟偏④，风姿真可怜⑤。

须髯浑似戟⑥，时作簪花剧⑦。背立讶卿卿⑧，知卿无那情⑨。

【笺注】

①陈其年：陈维崧，字其年，号迦陵，明末清初文学家，江苏宜兴人。清初曾浪游南北，文名远播。康熙十七年（1678）入京，与词人结识。词人所咏之图为《迦陵填词图》，广东著名诗僧大汕所绘。画中陈其年拈髯持笔而坐，旁边的蕉叶上坐一女郎，手按洞箫，膝横琵琶。画作上有题字："岁在戊午闰三月二十四日，为其翁维摩传神，释汕。"

②乌丝曲：陈维崧的词集初名《乌丝词》。红儿：唐代名妓杜红儿。《太平广记》卷二七三："罗虬词藻富赡，与宗人隐、邺齐名。咸通乾符中，时号'三罗'。广明庚子（880）乱后，去从郦州李孝恭。籍中有红儿者，善为音声，常为副戎属意。会副戎聘邻道，虬请红儿歌而赠之缯彩。孝恭以副车所盼，不令受之。虬怒，拂衣而起。诘旦，手刃红儿。既而思之，乃作绝句百编，号《比红儿诗》，大行于时。"清尤侗《浣溪纱》"题陈其年小题"

词："乌丝阑写懊侬歌，红儿解唱定风波。"后用以泛称歌妓。

③萧然：空寂，萧条。惊秋雨：形容乐声之动人，感天动地下起秋雨。唐李贺《李凭箜篌引》："女娲炼石补天处，石破天惊逗秋雨。"

④髻鬟：古代妇女发式，将头发环曲束于顶。五代后蜀欧阳炯《浣溪沙》："独掩画屏愁不语，斜倚瑶枕髻鬟偏。"

⑤风姿：风度仪态。五代后蜀欧阳炯《女冠子》："恰似轻盈女，好风姿。"

⑥须髯浑似戟：《南史·褚彦回传》："公须髯如戟，何无丈夫意。"髯，胡须。戟，古代兵器。合戈、矛为一体，略似戈，兼有戈之横击、矛之直刺两种作用，杀伤力比戈、矛强。《清史稿·陈维崧传》："维崧清多髭须，海内称陈髯。"

⑦簪花：戴花。宋陈师道《木兰花减字》："白发簪花我自羞。"剧：游戏，嬉闹。簪花剧，戴花游戏。

⑧讶：惊诧，疑怪。卿卿：上"卿"字为动词，谓以卿称之；下"卿"字为代词，犹言你。两"卿"连用，作为相互亲昵之称。南朝宋刘义庆《世说新语·惑溺》："王安丰妇常卿安丰，安丰曰：'妇人卿婿，于礼为不敬，后勿复尔。'妇曰：'亲卿爱卿，是以卿卿；我不卿卿，谁当卿卿？'遂恒听之。"

⑨无那（nuò）：犹无限。宋欧阳修《一斛珠》："绣床斜凭情无那。"

又　宿滦河①

玉绳斜转疑清晓②，凄凄月白渔阳道③。星影漾寒沙④，微茫织浪花⑤。

金笳鸣故垒，唤起人难睡。无数紫鸳鸯⑥，共嫌今夜凉。

【笺注】

①滦河：古称濡水，在今河北省，北京至山海关必经之地。词人扈清圣祖谒遵化孝陵，经滦河，驻跸河岸两次，一为康熙十七年（1678）十月，一为康熙二十年（1681）十一月。此词所描写的内容，合乎当时的节令。

②玉绳：北斗第五星之北两星，这里代指北斗星。《文选·张衡〈西京赋〉》："上飞闼而仰眺，正睹瑶光与玉绳。"李善注引《春秋元命苞》曰："玉衡北两星为玉绳。"清晓：天刚亮时。秋夜半，玉绳自西北渐渐移转，慢慢沉降，时近晓。宋苏轼《洞仙歌·冰肌玉骨》："夜已三更，金波淡，玉绳低转。"

③月白：月色皎洁。渔阳：战国燕置渔阳郡，秦汉治所在渔阳（今北京市密云县西南）。唐玄宗天宝元年改蓟州为渔阳郡，治所在渔阳（今天津市蓟县）。

④星影：宋无名氏《降仙台》："星影疏动与天流，漏尽五更筹。"寒沙：寒冷季节的沙滩。清朱彝尊《满江红·塞上咏苇》："绝塞凄清，又谁把、秋声留住，斜阳外，塞沙摇漾，乱山无主。"漾：飘动、晃动。

⑤微茫：隐约模糊。这里指夜里斗转星移，夜色深沉。唐韦庄《江城子》："角声呜咽，星斗渐微茫。"宋周邦彦《庆春宫》："倦途休驾，澹烟里、微茫见星。"

⑥紫鸳鸯：鸂（xī）鶒（chì），形大于鸳鸯的水鸟，多紫色，好并游。明清时七品文官官服补子上多绣此图案。这里指边塞官员。

又

荒鸡再咽天难晓^①，星榆落尽秋将老^②。毡幕绕牛羊^③，敲冰饮酪浆^④。

山程兼水宿^⑤，漏点清钲续^⑥。正是梦回时，拥衾无限思^⑦。

【笺注】

①荒鸡：指三更前啼叫的鸡。唐令狐楚《从军行》："荒鸡隔水啼，汗马逐风嘶。"

②星榆：繁星。《玉台新咏·古乐府·陇西行》："天上何所有，历历种白榆。"宋杨亿《禁中庭树》："霜挂丹丘路，星榆北斗城。"

③毡幕：毡制的帐篷，古代北方游牧民族以为居室。

④酪浆：牛羊等的乳制品。汉李陵《答苏武书》："羶肉酪浆，以充饥渴。"唐刘商《胡笳十八拍》"第十七拍"马饥跑雪衔草根，人渴敲冰饮流水。

⑤山程：行路于山中。水宿：在水边过夜。

⑥漏点：漏壶滴下的水点声。宋辛弃疾《蝶恋花·宋郑元英》："莫响城头听漏点。说与行人，默默情千万。总是离愁无近远。"钲（zhēng）：击打型的军乐器。《诗经·小雅·踩芑》："钲人伐鼓，陈师鞠旅。"毛传："钲以静之，鼓以动之"。

⑦拥衾：半卧以被裹护下体。

又

新寒中酒敲窗雨[①]，残香细袅秋情绪[②]。才道莫伤神，青衫湿一痕[③]。

无聊成独卧[④]，弹指韶光过[⑤]。记得别伊时，桃花柳万丝。

【笺注】

①新寒：天气开始转冷。宋陆游《闷极有作》："新寒压酒夜，微雨种花时。"中酒：饮酒半酣。《汉书·樊哙传》："项羽既飨军士，中酒，亚父谋欲杀沛公。"颜师古注："饮酒之中也。不醉不醒，故谓之中。"敲窗雨：明谢榛《东园秋怀二首》："敲窗作风雨，不减去年秋。"

②袅：缭绕，缠绕。秋情绪：悲秋之情。宋柳永《雪梅香》："动悲秋绪，当时宋玉同。"

③青衫：唐制，文官八品、九品服以青。唐白居易《琵琶行》："座中泣下谁最多？江州司马青衫湿。"后借指失意的官员。

④无聊：无可奈何。

⑤弹指：捻弹手指作声，佛家多喻时间短暂。《翻译名义集·时分》："《僧祇》云，二十念为一瞬，二十瞬名一弹指。"

又

白日惊飚冬已半[①]，解鞍正值昏鸦乱[②]。冰合大河流[③]，茫茫一片愁。

烧痕空极望④，鼓角高城上⑤。明日近长安⑥，客心愁未阑⑦。

【笺注】

①白日惊飚冬已半：康熙二十三年（1684）冬，词人扈从康熙帝南巡返程时即将抵达京城途中创作此篇作品。据徐乾学所作词人墓志铭："上之幸海子、沙河……及登东岳，幸阙里，省江南，未尝不从。"《清实录》康熙二十三年九月，"丁亥，以圣驾东巡，颁诏天下"。十一月，"康寅，上回宫"。惊飚：突发的暴风，狂风。

②解鞍：解下马鞍，表示停驻。宋姜夔《扬州慢》："解鞍少驻初程。"

③冰合：冰封。北周王褒：《饮马长城窟》："雪深无复道，冰合不生波。"大河：黄河。

④烧痕：野火的痕迹。极望：满目，放眼远望。

⑤鼓角：战鼓和号角，军队用以报时、警众或发出号令。宋陆游《秋晚》："牛羊下残照，鼓角动高城。"

⑥长安：这里代指京师。

⑦客心：旅人之情，游子之思。南朝谢朓《暂使下都夜发新林至京邑赠西府同僚》："大江流日夜，客心悲未央。"

又

萧萧几叶风兼雨，离人偏识长更苦①。欹枕数秋天，蟾蜍早下弦②。

夜寒惊被薄，泪与灯花落③。无处不伤心，轻尘在玉琴④。

【笺注】

①长更：犹长夜。唐韦应物《三台令》："不寐倦长更，披衣出户行。"

②蟾蜍：传说中有三足蟾蜍，这里代指月亮。

③灯花：灯心余烬结成的花状物。宋花仲胤妻《伊川令·寄外》："教奴独自守空房，泪珠与灯花共落。"

④玉琴：玉饰的琴。宋晁补之《回纹》："织锦机边音韵咽，玉琴尘暗薰炉歇。"

又　回文①

雾窗寒对遥天暮，暮天遥对寒窗雾。花落正啼鸦，鸦啼正落花。

袖罗垂影瘦，瘦影垂罗袖。风翦一丝红②，红丝一翦风③。

【笺注】

①回文：亦称"回环"，修辞辞格。运用词序回环往复的语句，表现两种事物或情理的相互关系。有些回文刻意追求文字次序形式上的回绕，使同一语句顺读回读均可。

②风翦：风迅速吹过。

③红丝：五代王仁裕《开元天宝遗事·牵红丝娶妇》："郭元振少时，

美风姿，有才艺。宰相张嘉贞欲纳为婿。元振曰：'知公门下有女五人，未知孰陋，事不以仓卒，更待忖之。'张曰：'吾女各有姿色，即不知谁是匹偶，以子风骨奇香，非常人也。吾欲令五女各持一丝，幔前使子取便牵之，得者为婿。'元振欣然从命。遂牵一红丝线，得第三女，大有姿色。后果然随夫贵者也。"后为婚姻的代称。

又

催花未歇花奴鼓①，酒醒已见残红舞。不忍覆馀觞②，临风泪数行。

粉香看又别③，空剩当时月。月也异当时，凄清照鬓丝。

【笺注】

①催花鼓：唐南卓《羯鼓录》："尝遇二月初诘旦，（明皇）巾栉方毕，时当宿雨初晴，景色明丽，小殿内庭，柳杏将吐，睹而叹曰：'对此景物，岂得不为他判断之乎？'左右相目将命备酒，独高力士遣取羯鼓，上旋命之、临轩纵击一曲，曲名《春光好》，神思自得，及顾柳杏，皆已发拆。上指而笑谓嫔御曰：'此一事不唤我作天公可乎。'"花奴：唐玄宗时汝南王李琎的小名。《羯鼓录》："上性俊迈，酷不好琴。曾听弹琴，正弄未及毕，叱琴者出，曰：'待诏出去！'谓内官曰：'速召花奴将羯鼓来，为我解秽！'"

②覆：倾出，倒出。觞：酒杯。汉邹阳《酒赋》："纵酒作倡，倾碗覆觞。"宋刘子翚《夜过王勉仲家宿酒数行为作此歌》："明朝分手更愁人，

且覆清觞莫留剩。"

③粉香：犹脂粉的香气，这里代指所钟爱的女子。宋周邦彦《早梅芳·牵情》："粉香妆晕薄，带紧腰围小。"

又

惜春春去惊新燠①，粉融轻汗红绵扑②。妆罢只思眠，江南四月天③。

绿阴帘半揭，此景清幽绝。行度竹林风，单衫杏子红④。

【笺注】

①燠（yù）：暖，热。新燠，天气刚刚转暖。

②粉融轻汗红绵扑：唐白居易《和梦游春》："粉汗红绵扑。"粉汗，妇女之汗。妇女面多敷粉，故称。红绵扑：女子化妆用的粉扑。四月天：指初夏之时。

③四月天：指初夏之时。

④杏子红：黄中带红，比杏稍红的颜色。古乐府《西洲曲》："单衫杏子红，双鬓鸦雏色。"

又

榛荆满眼山城路①，征鸿不为愁人住②。何处是长安③，湿云吹雨寒。

丝丝心欲碎④，应是悲秋泪。泪向客中多⑤，归时又奈何。

【笺注】

①榛荆：犹荆棘，形容荒芜。

②征鸿：秋天南飞的雁。住：停留。

③何处是长安：宋陶明淑《望江南》："别君容易见君难，何处是长安。"长安，这里代指京城。

④丝丝：一些、一点，指细雨，承上文"湿云吹雨寒"。

⑤客中：旅居他乡。

又

春云吹散湘帘雨①，絮粘蝴蝶飞还住。人在玉楼中，楼高四面风。

柳烟丝一把，暝色笼鸳瓦②。休近小阑干，夕阳无限山。

【笺注】

①湘帘：用湘妃竹做的帘子。

②暝色：暮色。鸳瓦：成对的鸳鸯瓦。南朝梁萧统《讲席将毕赋三十韵诗依次用》：“日丽鸳鸯瓦，风度蜘蛛屋。”

又

晓寒瘦著西南月①，丁丁漏箭馀香咽②。春已十分宜，东风无是非。

蜀魂羞顾影③，玉照斜红冷④。谁唱后庭花⑤，新年忆旧家。

【笺注】

①瘦著：瘦削，月为瘦，即弯月或月牙。著，用于形容词词尾，表示程度。

②丁丁：原指伐木声。这里形容漏声。漏箭：漏壶的部件。上刻时辰度数，随水浮沉以计时。咽：填塞，充塞。

③蜀魂：指杜鹃。相传蜀主名杜宇，号望帝，死化为鹃。春月昼夜悲鸣，蜀人闻之，曰：“我望帝魂也。”顾影：自顾其影，有自矜、自负之意。

④玉照：宋张镃堂名。张镃《玉照堂品梅记》：“淳熙己巳，得苑圃于南湖之滨，有古梅数十，增取西湖北山红梅合三百余本，筑堂数间，花时居宿其中，环洁辉映，夜如对月，因名曰玉照。”斜红：指人头上所戴的红花。

⑤后庭花：乐府清商曲吴声歌曲名，本名《玉树后庭花》，南朝陈后主制。其辞轻荡，而其音甚哀，故后多用以称亡国之音。唐杜牧《泊秦淮》：“商女不知亡国恨，隔江犹唱后庭花。”

又

为春憔悴留春住^①，那禁半霎催归雨^②。深巷卖樱桃，雨馀红更娇^③。

黄昏清泪阁^④，忍便花飘泊^⑤。消得一声莺^⑥，东风三月情。

【笺注】

①为春憔悴留春住：此词今存词人手迹，写给高士奇。高士奇，清诗人、书画鉴赏家。落魄时，曾被明珠聘为词人的书法老师。后以诸生供奉内廷，为康熙所宠幸，官至少詹事。

②半霎：极短的时间。

③雨馀：雨后。

④阁：含着，不使流下。

⑤忍便：便教，便让。

⑥消得：禁得起。

又

隔花才歇廉纤雨^①，一声弹指浑无语。梁燕自双归^②，长条脉脉垂^③。

小屏山色远，妆薄铅华浅^④。独自立瑶阶^⑤，透寒金缕鞋。

【笺注】

①廉纤：雨细的样子。宋晏几道《生查子》："无端轻薄云，暗作廉纤雨。"

②梁燕：梁上的燕子。

③长条：长的柳条。脉脉：连绵不断貌。

④铅华：妇女化妆用的铅粉。

⑤瑶阶：石阶的美称。宋曾布《水调歌头》："窈窕佳人，独立瑶阶。"

又

黄云紫塞三千里①，女墙西畔啼乌起②。落日万山寒，萧萧猎马还③。

笳声听不得，入夜空城黑。秋梦不归家，残灯落碎花④。

【笺注】

①黄云：沙尘，塞外沙漠黄沙飞扬，天空常呈黄色，故称。南朝宋谢灵运《拟魏太子"邺中集"诗·阮瑀》："河洲多沙尘，风悲黄云起。"紫塞：北方边塞。晋崔豹《古今注·都邑》："秦筑长城，土色皆紫，汉塞亦然，故称紫塞焉。"

②啼乌：用"齐垒啼乌"之典。《左传·襄公十八年》："丙寅晦，齐师夜遁。师旷告晋侯曰：'乌乌之声乐，齐师其遁。'"后为敌军败逃的典实。

③萧萧：形容马叫声。《诗·小雅·车攻》："萧萧马鸣，悠悠斾旌。"

④残灯落碎花：唐戎昱《桂州腊夜》："晓角分残漏，孤灯落碎花。"
碎花：喻指灯花。

又

飘蓬只逐惊飙转①，行人过尽烟光远②。立马认河流③，茂陵风雨秋④。

寂寥行殿锁⑤，梵呗琉璃火⑥。塞雁与宫鸦⑦，山深日易斜。

【笺注】

①飘蓬：飘飞的蓬草。

②烟光：云霭雾气。

③立马：驻马。认河流：通过辨别河流的方向确认方位。

④茂陵：一为汉武帝刘彻的陵墓，在今陕西省兴平县东北。《汉书·武帝纪》："（后元二年）二月丁卯，帝崩于五柞宫，入殡于未央宫前殿。三月甲申，葬茂陵。"颜师古注引臣瓒曰："自崩至葬凡十八日。茂陵在长安西北八十里也。"二为明宪宗朱见深的陵墓，在今北京市昌平县北天寿山。

⑤寂寥：空无一人。行殿：犹行宫。唐李商隐《旧顿》："犹锁平时旧行殿，尽无宫户有宫鸦。"

⑥梵呗：佛教作法事时的歌咏赞颂之声。南朝梁慧皎《高僧传·经师论》："原夫梵呗之起，亦肇自陈思。"

⑦塞雁：塞外的鸿雁，秋季南来，春季北去。古人常以之作比，表示对远离家乡的亲人的怀念。宫鸦：栖息在宫苑中的乌鸦。

又

晶簾一片伤心白①，云鬟香雾成遥隔②。无语问添衣，桐阴月已西。

西风鸣络纬③，不许愁人睡。只是去年秋，如何泪欲流。

【笺注】

①晶簾：水晶帘子，这里借指眼泪。伤心白：极其悲痛。明刘基《摸鱼儿·金陵秋夜》："回首碧空无际，空引睇，但满眼芙蓉黄菊伤心丽。"

②云鬟香雾：唐杜甫《月夜》："香雾云鬟湿，清辉玉臂寒。"词人借杜甫写给妻子的诗，代指妻子。

③络纬：即莎鸡，俗称络丝娘、纺织娘。夏秋夜间振羽，发出"沙沙""轧织"的声音，如纺线样，故名。

又　寄梁汾苕中①

知君此际情萧索，黄芦苦竹孤舟泊②。烟白酒旗青，水村鱼市晴③。

柁楼今夕梦④，脉脉春寒送⑤。直过画眉桥⑥，钱塘江上潮。

【笺注】

①苕中：江苏苏州西北阊门外有苕溪，溪有东、西二源，合入太湖。顾

梁汾南归后曾寓居此地，故云。康熙二十一年（1682）秋，词人作《送沈进士尔璟归吴兴》："无限江湖兴，因君寄虎头。"自注："时梁汾在芬上。"

②黄芦：枯黄的芦苇。苦竹：笋有苦味，不能食用。《齐民要术》："竹之丑者有四，有青苦者，白苦者，紫苦者，黄苦者。"唐白居易《琵琶行》："黄芦苦竹绕宅生。"

③水村：水边的村落。鱼市：卖鱼的市场。宋王禹偁《点绛唇·感兴》："水村渔市，一缕孤烟细。"

④柁楼：船上操舵之室。因高起如楼，故称。这里指借宿船中。

⑤脉脉：连绵不断貌。

⑥画眉桥：顾贞观有咏六桥自度曲《踏莎美人》云："双鱼好记夜来潮，此信拆看，应傍画眉桥。"自注："桥在平望，俗传画眉鸟过其下即不能巧啭，舟人至此，必携以登陆云。"平望，在江苏吴江县南运河边，与苕溪并不相通。此处词人说过画眉桥，借指梁汾故乡。

又　回文

客中愁损催寒夕①，夕寒催损愁中客。门掩月黄昏，昏黄月掩门②。

翠衾孤拥醉，醉拥孤衾翠。醒莫更多情，情多更莫醒。

【笺注】

①客中：旅居他乡。愁损：忧伤。

②门掩月黄昏，昏黄月掩门：清朱彝尊《菩萨蛮·长山客山》："门掩乍黄昏，昏黄乍掩门。"

又　回文

研笺银粉残煤画①，画煤残粉银笺研。清夜一灯明②，明灯一夜清。

片花惊宿燕，燕宿惊花片。亲自梦归人，人归梦自亲。

【笺注】

①研笺：压印有图画的信笺。研，压印。银粉：银的粉末，研笺的颜料。煤：墨。

②清夜：清静的夜晚。

又

乌丝画作回纹纸①，香煤暗蚀藏头字②。筝雁十三双③，输他作一行④。

相看仍似客，但道休相忆⑤。索性不还家，落残红杏花。

【笺注】

①乌丝：有墨线格子的笺纸。回纹：即回文诗。

②香煤：古代妇女用以画眉的化妆品。暗蚀：暗中损伤。藏头：诗歌中的一种特殊诗体。每句诗的诗头一个字嵌入要表达的内容。

③筝雁：筝柱。因筝柱斜列如雁行，故称。汉晋之前，筝设十二弦，后加至十三弦、十五弦、十六弦及二十一弦。唐李商隐《昨日》："十三弦柱雁行斜。"

④输他：犹言让他。

⑤相忆：想思，想念。

又

阑风伏雨催寒食①，樱桃一夜花狼藉。刚与病相宜，锁窗薰绣衣②。

画眉烦女伴，央及流莺唤。半晌试开奁③，娇多直自嫌④。

【笺注】

①阑风伏雨：犹阑风长雨。阑珊的风，冗多的雨。泛指风雨不已。寒食：寒食节，在清明前一日或二日。相传春秋时晋文公负其功臣介之推，介愤而隐于绵山，文公悔悟，烧山逼令出仕，之推抱树焚死。人民同情介之推的遭遇，相约于其忌日禁火冷食，以为悼念。以后相沿成俗，谓之寒食。按，《周礼·秋官·司烜氏》"中春以木铎修火禁于国中"，则禁火为周的旧制。汉刘向《别录》有"寒食蹋蹴"的记述，与介之推死事无关；晋陆翙《邺中记》《后汉书·周举传》等始附会为介之推事。寒食日有在春、在冬、在夏诸说，惟在春之说为后世所沿袭。南朝梁宗懔《荆楚岁时记》："去冬节一百五日，即有疾风甚雨，谓之寒食。禁火三日，造饧大麦粥。"

②锁窗：犹琐窗，雕刻或绘有连环形花饰的窗子。

③奁（lián）：古代盛梳妆用品的器具。《后汉书·皇后纪·光烈阴皇后》："视太后镜奁中物，感动悲涕。"李贤注："奁，镜匣也。"

④直：副词，只，但。

又

梦回酒醒三通鼓①，断肠啼鴂花飞处②。新恨隔红窗③，罗衫泪几行。

相思何处说，空有当时月。月也异当时，团圞照鬓丝④。

【笺注】

①三通鼓：用于击鼓催征。中国古代两军开战，摆好阵势，一方击鼓叫战，另一方擂鼓应战。如果对方不应战，叫战方会在三通鼓后攻击。

②鴂（jué）：杜鹃。

③新恨：新产生的惆怅之情。

④团圞（luán）："圞"通"娈"这里借指月亮。

*此词补遗自《昭代词选》卷九，蒋重光编，清乾隆三十二年经锄堂刻本。

菩萨蛮　过张见阳山居赋赠①

车尘马迹纷如织，羡君筑处真幽僻②。柿叶一林红，萧萧四面风。

功名应看镜③，明月秋河影④。安得此山间，与君高卧闲⑤。

【笺注】

①张见阳山居：词人好友张纯修（字子敏，号见阳）在京郊西山有别墅。清初学者毛际可《张见阳诗序》："曩者岁在己未……张子见阳联骑载酒招邀作西山游。同游者为施愚山、秦留仙、朱锡鬯、严荪友、姜希溟诸公，分韵赋诗，极一时之盛。"

②真幽僻：清初诗人、学者施闰章（字尚白，号愚山）有《同毛会候、曹宾及、梅耦长宿张见阳西山别业》一诗，其中有"萝阴别馆绿溪静，竹外繁花拂槛低"两句。

③功名应看镜：功名勋业未成，而镜中的容貌已经不堪岁月的洗磨渐渐衰老。唐杜甫《江上》："勋业频看镜，行藏独倚楼。"宋毛滂《蝶恋花》："勋业来迟，不用频看镜。"

④秋河：即银河。梁元帝《东宫后堂仙室山铭》："殿接南箕，桥连北斗。秋河从带，春禽衔绶。"唐李商隐《楚宫》诗之二："暮雨自归山悄悄，秋河不动夜厌厌。"

⑤高卧：悠闲地卧躺着，常有隐居不仕之想。《晋书隐逸传陶潜》："尝言夏月虚闲，高卧北窗之下，清风飒至，自谓羲皇上人。"

醉桃源

斜风细雨正霏霏①，画帘拖地垂②。屏山几曲篆香微③，闲庭柳絮飞。

新绿密，乱红稀。乳莺残日啼④。馀寒欲透缕金衣，落花郎未归。

【笺注】

①斜风细雨：细密的小雨随风斜落。唐张志和《渔父》："青箬笠，绿蓑衣，斜风细雨不须归。"霏霏：雨盛貌。

②画帘：有画饰的帘子。

③屏山几曲篆香微：明陈子龙《醉落魄》："几曲屏山，竟日飘香篆。"

④乳莺：刚出生的莺所叫的第一声，悦耳动听，如泉出谷。残日：夕阳。

昭君怨

深禁好春谁惜①？薄暮瑶阶伫立②。别院管弦声，不分明。

又是梨花欲谢，绣被春寒今夜。寂寂锁朱门，梦承恩③。

【笺注】

①深禁：深宫。

②薄暮：傍晚，太阳快落山的时候。

③承恩：汉台馆名。《汉书·霍光传》："筑神道，北临昭灵，南出承恩。"颜师古注引服虔云："昭灵、承恩，皆馆名也。"

此词补遗自《纳兰词补遗》卷一，王云五主编，万有文库。

又

暮雨丝丝吹湿，倦柳愁荷风急①。瘦骨不禁秋，总成愁。别有心情怎说？未是诉愁时节。谯鼓已三更②，梦须成。

【笺注】

①倦柳愁荷：宋史达祖《秋霁·江水苍苍》："江水苍苍，望倦柳愁荷者，共感秋色。"秋霜之后，柳叶快要衰落，荷塘枯叶。

②谯鼓：谯楼更鼓。见《金缕曲·慰西溟》笺注。

*此词补遗自《纳兰词》卷一，汪元治编，清道光十二年结铁网斋刻本。

纳兰词全编新注

卷

三

琵琶仙中秋

　　碧海年年①，试问取冰轮②，为谁圆缺。吹到一片秋香③，清辉了如雪④。愁中看好天良夜⑤，知道尽成悲咽。只影而今⑥，那堪重对，旧时明月。

　　花径里戏捉迷藏，曾惹下萧萧井梧叶⑦。记否轻纨小扇⑧，又几番凉热⑨。只落得填膺百感总茫茫⑩，不关离别。一任紫玉无情⑪，夜寒吹裂⑫。

【笺注】

　　①碧海：指青天。天色之蓝若海，故称。

　　②冰轮：明月。唐王初《银河》"历历素榆飘玉叶，涓涓清目泾冰轮。"

　　③秋香：秋日开放的花，多指菊花、桂花等。

　　④了：清楚，明晰。

　　⑤好天良夜：美好的时节。宋柳永《女冠子》："相思不得长相聚，好天良夜，无端惹起千愁成绪。"

　　⑥只影：谓孤独无偶。

　　⑦井梧：金井梧桐，叶有黄纹如井，故称。诗人常常用此说明时节已至深秋。唐杜甫《宿府》："清秋幕府井梧寒，独宿江城蜡炬残。"唐李白《赠别舍人弟台卿之江南》："去国客远行，还山秋梦长。梧桐落金井，一叶飞银床。"

⑧轻纨：纨扇。

⑨凉热：寒暑、冷暖。

⑩填膺：充塞于胸膛。汉王充《论衡·程材》："孔子曰：'孝悌之至，通于神明。'张释之曰：'秦任刀笔小吏，陵迟至于二世，天下土崩。'张汤、赵禹，汉之惠吏，太史公序累置于酷部，而致土崩。孰与通于神明、令人填膺也！"百感：种种感慨。

⑪紫玉：笛箫。紫玉，为紫竹的别名，茎成长后为紫黑色，故称。古人多截取紫竹为笛箫，固以紫玉代称笛箫。按晋干宝《搜神记》载：吴王夫差小女紫玉，年十八，悦童子韩重，欲嫁而为父所阻，气结而死。故紫玉亦用为女子早逝之典。此词为中秋怀念妻子之作，卢氏早逝，"紫玉"可谓一语双关。

⑫夜寒吹裂：宋辛弃疾《贺新郎·把酒长亭说》："长夜笛，莫吹裂。"

清平乐

凄凄切切①，惨淡黄花节②。梦里砧声浑未歇③，那更乱蛩悲咽④。

尘生燕子空楼⑤，抛残弦索床头。一样晓风残月⑥，而今触绪添愁⑦。

【笺注】

①凄凄切切：凄凉而悲切。宋欧阳修《秋声赋》："凄凄切切，呼号奋发。"

②惨淡：悲惨凄凉。黄花节：指重阳节，其时菊花盛开，故称。

③砧声：捣衣声。妇女将织好的布平铺在光滑的砧板上，用木棒敲打，使之平整柔软，便于缝制新衣。捣衣多于秋夜，故在古诗词中，常用来表达征人离家的凄冷惆怅之情。南朝宋谢惠连《捣衣》："櫩高砧响发，楹长杵声哀。微芳起两袖，轻汗染双题。纨素既已成，君子行未归。裁用笥中刀，缝为万里衣。"

④蛩（qióng）：蟋蟀的别名。

⑤燕子楼：在今江苏省徐州市，相传唐贞元时尚书张建封爱妾关盼盼居所。张死后，盼盼念旧不嫁，独居此楼十余年。见唐白居易《〈燕子楼〉诗序》。一说，盼盼系建封子张愔之妾。见宋陈振孙《白文公年谱》。后泛指女子居所。这里借指亡妻生前所居之室。

⑥晓风残月：晨风轻拂，残月在天，情景冷清，常借以抒写离情。唐韩琮《露》："几处花枝抱离恨，晓风残月正潸然。"宋柳永《雨霖铃·寒蝉凄切》词："今宵酒醒何处？杨柳岸、晓风残月。"

⑦触绪：触动心绪。

又　上元月蚀

瑶华映阙①，烘散蓂墀雪②。比似寻常清景别③，第一团圆时节④。影娥忽泛初弦⑤，分辉借与宫莲⑥。七宝修成合璧⑦，重轮岁岁中天⑧。

【笺注】

①瑶华：美玉，这里代指月亮。

②蓂（míng）：蓂荚，古代传说中的一种瑞草。每月从初一至十五，每日结一荚；从十六至月终，每日落一荚。从荚数多少，知是何日。《竹书纪年》卷上："有草夹阶而生，月朔始生一荚，月半而生十五荚；十六日以后，日落一荚，及晦而尽；月小，则一荚焦而不落。名曰蓂荚，一曰历荚。"晋葛洪《抱朴子·对俗》："唐尧观蓂荚以知月。"墀（chí）：台阶。蓂墀，长有蓂荚的台阶。

③清景：月夜清光之景。三国魏曹植《公宴》诗："明月澄清景，列宿正参差。"

④第一团圆时节：一年中第一次月圆。正月为一年之始，十五月圆，故称第一。

⑤影娥：汉代未央宫中的影娥池。本凿以玩月，后以指清澈鉴月的水池。《三辅黄图·未央宫》："影娥池，武帝凿以玩月。其旁起望鹄台，以眺月影入池中，亦曰眺蟾台。"初弦：阴历每月初七、八的月亮。其时月如弓弦，故称。

⑥宫莲：莲花宫灯。汉明帝倡佛，令元宵点灯，以示敬佛。《东观奏记》："上将命令狐绹为相，夜半幸含春亭召对，尽蜡烛一炬方许归学士院。乃赐金莲花烛送之，院吏忽见，惊报院中曰驾来。俄而赵公至，吏谓赵公曰：金莲花乃引驾烛，学士用之，莫折是否。顷刻而闻傅说之命。"

⑦七宝：古代民间传说，月由七宝合成。唐段成式《酉阳杂俎·天咫》："君知月乃七宝合成乎，月势如丸，其影日烁其凸处也，常有八万二千户修之。"七宝，七种珍宝，说法不一。合璧：日、月、五星会集。比喻日月同升。《汉书·律历志上》："日月如合璧，五星如联珠。"颜师古注引孟康曰："谓太初上元甲子夜半朔旦冬至时，七曜皆会聚斗、牵牛分度，夜尽如合璧连珠。"

⑧重轮：日、月周围光线经云层冰晶的折射而形成的光圈，古代以为祥瑞之象。《六部成语注解·礼部》："日月重轮珥食：日月之外又现光圈一二重，谓之重轮。"

纳兰词全编新注

又

烟轻雨小，望里青难了①。一缕断虹垂树杪②，又是乱山残照。凭高目断征途③，暮云千里平芜④。日夜河流东下，锦书应托双鱼⑤。

【笺注】

①青难了：唐杜甫《望岳》："岱宗夫如何，齐鲁青未了。"难了，不尽。

②断虹：一段彩虹。树杪（miǎo）：树梢。

③目断：望断，一直望到看不见。唐姚鹄《玉真观寻赵尊师不遇》："凭高目断无消息，自醉自吟愁落晖。"

④平芜：草木丛生的平旷原野。唐王维《观猎》："回看射雕处，千里暮云平。"

⑤锦书：锦字书。本为前秦苏惠寄给丈夫的织锦回文诗，后多指妻子给丈夫的书信，表达思念之情。《晋书·列女传·窦滔妻苏氏》："窦滔妻苏氏，始平人也，名惠，字若兰。善属文。滔，符坚时为秦州刺史，被徙流沙，苏氏思之，织锦回文旋图诗对赠滔。宛转循环以读之，词甚悽惋。"双鱼：把书信夹在里面的鱼形木板。《古乐府》："尺素如残雪，结成双鲤鱼。要知心中事，看取腹中书。"

又

孤花片叶①，断送清秋节②。寂寂绣屏香篆灭③，暗里朱颜消歇④。谁怜散髻吹笙⑤，天涯芳草关情⑥。懊恼隔帘幽梦⑦，半床花月纵横⑧。

【笺注】

①孤花片叶：仅存的只花片叶，深秋衰败之景。

②断送：度过时光。清秋节：指农历九月九日重阳节。

③香篆：形似篆文的香。

④朱颜：酒醉的面容。消歇：消失，止歇。

⑤散髻：即解散发髻。南朝齐王俭所作的发式。《南齐书·王俭传》："（王俭）作解散髻，斜插帻簪，朝野慕之，相与放效。"吹笙：喻饮酒。宋张元幹《浣溪沙》题曰："谚以窃为吹笙云。"清况周颐《蕙风词话》卷三："窃尝，尝酒也……《织余琐述》云：'乐器竹制者唯笙，用吸气吸之，恒轻，故以喻窃尝。'"

⑥芳草：比喻忠贞之人。关情：动心，牵动情怀。宋辛弃疾《满江红·可恨东君》："更天涯、芳草最关情。"

⑦幽梦：忧愁之梦。唐杜牧《郡斋独酌》："寻僧解幽梦，乞酒缓愁肠。"宋秦观《八六子》："夜月一帘幽梦，春风十里柔情。"

⑧半床花月：月照花影入户，在床上参差交横。

又

麝烟深漾①，人拥缑笙氅②。新恨暗随新月长，不辨眉尖心上③。六花斜扑疏帘④，地衣红锦轻沾⑤。记取暖香如梦⑥，耐他一晌寒严⑦。

【笺注】

①麝烟：焚麝香发出的烟。

②缑笙氅：犹如仙衣道服式的大氅，这里借指丧服。汉刘向《列仙传·王子乔》："王子乔者，周灵王太子晋也。好吹笙，作凤凰鸣。游伊洛之间，道士浮丘公接以上嵩高山。三十余年后，求之于山上，见桓良曰：'奉告我家，七月七日待我于缑氏山岭。'至时，果乘白鹤驻山头，望之不得到，举手谢时人，数日而去。"

③眉尖心上：宋范仲淹《御街行》："都来此事，眉尖心上，无计相回避。"

④六花：雪花。雪花结晶六瓣，故名。唐贾岛《寄令狐绹相公》："自著衣偏暖，谁忧雪六花。"

⑤地衣：即地毯。明汤显祖《邯郸记·入梦》："堂上古画古琴，宝鼎铜雀，碧珊瑚，红地衣。"

⑥暖香：带有温暖气息的香味。唐温庭筠《菩萨蛮·水晶帘里颇黎枕》："暖香惹梦鸳鸯锦。"

⑦一晌：较长的时间。寒严：浓重的寒气。

又

　　将愁不去①，秋色行难住。六曲屏山深院宇②，日日风风雨雨。雨晴篱菊初香③，人言此日重阳。回首凉云暮叶④，黄昏无限思量。

【笺注】

①将愁：长久之愁。宋辛弃疾《祝英台近·宝钗分》："是他春带愁来，春归何处？却不解，带将愁去！"

②六曲屏山：曲折的屏风。

③篱菊：篱下的菊花。晋陶潜《饮酒》诗之五："采菊东篱下，悠然见南山。"

④凉云：阴凉的云。

又

　　青陵蝶梦①，倒挂怜幺凤②。退粉收香情一种，栖傍玉钗偷共③。惜惜镜阁飞蛾④，谁传锦字秋河⑤？莲子依然隐雾⑥，菱花暗惜横波⑦。

【笺注】

①青陵蝶梦：用"韩凭妻化蝶"之典。青陵：即青陵台，在今河南封丘

县。借指在青陵台殉情的韩凭之妻。词人在此借指自己的亡妻。唐李冗《独异志》卷中引晋干宝《搜神记》："宋康王以韩朋妻美而夺之，使朋筑青凌台，然后杀之。其妻请临丧，遂投身而死。王令分埋台左右。"后《太平寰宇记》记韩朋（凭）妻云："妻腐其衣，与王登台，自投台下，左右揽之，着手化为蝶。"唐李商隐《蜂》："青陵粉蝶休离恨，长定相逢二月中。"

②幺凤：又称桐花凤，亦作"么凤"。羽毛五色，体型比燕子小。宋苏轼《西江月·梅花》："海仙时遣探芳丛，倒挂绿毛幺凤。"自注："岭南珍禽，有倒挂子，绿毛红嘴，如鹦鹉而小。"

③退粉收香情一种，栖傍玉钗偷共：据《名物通》载，倒挂鸟即绿毛幺凤，性极驯，好集美人钗上，惟饮桐花汁，不食他物。身形如雀而羽五色，日间闻好香，则收藏尾翼间，夜则张尾翼以放香。

④悄悄：幽深，悄寂。镜阁：女子住室。唐李商隐《镜槛》："斜门穿戏蝶，小阁钻飞蛾。"

⑤秋河：即银河。锦字：见《清平乐·烟轻雨小》笺注。

⑥莲子依然隐雾：《乐府·子夜歌》："雾露隐芙蓉，见莲不分明。"莲子，谐音"怜子"，这里暗指恋人。

⑦菱花：指菱花镜。横波：比喻女子眼神流动，如水横流。《文选·傅毅〈舞赋〉》："眉连娟以增绕兮，目流睇而横波。"李善注："横波，言目邪视，如水之横流也。"

又

风鬟雨鬓①，偏是来无准。倦倚玉兰看月晕②，容易语低香近③。软风吹遍窗纱，心期便隔天涯。从此伤春伤别④，黄昏只对梨花。

【笺注】

①风鬟雨鬓：头发蓬松散乱，形容女子劳碌奔波面色憔悴。唐李朝威《柳毅传》：柳毅客泾阳，见一妇人，"风鬟雨鬓"，牧羊于野。宋李清照《永遇乐·落日熔金》："如今憔悴，风鬟雾鬓，怕见夜间出去。"

②月晕：月亮周围的光圈，月光经云层中冰晶的折射而产生的光现象。元王实甫《西厢记》："小姐，今晚月色正好，您看月晕重重，明天准有风暴。"

③语低香近：宋晏几道《清平乐》："勾引行人添别恨，因是语低香近。"

④伤春伤别：唐李商隐《杜司勋》："刻意伤春复伤别，人间惟有杜司勋。"

又 弹琴峡题壁①

泠泠彻夜②，谁是知音者？如梦前朝何处也，一曲边愁难写。
极天关塞云中③，人随落雁西风。唤取红襟翠袖④，莫教泪
洒英雄。

【笺注】

①弹琴峡：《大清一统志·顺天府二》："弹琴峡，在昌平州西北居庸关内，水流石罅，声若弹琴。"

②泠（líng）泠：形容水声清越、悠扬。西晋陆机《招隐诗》："山溜何泠泠，飞泉漱鸣玉。"唐刘长卿《听弹琴》："泠泠七弦上，静听松风寒。"

清顾贞观《采桑子》："小字香笺，伴过泠泠彻夜泉。"

③极天：至于天，言居庸关的高峻。《诗·大雅·崧高》："崧高维岳，峻极于天。"唐杜甫《秋兴》诗之六："关塞极天唯鸟道，江湖满地一渔翁。"

④红襟翠袖：红襟，一作"红巾"。女子的装束，这里代指美人。宋辛弃疾《水龙吟》："倩何人唤取，红巾翠袖，揾英雄泪。"

又　忆梁汾

才听夜雨，便觉秋如许。绕砌蛩螀人不语①，有梦转愁无据②。

乱山千叠横江③，忆君游倦何方④？知否小窗红烛，照人此夜凄凉。

【笺注】

①蛩（qióng）螀（jiāng）：蟋蟀和寒蝉。宋史弥宁《蛩螀》："声作饥鸢吟未休，蛩螀斩合赋清秋。"

②无据：无端，有无边无际之意。宋赵彦端《点绛唇·憔悴天涯》："我是行人，更送行人去。愁无据。寒蝉鸣处。"

③千叠：千重。

④游倦：游兴已尽，倦于仕宦。

又

塞鸿去矣①，锦字何时寄？记得灯前佯忍泪，却问明朝行未。别来几度如珪②，飘零落叶成堆。一种晓寒残梦，凄凉毕竟因谁？

【笺注】

①塞鸿：塞外的鸿雁。塞鸿秋天南飞，春天北还，古人以之喻远离家乡的亲朋。南朝宋鲍照《代陈思王京洛篇》："春吹回白日，霜歌落塞鸿。"

②如珪：这里比喻残月。南朝江淹《别赋》："秋露如珠，秋月如珪。"珪月，指未满的秋月。与下句"飘零落叶"之意合。

又　发汉儿村题壁①

参横月落②，客绪从谁托③。望里家山云漠漠④，似有红楼一角。不如意事年年，消磨绝塞风烟⑤。输与五陵公子⑥，此时梦绕花前。

【笺注】

①汉儿村：今河北省唐山市迁西县境内清代有"汉儿村""汉儿城"。清康熙帝谒孝陵巡近边，多次驻跸于此。

②参横月落：犹月没参横。参，即参宿，星座名，二十八宿之一，西方

白虎七宿的末一宿。参星横斜，月亮已落，形容夜深。《乐府诗集·相和歌辞十一·善哉行》："月没参横，北斗阑干；亲友在门，饥不及餐。"

③客绪：客居他乡思念故乡的情绪。

④家山：家乡。漠漠：密布貌，布列貌。

⑤绝塞：极远的边塞。风烟：景象，风光。

⑥输与：比不上。五陵：指西汉高祖、惠帝、景帝、武帝、昭帝的陵园。《文选·班固〈西都赋〉》："南望杜霸，北眺五陵。"刘良注："宣帝杜陵，文帝霸陵在南，高、惠、景、武、昭帝此五陵皆在北。"五陵公子，指京都中的富豪子弟。汉元帝以前，每立陵墓，辄迁徙四方富豪及外戚于此居住，令供奉园陵，称为陵县。《汉书·游侠传·原涉》："郡国诸豪及长安五陵诸为气节者，皆归慕之。"

*此词补遗自《纳兰词》，许增编，清光绪六年娱园刻本。

又

角声哀咽①，幞被驮残月②。过去华年如电掣③，禁得番番离别④。一鞭冲破黄埃⑤，乱山影里徘徊。蓦忆去年今日，十三陵下归来⑥。

【笺注】

①角声：画角之声。古代军中吹角以为昏明之节。唐李贺《雁门太守行》："角声满天秋色里，塞上燕脂凝夜紫。"

195

②幞（pú）被：铺盖卷，行李。此处指马背上驮着行李，谓旅途辛劳。
残月：将落的月亮。唐白居易《客中月》："晓随残月行，夕与新月宿。"

③电掣：电光急闪而过，喻迅速、转瞬即逝。

④禁得：禁得起，承受得住。番番：一次又一次。

⑤黄埃：黄色的尘埃。南朝宋鲍照《芜城赋》："直视千里外，惟见起黄埃。"

⑥十三陵：明代十三个皇帝陵墓的总称，位于北京昌平天寿山麓。

*此词补遗自《纳兰词》，许增编，清光绪六年娱园刻本。

又

画屏无睡①，雨点惊风碎。贪话零星兰焰坠②，闲了半床红被。生来柳絮飘零，便教咒也无灵③。待问归期还未，已看双睫盈盈④。

【笺注】

①画屏：锦屏人，代指闺中女郎。《牡丹亭》："锦屏人忒看得这韶光贱。"

②兰焰：即烛花之美称。

③咒：祝祷。唐李商隐《安平公》："沥胆咒愿天有眼，君子之泽方滂沱。"

④盈盈：清澈貌，晶莹貌，这里形容眼泪。

*此词补遗自《纳兰词》，许增编，清光绪六年娱园刻本。

一丛花　咏并蒂莲①

阑珊玉珮罢霓裳②，相对绾红妆③。藕丝风送凌波去④，又低头、软语商量⑤。一种情深，十分心苦⑥，脉脉背斜阳。

色香空尽转生香⑦，明月小银塘⑧。桃根桃叶终相守⑨，伴殷勤、双宿鸳鸯⑩。菂米漂残⑪，沉云乍黑，同梦寄潇湘⑫。

【笺注】

①咏并蒂莲：顾贞观、严绳孙、秦松龄皆有《一丛花·咏并蒂莲》，当为同时唱和之作。

②阑珊：零乱，歪斜。罢（bì）：离散，分散，散开。霓裳：指霓裳羽衣舞。古人常以《霓裳》为描写水生花卉如水仙、荷花的掌故。

③绾：牵，拉。红妆：比喻艳丽的花卉等，这里指莲花。

④凌波：女子步履轻盈。三国魏曹植《洛神赋》："凌波微步，罗袜生尘。"

⑤软语：柔和而委婉的话语。宋史达祖《双双燕·过春社了》："还相雕梁藻井，又软语商量不定。"

⑥心苦：莲心苦。宋辛弃疾《卜算子·荷花》："根底藕丝长，花里莲心苦。"

⑦色香：形容花的颜色艳丽。生香：散发香气。唐薛能《杏花》："活色生香第一流，手中移得近青楼。"

⑧银塘：清澈明净的池塘。

⑨桃根、桃叶：晋王献之两位爱妾之名，桃根为桃叶之妹。《乐府诗集·清商曲辞二·桃叶歌》郭茂倩解题引《古今乐录》："桃叶，子敬妾

名……子敬，献之字也。"这里以二人比喻并蒂莲。

⑩殷勤：情深意厚。宋姜夔《念奴娇·荷花》："记来时，尝与鸳鸯
为侣。"

⑪菰米漂残：唐杜甫《秋兴》："漂泊菰米沉云黑，露冷莲房坠粉红。"
菰米，即茭白，长于湖中，果实像米，秋霜过后采摘。明李时珍《本草纲
目·谷二·菰米》（集解）引苏颂曰："菰生水中……至秋结实，乃雕胡米
也，古人以为美馔。今饥岁，人犹采以当粮。"漂残，飘零凋残。

⑫潇湘：指湘江，因湘江水清深，故名。《山海经·中山经》："帝之
二女居之，是常游于江渊，澧沅之风，交潇湘之渊。"《文选·谢朓〈新亭
渚别范零陵〉诗》："洞庭张乐池，潇湘帝子游。"李善注引王逸曰："娥
皇女英随舜不返，死于湘水。"

菊花新　用韵送张见阳令江华①

愁绝行人天易暮②，行向鹧鸪声里住③，渺渺洞庭波④，木叶
下，楚天何处⑤？

折残杨柳应无数⑥，趁离亭笛声吹度⑦。有几个征鸿相伴
也，送君南去。

【笺注】

①张见阳：张纯修，字子敏，号见阳，一号敬斋，河北丰润人，隶汉军
正白旗贡生。康熙十八年（1679）任江华县令。此词作于是年秋。

②愁绝：极端忧愁。

③鹧鸪声：见《山花子·一霎灯前醉不醒》笺注。

④渺渺：幽远貌，悠远貌。

⑤木叶下，楚天何处：同上一句同出屈原《九歌·湘夫人》："袅袅兮秋风，洞庭波兮木叶下。"楚天，南方楚地的天空。

⑥折残杨柳：折取柳枝。《三辅黄图·桥》："霸桥在长安东，跨水作桥。汉人送客至此桥折柳赠别。"后多用为赠别或送别之词。

⑦离亭：古代建于离城稍远的道旁供人歇息的亭子，古人往往于此送别。吹度：笛声吹到过。唐郑谷《淮上与友人别》："数声风笛离亭晚，君向潇湘我向秦。"

淡黄柳　咏柳

三眠未歇①，乍到秋时节。一树斜阳蝉更咽②，曾绾灞陵离别③。絮已为萍风卷叶，空凄切。

长条莫轻折④。苏小恨，倩他说⑤。尽飘零、游冶章台客⑥。红板桥空⑦，湔裙人去⑧，依旧晓风残月⑨。

【笺注】

①三眠：即三眠柳，又称人柳、柽柳，落叶小乔木，赤皮，枝细长，多下垂。分布于我国黄河、长江流域以及广东、广西、云南等地平原、沙地及盐碱地。《新唐书·吐蕃传下》："河之西南，地如砥，原野秀沃，夹河多柽柳。"《三辅故事》："汉苑中有柳状如人形，号曰人柳，一日三眠三起。"故称三眠柳。

②一树斜阳蝉更咽：唐李商隐《柳》："如何肯到清秋日，已带斜阳又带蝉。"

③绾：系念，挂念。唐刘禹锡《杨柳枝》诗之八："长安陌上无穷树，唯有垂杨绾别离。"灞陵：汉文帝葬于此，在今陕西省西安市东。三国魏改名霸城，北周建德二年（537）废。唐李白《忆秦娥》："年年柳色，灞陵伤别。"

④长条：指柳条。敦煌曲子词《望江南》："莫攀我，攀我太偏心。我是曲江临池柳，这人折去那人攀。恩爱一时间。"

⑤苏小：即苏小小，南朝齐时钱塘名妓。《乐府诗集·杂歌谣辞三·〈苏小小歌〉序》："《乐府广题》曰：'苏小小，钱塘名倡也。盖南齐时人。'"唐温庭筠《杨柳枝·苏小门前柳万条》："苏小门前柳万条，毵（sān）毵金线拂平桥。"

⑥游冶：追求声色，寻欢作乐。章台：长安城有章台街，为长安妓院聚集之处。唐韩翃以《章台柳》诗寻访柳氏，诗以章台借指长安，以章台柳暗喻长安柳氏。但因柳氏本娼女，故后人遂将章台街喻指娼家聚居之所。

⑦红板桥空：唐白居易《杂曲歌辞·杨柳枝》："红板江桥青酒旗，馆娃宫暖日斜时。"红板桥，木板为红色的桥。诗词中常代指情人别离处。

⑧湔（jiān）裙：湔，洗。古代的一种洗裙风俗，可度厄辟灾。若孕妇在水边洗裙，分娩鄙易（鄙薄轻视）。《北史·窦泰传》："（窦泰母）遂有娠。期而不产，大惧。有巫曰：'度河湔裙，产子必易。'"

⑨晓风残月：宋柳永《雨霖铃》："杨柳岸、晓风残月。"拂晓起风，残月将落，形容冷落凄凉。

满宫花

盼天涯，芳讯绝①。莫是故情全歇②。朦胧寒月影微黄③，情更薄于寒月。

麝烟销，兰烬灭④。多少怨眉愁睫。芙蓉莲子待分明⑤，莫向暗中磨折⑥。

【笺注】

①芳讯：芳信，对亲友音问的美称。宋史达祖《双双燕》："硬是栖香正稳，便忘了天涯芳信。"

②歇：尽，消失。

③寒月：清冷的月亮，清寒的月光。

④麝烟：焚麝香发出的烟。兰烬：烛之余烬。因状似兰心，故称。唐李贺《恼公》："蜡泪垂兰烬，秋芜扫绮栊。"王琦汇解："兰烬，谓烛之余烬状似兰心也。"

⑤芙蓉莲子待分明：《乐府·子夜歌》："雾露隐芙蓉，见莲不分明。"雾气露珠隐去了芙蓉的真面目，莲叶可见，但不分明。以双关语描写男女隐约的爱恋。

⑥磨折：折磨，磨难。

洞仙歌　咏黄葵①

　　铅华不御②，看道家妆就③。问取旁人入时否④。为孤情澹韵⑤，判不宜春⑥，矜标格⑦，开向晚秋时候。

　　无端轻薄雨⑧，滴损檀心⑨。小叠宫罗镇长皱⑩。何必诉凄清，为爱秋光，被几日西风吹瘦。便零落蜂黄也休嫌⑪，且对倚斜阳，胜偎红袖⑫。

【笺注】

　　①黄葵：黄蜀葵，一年生或多年生粗壮直立草本植物，花黄色。

　　②铅华不御：要化妆都没地方下手，形容极其美丽。三国魏曹植《洛神赋》："芳泽无加，铅华弗御。"唐李隆基《题梅妃画真》："铅华不御得天真。"铅华，女子化妆用的铅粉。

　　③道家妆：黄色道袍。《拾遗记》："刘向于成帝之末，校书天禄阁，专精覃思。夜有老人，着黄衣，植青藜杖，登阁而进。向请问姓名，云：'我是太乙之精。'"后道士服即为黄色。这里形容黄葵的颜色。宋晏殊《菩萨蛮》："秋花最是黄葵好，天然嫩态迎秋早。染得道家衣，淡妆梳洗时。"

　　④入时：投合时俗喜好。唐朱庆馀《近试上涨水部》："妆罢低声问夫婿，画眉深浅入时无。"

　　⑤韵：风度，风致。

　　⑥判：拼。宜春：适宜于春天。后蜀阎选《八拍蛮》："憔悴不知缘底事，遇人推道不宜春。"

　　⑦标格：风度，风范。宋苏轼《荷华媚·荷花》："霞苞电荷碧，天然地、别是风流标格。"

纳兰词全编新注

⑧无端轻薄雨：宋晏几道《生查子》："无端轻薄云，暗作帘纤雨。"无端，无奈，表示事与愿违，或没有办法。

⑨檀心：浅红色的花蕊。宋苏轼《黄葵》："檀心自成晕，翠叶森有芒。"

⑩宫罗：一种质地较薄的丝织品。小叠宫罗，这里指轻薄的花瓣，像折叠的罗缎一样。镇长：经常。皱：这里指花瓣多褶皱状。

⑪蜂黄：蜜蜂身体上的黄色粉末。

⑫胜偎：传世刊本有作"倦偎"。红袖：指美女。

唐多令　雨夜

　　丝雨织红茵①，苔阶压绣纹。是年年肠断黄昏。到眼芳菲都惹恨②，那更说，塞垣春③。

　　萧飒不堪闻④，残妆拥夜分⑤。为梨花深掩重门⑥。梦向金微山下去⑦，才识路，又移军⑧。

【笺注】

①丝雨：像丝一样的细雨。红茵：红色的垫褥。这里比喻满地落花。

②芳菲：花草盛美。

③塞垣：本指汉代为抵御鲜卑所设的边塞。后指长城，边关城墙。汉蔡邕《难夏育上言鲜卑仍犯诸郡》："秦筑长城，汉起塞垣，所以别外内异殊俗也。"《文选·鲍照〈东武吟〉》："始随张校尉，占募到河源；后逐李轻车，追虏穷塞垣。"张铣注："塞垣，长城也。"

④萧飒：形容风雨吹打草木发出的声音。

⑤残妆：指女子残褪的化妆。唐张谓《扬州雨中观妓》："残妆添石黛，艳舞落金钿。"夜分：夜半。

⑥为梨花、深掩重门：唐戴叔伦《春怨》："金鸭香消欲断魂，梨花春雨掩重门。"重门：宫门，屋内的门。

⑦金微：即今阿尔泰山，这里代指边塞。唐贞观年间，以铁勒卜骨部地置金微都督府，乃以此山得名。唐韦庄《赠边将》："昔因征远向金微，马出榆关一鸟飞。"

⑧移军：转移军队。唐张仲素《秋闺思两首》其二："欲寄征衣问消息，居延城外又移军。"

秋水　听雨

谁道破愁须仗酒①，酒醒后，心翻醉②。正香销翠被③，隔帘惊听，那又是点点丝丝和泪。忆剪烛幽窗小憩④。娇梦垂成⑤，频唤觉一眶秋水⑥。

依旧乱蛩声里⑦，短檠明灭⑧，怎教人睡。想几年踪迹，过头风浪⑨，只消受一段横波花底⑩。向拥髻灯前提起⑪。甚日还来，同领略夜雨空阶滋味⑫。

【笺注】

①谁道破愁须仗酒：宋赵长卿《南乡子》："谁道破愁须仗酒，君看，酒到愁多破亦难。"破愁：排解愁闷。

②翻：反而。

③翠被：织或绣有翡翠纹饰的被子。南朝梁简文帝《绍古歌》："网户珠缀曲琼钩，芳茵翠披香气流。"

④忆剪烛幽窗小憩：唐李商隐《夜雨寄北》，"何当共剪西窗烛，却话巴山夜雨时"后，剪烛遂被用作促膝长谈之典。

⑤垂成：接近完成或成功，这里指快从睡梦中醒来。

⑥秋水：比喻明澈的眼波。唐白居易《宴桃源》："凝了一双秋水。"

⑦蛩声：蟋蟀的叫声。宋王安石《五更》："只听蛩声亦无梦，五更桐页强知秋。"

⑧短檠（qíng）：矮灯架，借指小灯。明灭：忽明忽暗。

⑨过头风浪：指生活中不平静。过头：过分，超过限度。

⑩消受：禁受，忍受。

⑪拥髻：捧持发髻，话旧生哀。旧题汉伶玄《赵飞燕外传》附《伶玄自叙》："通德占袖，顾际烛影，以手拥髻，凄然泣下。"

⑫夜雨空阶滋味：南朝何逊《临行与故游夜别》："夜雨滴空阶，晓灯暗离室。"滋味，引申为苦乐感受。

虞美人

峰高独石当头起，影落双溪水。马嘶人语各西东①，行到断崖无路小桥通。

朔鸿过尽归期杳②，人向征鞍老③。又将丝泪湿斜阳④，回首十三陵树暮云黄⑤。

①马嘶人语：马嘶鸣，人喊叫。形容纷乱扰攘的情景。唐卢纶《送韦判官得雨中山》："人语马嘶听不得，更堪长路在云中。"

②朔鸿：自北向南飞去的大雁。

③征鞍：犹征马。旅者所乘之马。

④丝泪：微细如丝之泪。《文选·鲍照〈代君子有所思〉诗》："蚁壤漏山河，丝泪毁金骨。"李善注："丝泪，泪之微者。"斜阳：傍晚西斜的太阳。

⑤云黄：晚霞黯淡。

又

黄昏又听城头角，病起心情恶。药炉初沸短檠青①，无那残香半缕恼多情②。

多情自古原多病③，清镜怜清影④。一声弹指泪如丝⑤，央及东风休遣玉人知⑥。

【笺注】

①短檠青：宋赵长卿《念奴娇·夜寒有感》："檠短灯青，灰闲香软，所欠惟悔矣。"小灯灯光昏暗，暗指生活的清冷。

②无那：无奈，无可奈何。恼：引逗，撩拨。宋苏轼《蝶恋花·春景》："墙外行人，墙里佳人笑。笑渐不闻声渐悄，多情却被无情恼。"

纳兰词全编新注

③多情自古原多病：宋柳永词残句："多情到了多病，多景楼中。"宋苏轼《采桑子》："多情多感仍多病。"

④清镜：明镜。清影：癯瘦的身影。宋张元幹《次韵范才元中秋不见月》："浮云有底急，清影可怜生。"

⑤泪如丝：唐王维《齐州送祖三》："送君南浦泪如丝，君向东州使我悲。"

⑥央及：恳求，请托。玉人：对亲人或所爱者的爱称。

又　为梁汾赋

凭君料理花间课①，莫负当初我。眼看鸡犬上天梯②，黄九自招秦七共泥犁③。

瘦狂那似痴肥好④，判任痴肥笑。笑他多病与长贫⑤，不及诸公衮衮向风尘⑥。

【笺注】

①料理：安排，处理。花间：指五代后蜀赵承祚编唐五代词集《花间集》，这里代称词人本人的词集。课：谓作品。此句谓顾贞观南还，为刊刻词人《饮水词》等事奔忙。

②鸡犬上天梯：犹鸡犬升天，比喻依附于有权势的家人、亲友而得势。汉王充《论衡·道虚》："淮南王刘安坐反而死，天下并闻，当时并见，儒书尚有言其得道仙去，鸡犬升天者。"此处词人用此语有戏谑之意。

③黄九：即黄庭坚，号山谷道人，北宋诗人、书法家。排行第九，故

称。秦七：即秦观，字少游，北宋词人。辈行第七，故称。二人皆为"苏门四学士"之一。宋杨伯嵒《臆乘·行第》："前辈行第多见之诗，少陵称谪仙为李十二，郑虔为郑十八，严武为严八，张建封为张十三，裴虬为裴二，文公称王涯为王二十，李建为李十一，柳州称文公为韩十八，刘禹锡称元稹为元九，高适称少陵为杜二，张旭为张九，乐天称刘敦夫为刘二十三，李义山称赵滂为赵十五，令狐绹为令狐八，储光羲称王维为王十三，皇甫冉称柳州为柳八，郑堪为郑三，山谷称东坡为苏二，后山称少游为秦七，少游称后山为陈三，山谷为黄九。"泥犁：犹泥犂。佛教语，意为地狱。这里词人指在词的创作上愿像秦、黄二人一样沉迷，即使坠入地狱也不后悔。

④瘦狂那似痴肥好：《南史·沈昭略传》载："尝醉，晚日负杖携家宾子弟至娄湖苑，逢王景文子约，张目视之曰：'汝是王约邪？何乃肥而痴。'约曰：'汝沈昭略邪？何乃瘦而狂。'昭略抚掌大笑曰：'瘦已胜肥，狂又胜痴，奈何王约，奈汝痴何！'"这里，词人以"瘦狂"比自己与顾贞观，"痴肥"比"鸡犬上天梯"之人。

⑤多病与长贫：分别指词人和顾贞观。词人多病，而顾贞观长期贫困。

⑥衮衮：相继不绝貌。宋秦观《秋兴拟杜子美》："车马憧憧诸道路，市朝衮衮共埃尘。"

又

绿阴簾外梧桐影，玉虎牵金井①。怕听啼鴂出簾迟②，恰到年年今日两相思。

凄凉满地红心草③，此恨谁知道。待将幽忆寄新词④，分付芭蕉风定月斜时⑤。

【笺注】

①玉虎：井上玉质伏虎的辘轳。唐李商隐《无题四首》其二："金蟾啮锁烧香入，玉虎牵丝汲井回。"金井：井栏上有雕饰的井。一般用以指宫廷园林里的井。南朝梁费昶《行路难》："唯闻哑哑城上乌，玉栏金井牵辘轳。"

②啼鴂（guī）：鴂，亦作"鴃"，子规鸟名。宋张炎《六丑》："过眼年光，旧情尽别。泥深厌听啼鴂。"

③红心草：唐郑还古《博异志》："吴兴姚合谓亚之曰：吾友王炎云：元和初，夕梦游吴，侍吴王。久之，闻宫中出辇，鸣箫击鼓，言葬西施。王悲悼不止，立诏词客作挽歌，炎遂应教作西施挽歌。其词曰：'西望吴王阙，云书凤字牌。连工起珠帐，择土葬金钗。满地红心草，三层碧玉阶。春风无处所，凄恨不胜怀'进词，王甚嘉之。"后为美人遗恨之典。

④幽忆：指深藏心中的思想感情。汉李尤《围棋铭》："诗人幽忆，感物则思。"

⑤分付：托付，寄意。芭蕉：多年生草本植物。叶长而宽大，花白色，果实跟香蕉相似，但不能食用。文人常将芭蕉作为寄情之物，唤起其忧愁孤寂之心。

又

风灭炉烟残灺冷①，相伴惟孤影。判教狼藉醉清尊②，为问世间醒眼是何人③？

难逢易散花间酒④，饮罢空搔首⑤。闲愁总付醉来眠⑥，只恐醒时依旧到尊前。

【笺注】

①残灺（xiè）：灯烛余烬。

②判：情愿，甘愿。清尊：酒器，借指清酒。唐王勃《寒夜思友二首》其二："复此遥相思，清尊湛芳绿。"

③醒眼：清醒的眼神。宋杨万里《初夏》："提壶醒眼看人醉，布谷催农不自耕。"

④花间酒：唐李白《月下独酌四首》其一："花间一壶酒，独酌无相亲。……醒时同交欢，醉后各分散。"

⑤搔首：以手搔头，焦急或有所思貌。《诗·邶风·静女》"爱而不见，搔首踟蹰。"

⑥闲愁：无端无谓的忧愁。

又

春情只到梨花薄①，片片催零落。夕阳何事近黄昏②，不道人间犹有未招魂③。

银笺别梦当时句④，密绾同心苣⑤。为伊判作梦中人⑥，长向画图清夜唤真真⑦。

【笺注】

①春情：春日的情景，春日的意兴。薄：草木丛生处。《楚辞·九章·思美人》："擥大薄之芳茝兮，搴长洲之宿莽。"洪兴祖补注："薄，

丛薄也。"《淮南子·俶真训》："鸟飞千仞之上,兽走丛薄之中。"高诱注："聚木曰丛,深草曰薄。"

②夕阳何事近黄昏:唐李商隐《乐游原》:"夕阳无限好,只是近黄昏。"

③招魂:招生者之魂。唐杜甫《乾元中寓居同谷县作歌》:"呜呼五歌兮歌正长,魂招不来归故乡。"仇兆鳌注引《楚辞》朱熹注:"古人招魂之礼,不专施于死者。公诗如'剪纸招我魂','老魂招不得','南方实有未招魂',与此诗'魂招不来归故乡',皆招生时之魂。本王逸《〈楚辞〉注》。"

④银笺:洁白的信纸。

⑤密:贴近。绾:系结。同心苣:相连锁的火炬状图案花纹,象征爱情。南朝齐梁沈约《少年新婚为之咏诗》:"锦履并花枝,绣带同心苣。"

⑥判:通"拼",甘愿。

⑦真真:唐杜荀鹤《松窗杂记》:"唐进士赵颜于画工处得一软障,图一妇人甚丽,颜谓画工曰:'世无其人也,如可令生,余愿纳为妻。'画工曰:'余神画也,此亦有名,曰真真,呼其名百日,昼夜不歇,即必应之,应则以百家彩灰酒灌之,必活。'颜如其言,遂呼之百日……果活,步下言笑如常。"后因以"真真"泛指美人,这里代指自己的亡妻。严绳孙《望江南》:"怀袖泪痕悲灼灼,画图身影唤真真。"

又

曲阑深处重相见,匀泪偎人颤①。凄凉别后两应同,最是不胜清怨月明中②。

半生已分孤眠过③,山枕檀痕涴④。忆来何事最销魂,第一折枝花样画罗裙⑤。

①匀：揩拭。偎人颤：五代唐李煜《菩萨蛮·花明月暗笼轻雾》："画堂南畔见，一向偎人颤。"偎，紧挨着。颤，因激动而身体颤抖。

②不胜：无法承担，承受不了。清怨：凄清幽怨。唐钱起《归雁诗》："二十五弦弹夜月，不胜清怨却飞来。"

③分：意料，料想。

④山枕：古代枕头多用木、瓷等制作，中凹，两端突起，其形如山，故名。檀痕：带有香粉的泪痕。浥（wò）：浸渍，染上。

⑤折枝：花卉画法之一。不画全株，只画连枝折下来的部分，故名。宋仲仁《华光梅谱·取象》："（六枝）其法有偃仰枝、覆枝、从枝、分枝、折枝。"花样：花纹的式样。

又

彩云易向秋空散①，燕子怜长叹②。几番离合总无因，赢得一回偎倦一回亲③。

归鸿旧约霜前至④，可寄香笺字⑤。不如前事不思量⑥，且枕红蕤欹侧看斜阳⑦。

【笺注】

①彩云易向秋空散：唐白居易《简简吟》："大都好物不坚牢，彩云易散琉璃脆。"比喻相爱的两个人容易分离。

②燕子怜长叹：唐李商隐《无题四首》其四："归来展转到五更，梁间燕子闻长叹。"长叹，深长地叹息。

③偁（chán）㦪（zhòu）：烦恼，愁苦。宋辛弃疾《贺新郎·水仙》："烟雨偁㦪损，翠袂摇摇谁整。"

④归鸿：归雁，这里指回信，寄托相思。

⑤香笺：散发着香气的信笺。香笺字，指书信。

⑥前事：往昔之事。

⑦红蕤（ruí）：似玉微红有纹如粟，借指绣枕。据唐张读《宣室志》卷六载，杜陵韦弇寓于蜀郡，春游于郑氏亭遇群仙。自称玉清宫之女，宴饮丝竹，并赠弇三宝：碧瑶杯、红蕤枕、紫玉函。宋毛滂《小重山·春雪小醉》："十年旧事梦如新，红蕤枕，犹暖楚峰云。"敧（qī）侧：歪斜，倾斜。

又

银床淅沥青梧老①，㽆粉秋蛩埽②。采香行处蹙连钱③，拾得翠翘何恨不能言④。

回廊一寸相思地⑤，落月成孤倚⑥。背灯和月就花阴⑦，已是十年踪迹十年心⑧。

【笺注】

①银床：井栏。《晋书·乐志·淮南王篇》："后园凿井银作床，金瓶素绠汲寒浆。"淅沥：落叶的声音。唐乔知之《定情篇》："碧荣始芬敷，

黄叶已淅沥。”青梧：梧桐，树皮色青。

②屧粉：鞋衬底中所衬的沉香粉。元龙辅《女红余志》：“无瑕屧墙之内皆衬以沉香，谓之生香屧。”秋蛩：这里指蟋蟀。埽：同“扫”。

③采香：犹采香泾，在江苏省苏州市西南灵岩山前。宋范成大《吴郡志·古迹一》：“采香泾，在香山之傍小溪也。吴王种香于香山，使美人泛舟于溪以采香。今自灵岩山望之，一水直如矢，故俗又名箭泾。”这里指女子曾过之处。蹙：通“蹴”，踢，踏。宋沈遘《题山光寺》：“马蹄轻蹙柳花浮，醉人淮南第一州。”连钱：连钱骢，马名。南朝陈张正见《轻薄篇》：“细蹀连钱马，傍趋苜蓿花。”连钱，亦可解为连钱草，多生长在河边林间，为多年生匍匐草本。

④翠翘：古代妇人的首饰，状似翠鸟尾上的长羽。唐温庭筠《经旧游》：“坏墙经雨苍苔遍，拾得当时旧翠翘。”

⑤回廊：曲折回环的走廊。一寸相思地：唐李商隐《无题》：“春心莫共花争发，一寸相思一寸灰。”

⑥落月：旧时多用在书信中，表达对亲友的思念。唐杜甫《梦李白》：“落月满屋梁，犹疑照颜色。”

⑦花阴：为花丛遮蔽而不见月光之处。

⑧十年踪迹十年心：宋高观国《玉楼春》：“十年春事十年心，怕说湔裙当日事。”

又　秋夕信步①

愁痕满地无人省②，露湿琅玕影③。闲阶小立倍荒凉，还剩旧时月色在潇湘④。

薄情转是多情累，曲曲柔肠碎⑤。红笺向壁字模糊⑥，忆共灯前呵手为伊书⑦。

【笺注】

①信步：漫步，随意行走。

②愁痕：指青青的苔痕。省：看，明白，理解。宋苏轼《卜算子·黄州定慧院寓居作》："惊起却回头，有恨无人省。"

③琅玕：青翠的竹子。唐杜甫《郑驸马宅宴洞中》："主家阴洞细烟雾，留客夏簟青琅玕。"仇兆鳌注："青琅玕，比竹簟之苍翠。"

④潇湘：有竹子的地方。唐刘禹锡《潇湘神》："斑竹枝，斑竹枝，泪痕点点寄相思。楚客欲听瑶瑟怨，潇湘深夜月明时。"

⑤曲曲：弯曲。

⑥向壁：面对墙壁，多表示心情不悦。

⑦呵手：向手嘘气使暖。

*此词补遗自《纳兰词》，许增编，清光绪六年娱园刻本。

潇湘雨　送西溟归慈溪

长安一夜雨，便添了几分秋色。奈此际萧条，无端又听、渭城风笛①。咫尺层城留不住②，久相忘、到此偏相忆。依依白露丹枫③，渐行渐远④，天涯南北。

凄寂。黔娄当日事⑤，总名士如何消得⑥？只皂帽蹇驴⑦，西风残照⑧，倦游踪迹⑨。廿载江南犹落拓⑩，叹一人知己终难觅⑪。君须爱酒能诗，鉴湖无恙⑫，一蓑一笠⑬。

【笺注】

①无端：无奈。渭城：唐王维送别友人去边疆时作《送元二使安西》："渭城朝雨浥轻尘，客舍青青柳色新。劝君更尽一杯酒，西出阳关无故人。"而后谱入乐府，以诗中"渭城"名曲。风笛：随风传来的笛声。唐郑谷《淮上与友人别》："数声风笛离亭晚，君向潇湘我向秦。"

②层城：古代神话中昆仑山上的高城。《文选·张衡〈思玄赋〉》："登阆风之层城兮，搆不死而为牀。"李善注："《淮南子》曰：'崑仑虚有三山，阆风、桐版、玄圃，层城九重。'禹云：'崑仑有此城，高一万一千里。'"后代指京师、王宫。晋陆机《赠尚书郎顾彦先》："朝游游层城，夕息旋直庐。"

③依依：依稀貌，隐约貌。白露：二十四节令之一。《月令七十二候集解》："八月节……，阴气渐重，露凝而白也。"天气转凉，地面因水气凝结，而生出许多露珠。古人以四时配五行，秋属金，金色白，故称白露。丹枫：经露泛红的枫叶。唐李商隐《访秋》："殷勤报秋意，只是有丹枫。"

④渐行渐远：慢慢地走远。宋欧阳修《玉楼春·别后不知君远近》："渐行渐远渐无书，水阔鱼沉何处问。"

⑤黔娄：据汉刘向《列女传·鲁黔娄妻》，黔娄为春秋鲁人。《汉书·艺文志》、晋皇甫谧《高士传·黔娄先生》则说是齐人。隐士，不肯出仕，家贫，死时衾不蔽体。晋陶潜《咏贫士》之四："安贫守贱者，自古有黔娄。"后作为贫士的代称。

⑥名士：名望高而不仕的人。《礼记·月令》："（季春三月）勉诸侯，聘名士，礼贤者。"郑玄注："名士，不仕者。"孔颖达疏："名士者，谓

纳兰词全编新注

其德行贞绝，道术通明，王者不得臣，而隐居不在位者也。"消得：享受，享用。

⑦皂帽：黑色帽子。隐喻如管宁一般的高士气节。《三国志·魏志·管宁传》："宁常着皂帽、布襦裤、布裙，随时单复。"唐杜甫《严中丞枉驾见过》："扁舟不独如张翰，皂帽应兼似管宁。"蹇驴：跛蹇驽弱的驴子。《楚辞·东方朔〈七谏·谬谏〉》："驾蹇驴而无策兮，又何路之能极？"王逸注："蹇，跛也。"

⑧西风残照：秋天的风，落日的光。比喻衰败没落的景象。唐李白《忆秦娥》："乐游原上清秋节，咸阳古道音尘绝。音尘绝，西风残照，汉家陵阙。"

⑨倦游：厌倦游宦生涯。《史记·司马相如列传》："长卿故倦游。"裴骃集解引郭璞曰："厌游宦也。"

⑩落拓：贫困失意，景况凄凉。唐李郢《即目》："落拓无生计，伶俜恋酒乡。"

⑪叹一人知己终难觅：《三国志·虞翻传》："使天下一人知己者，足以不恨。"

⑫鉴湖：即镜湖，在今浙江绍兴会稽山北麓。东汉永和五年在会稽太守马臻主持下修建。以水平如镜，故名。

⑬蓑：蓑衣，用草或棕制成，披在身上用来防雨。笠：笠帽，用竹篾、箬叶或棕皮等编成，可御雨防暑。清王士祯《题秋江独钓图》："一蓑一笠一扁舟。"

雨中花　送徐艺初归昆山①

天外孤帆云外树②，看又是春随人去③。水驿灯昏④，关城月落⑤，不算凄凉处。

计程应惜天涯暮⑥，打叠起伤心无数⑦。中坐波涛⑧，眼前冷暖，多少人难语。

【笺注】

①徐艺初：徐树谷，字艺初，江苏昆山人。词人座师徐乾学长子，康熙二十四年（1685）进士。

②天外：极远的地方。云外：高山之上。

③春随人去：宋吴文英《忆旧游·送人犹未苦》："送人犹未苦，苦送春随人去天涯。"

④水驿：水路驿站。宋姜夔《解连环·玉鞍重倚》："水驿灯昏，又见在、曲屏近底。"

⑤关城：关塞上的城堡。

⑥计程：计算衡量。

⑦打叠：收拾，安排。宋刘昌诗《芦蒲笔记·打字》："收拾为打叠，又曰打迸。"

⑧中坐波涛：唐李贺《申胡子觱篥歌》："心事如波涛，中坐时时惊。"又中坐亦可知星犯帝座。这里当指徐乾学康熙十一年（1672）以副榜未取汉军卷之罪名削职，徐树谷科场落第。《史记·天官书》："月、五星输入，轨道，司其出，所守，天子所诛也。其逆入，若不轨道，以所犯命之；中坐，成形，皆群下从谋也。"裴骃集解引晋灼曰："中坐，犯帝坐也。成形，

祸福之形见也。"座中，座间。《文选·江淹〈拟颜延之侍宴〉诗》："中坐溢朱组，步櫩篚琼弁。"吕延济注："中坐，谓座中也。"

又 纪梦

楼上疏烟楼下路①，正招余绿杨深处。奈卷地西风②，惊回残梦③，几点打窗雨④。

夜深雁掠东檐去，赤憎是断魂砧杵⑤。算酌酒忘忧，梦阑酒醒⑥，梦思知何许⑦！

【笺注】

①疏烟：香火冷落。

②卷地：从地面席卷而过，势头迅猛。明末清初宋徵舆《浣溪沙》："满地西风天欲晓，半帘残月梦初回。"

③残梦：零乱并不全之梦。唐李贺《同沈驸马赋得御沟水》："别馆惊残梦，停杯泛小觞。"

④打窗雨：宋周邦彦《法曲献仙音·蝉咽凉柯》："向抱影凝情处，时闻打窗雨。"

⑤赤憎：犹可恶、讨厌。断魂：销魂神往，形容哀伤。砧杵：捣衣石和棒槌，借指捣衣。宋姚勉《贺新郎·忆别》："寄远裁衣知念否，新月家家砧杵。"

⑥阑：将尽，将完。

⑦梦思：梦中的思念。何许：如何，怎样。

*此词补遗自《精选国朝诗馀》，陈淏编，清乾隆二十七年刻本。

临江仙

　　丝雨如尘云着水①，嫣香碎拾吴宫②。百花冷暖避东风，酷怜娇易散③，燕子学偎红④。

　　人说病宜随月减，恹恹却与春同⑤。可能留蝶抱花丛⑥，不成双梦影⑦，翻笑杏梁空⑧。

【笺注】

　　①云着水：云中夹带着水汽。唐崔橹《华清宫三首》其三："红叶下山寒寂寂，湿云如梦雨如尘。"

　　②嫣香：娇艳芳香的花瓣。吴宫：指春秋时吴王的宫殿。唐李商隐《吴宫》："吴王宴罢满宫醉，日暮水漂花出城。"又唐陆龟蒙《吴宫怀古》："香径长洲尽棘丛，奢云艳雨只悲风。"

　　③酷：程度副词，相当于极、甚。怜娇：怜惜宠爱。

　　④偎红：同女子亲昵。明兰陵笑笑生《金瓶梅词话》第十五回："不如且讨红裙趣，依翠偎红院宇中。"红，脂粉唇膏一类化妆品，借指女人。

　　⑤恹恹：指病态，精神萎靡。

　　⑥可能：能否。

　　⑦不成：用于句首，表示反诘。

　　⑧杏梁：文杏木所制的屋梁，言其屋宇的高贵。汉司马相如《长门赋》："刻木兰以为榱兮，饰文杏以为梁。"翻：反而。宋晏殊《采桑子》："燕子双双，依旧衔泥入杏梁。"

又

　　长记碧纱窗外语^①，秋风吹送归鸦。片帆从此寄天涯^②，一灯新睡觉，思梦月初斜。

　　便是欲归归未得^③，不如燕子还家。春云春水带轻霞^④，画船人似月^⑤，细雨落杨花^⑥。

【笺注】

　　①碧纱窗：装有绿色薄纱的窗。前蜀李珣《酒泉子》："秋月婵娟，皎洁碧纱窗外照。"

　　②片帆：孤舟，一只船。

　　③便是：即使，纵然。

　　④春云：春天的云。春水：春天的河水。宋高观国《露天晓角·春云粉色》："春云粉色，春水和云湿。"

　　⑤画船：装饰华美的游船。唐韦庄《菩萨蛮》："春水碧于天，画船听雨眠。垆边人似月，皓腕凝霜雪。"

　　⑥杨花：柳絮。宋陆游《吴娘曲》："睡睫濛濛娇欲闭，隔帘微雨压杨花。"

又　塞上得家报云秋海棠开矣赋此

　　六曲阑干三夜雨^①，倩谁护取娇慵^②？可怜寂莫粉墙东^③，已分裙衩绿^④，犹裹泪绡红^⑤。

曾记鬓边斜落下，半床凉月惺忪⑥。旧欢如在梦魂中⑦，自然肠欲断⑧，何必更秋风。

【笺注】

①六曲：曲折回环。

②护取：获取，占有。娇慵：柔弱倦怠。

③寂莫：沉寂，无声。粉墙：涂刷成白色的墙。

④裙衩绿：女子裙衩之绿色。比喻秋海棠的绿色花萼。

⑤绡红：女子的红色丝衣。比喻秋海棠的红花。

⑥曾记鬓边斜落下，半床凉月惺忪：明王彦泓《临行阿琐欲尽写前诗》："可记鬓边花落下，半身凉月靠阑干。"凉月：秋月。

⑦旧欢如在梦魂中：唐温庭筠《更漏子》："春欲暮，思无穷，旧欢如梦中。"

⑧自然肠欲断：指断肠花，秋海棠别名。《嫏嬛记》卷中引《采兰杂志》："昔有妇人思所欢不见，辄涕泣，恒洒泪于北墙之下。后洒处生草，其花甚媚，色如妇面，其叶正绿反红，秋开，名曰断肠花，又名八月春，即今秋海棠也。"

又　谢饷樱桃①

绿叶成阴春尽也②，守宫偏护星星③。留将颜色慰多情④，分明千点泪，贮作玉壶冰⑤。

独卧文园方病渴⑥，强拈红豆酬卿⑦。感卿珍重报流莺⑧，惜花须自爱，休只为花疼。

【笺注】

①饷：馈食于人。樱桃在春末夏初结实，古代帝王在樱桃初熟时先荐寝朝，后分赐近臣。从唐朝起，科举发榜时，正是樱桃成熟季。新科进士便形成了以樱桃宴客的风俗，是为樱桃宴。直到明清，风俗犹存。康熙十一年（1672），词人中顺天乡试举人；次年二月，通过礼部会试，三月忽然患病，以至于误了廷试之期，大为抱憾。徐乾学以樱桃饷词人，即以进士视之，以示宽慰与推许之情。词人作此词以答。

②绿叶成阴春尽也：典出唐杜牧《叹花》："自恨寻芳到已迟，往年曾见未开时。如今风摆花狼藉，绿叶成阴子满枝。"据宋计有功《唐诗纪事》载："牧佐宣城幕，得垂髫者十余岁。后十四年，牧刺湖州，其人已嫁人生子矣。乃怅而为诗云云。"词人用此典，取意"误期"，叹息自己因病而错过了廷试。

③守宫：东晋张华《博物志》："蜥蜴或名蝘蜓，以器养之，食以朱砂，体尽赤，所食满七斤，治捣万杵，点女人肢体，终身不灭，唯房室事则灭，故号守宫。"这里以守宫砂的朱红色喻指樱桃的颜色。星星：犹一点点。形容樱桃小而晶。

④颜色：脸上的表情。《吴氏本草》："樱桃味甘，主调中，益脾气，令人好颜色，美志气。"

⑤分明千点泪，贮作玉壶冰：以樱桃的颜色暗示"红泪"的典故，泪水清莹，贮藏为高洁之志。南朝宋鲍照《代白头吟》："直如朱丝绳，清如玉壶冰。"

⑥文园：指汉司马相如，曾任文园令，患消渴症，称病闲居。病渴：患消渴症。宋陆游《和张功父见寄》："正复悲秋如骑省，可令病渴似文

园。""文园病渴"用来形容文士落魄、病里闲居。

⑦红豆：红豆树、海红豆及相思子等植物的通称，其色鲜红，象征爱情或相思。唐王维《相思》："红豆生南国，春来发几枝。愿君多采撷，此物最相思。"这里以红豆代指樱桃，借红豆的典故描写相思情。

⑧流莺：樱桃因为常被黄莺含在嘴里，故亦称含桃。唐李商隐《百果嘲樱桃》："珠实虽先熟，琼蕤纵早开。流莺犹故在，争得讳含来。"诗以"流莺"喻仇士良，用"切樱桃"之典，讥讽裴思谦巴结权臣仇士良得状元。词人反用其意，以仇士良对裴思谦的关照比拟老师徐乾学对自己的关爱。

又　卢龙大树①

雨打风吹都似此②，将军一去谁怜③。画图曾见绿阴圆④，旧时遗镞地⑤，今日种瓜田。

系马南枝犹在否⑥？萧萧欲下长川⑦。九秋黄叶五更烟⑧，只应摇落尽⑨，不必问当年。

【笺注】

①卢龙：清直隶有卢龙县，今为河北卢龙县，在山海关西南。自唐代以来，卢龙多为诗歌套语，代指北部边塞。

②雨打风吹：遭受风雨的吹打。宋辛弃疾《永遇乐》："舞榭歌台，风流总被，雨打风吹去。"比喻遭受摧残、挫折或磨难。

③将军一去谁怜：用"大树将军"之典。大树将军，即冯异。《后汉书·冯岑贾列传》："异为人谦退不伐，行与诸将相逢，辄引车避道。进止

皆有表识，言其进退有常处也。军中号为整齐。每所止舍，诸将并坐论功，异常独屏树下，军中号曰'大树将军'。"北周庾信《哀江南赋》："将军一去，大树飘零。"

④画图：比喻美丽的自然景色。

⑤遗镞（zú）：指遗弃或残剩的箭镞。汉桓宽《盐铁论·诛秦》："往者兵革亟动，师旅数起，长城之北，旋车遗镞相望。"遗镞地，指战场。

⑥南枝：《古诗十九首·行行重行行》："胡马依北风，越鸟巢南枝。"因以指故土、故国。

⑦长川：长河。唐杜甫《登高》："无边落木萧萧下，不尽长江滚滚来。"

⑧九秋：指九月深秋。唐张祜《瓜州晓闻角》："五更人起烟霜静，一曲残声遍落潮。"

⑨摇落：凋残，零落。《楚辞·九辩》："悲哉秋之为气也！萧瑟兮草木摇落而变衰。"

又　寒柳

飞絮飞花何处是①？层冰积雪摧残②。疏疏一树五更寒③，爱他明月好，憔悴也相关④。

最是繁丝摇落后，转教人忆春山⑤。湔裙梦断续应难⑥，西风多少恨，吹不散眉弯⑦。

【笺注】

①飞絮：飘飞的柳絮。飞花：飘飞的落花。

②层冰：犹厚冰。《楚辞·招魂》："增（层）冰峨峨，飞雪千里。"宋辛弃疾《贺新郎·用前韵送杜叔高》："千丈阴崖尘不到，惟有层冰积雪。"

③疏疏：稀疏貌。

④相关：互相关心。

⑤春山：女子柳叶般的眉毛。词人借柳叶眉借指自己所思念之女子。

⑥湔裙：用"渡河湔裙"之典。古代的一种风俗。《北史·窦泰传》："（窦泰母）遂有娠。期而不产，大惧。有巫曰：'度河湔裙，产子必易。'"这里暗指妻子卢氏死于产后风寒。

⑦眉弯：弯弯的眉毛。

又

夜来带得些儿雪，冻云一树垂垂①。东风回首不胜悲②，叶干丝未尽③，未死只颦眉④。

可忆红泥亭子外⑤，纤腰舞困因谁⑥？如今寂莫待人归，明年依旧绿，知否系斑骓⑦？

【笺注】

①冻云：严冬的阴云，这里形容柳枝上的积雪。

②回首：回想，回忆。

③丝：谐音"思"。丝未尽，比喻情深谊长，至死不渝。唐李商隐《无题》："春蚕到死丝方尽，蜡炬成灰泪始干。"

④颦眉：凋落的柳叶。唐骆宾王《王昭君》："古镜菱花暗，愁眉柳叶颦。"

⑤红泥亭子：即红亭，犹长亭，送别之处。

⑥纤腰：喻柳枝。

⑦斑骓（zhuī）：毛色青白相杂的骏马，借指羁游的男子。

又　寄严荪友①

别后闲情何所寄？初莺早雁相思②。如今憔悴异当时，飘零心事③，残月落花知。

生小不知江上路④，分明却到梁溪⑤。匆匆刚欲话分携⑥，香消梦冷，窗白一声鸡⑦。

【笺注】

①严荪友：清代文学家严绳孙，字荪友，晚号藕荡渔人，早弃诸生。康熙十八年（1679）以布衣举博学鸿词，官至右中允兼翰林院编修。工诗词古文，亦善书画。有《秋水词》。

②初莺早雁：形容春去秋来，岁月流传。《南史·萧子显传》，萧子显曾作《自序》，有"若乃登高目极，临水送归，风动春朝，月明秋夜，早雁初莺，开花落叶，有来斯应，每不能已也"。初莺，借喻春暮；早雁，借喻秋末。

③飘零：飘泊零落。

④生小：犹自小，幼小。江上路：指江南路途。

⑤分明：明明，显然。梁溪：流经无锡的河流，代称无锡。元王仁辅《无锡志》："古溪极狭，南北朝时梁大同重浚，故号梁溪。"

⑥分携：离别。

⑦窗白：窗外的天亮了，指天明。宋陆游《老学庵北窗杂书》："正喜残香伴幽独，鸦鸣窗白又纷纷。"

又　永平道中①

独客单衾谁念我②，晓来凉雨飕飕③。械书欲寄又还休④，个侬憔悴⑤，禁得更添愁。

曾记年年三月病⑥，而今病向深秋。卢龙风景白人头，药炉烟里，支枕听河流⑦。

【笺注】

①永平：清代直隶永平府，在今山海关一带。康熙二十一年（1682），"三藩之乱"刚刚平定，康熙东巡，祭告永陵、福陵、昭陵，祀长白山，词人扈驾随行，于途中作此词。

②独客：独自为客。单衾：薄被。

③晓来：天亮时。唐杜甫《逼侧行赠毕四曜》："晓来急雨春风颠，睡美不闻钟鼓传。"飕飕：形容雨声。

④械（hán）书：书信。

⑤个侬：这人，那人。

⑥三月病：唐韩偓《春尽日》："把酒送春惆怅在，年年三月病恹恹。"指暮春时节的愁绪。

⑦支枕：将枕头竖立着倚靠。

又

　　点滴芭蕉心欲碎①，声声催忆当初。欲眠还展旧时书，鸳鸯小字②，犹记手生疏。

　　倦眼乍低缃帙乱③，重看一半模糊。幽窗冷雨一灯孤④，料应情尽，还道有情无？

【笺注】

　　①点滴芭蕉：雨点打在芭蕉上发出的声音。唐杜牧《芭蕉》："芭蕉为雨移，故向窗前种。怜渠点滴声，留得归乡梦。"

　　②鸳鸯小字，犹记手生疏：相思爱恋的文辞。明王彦泓《湘灵》："戏仿曹娥把笔初，描写手法未生疏。沉吟欲作鸳鸯字，羞被郎窥不肯书。"清顾贞观《踏莎美人》："鸳鸯小字三生语。"

　　③倦眼：倦于阅读或疲倦的眼睛。缃帙：指书籍、书卷。《宋书·顺帝纪》："诏曰：'……姬夏典载，犹传缃帙；汉魏余文，布在方册。'"

　　④幽窗冷雨一灯孤：自明冯小青《无题》："冷雨幽窗不可听了，挑灯闲看牡丹亭。"

又　孤雁

　　霜冷离鸿惊失伴①，有人同病相怜②。拟凭尺素寄愁边③，愁多书屡易，双泪落灯前④。

莫对月明思往事⑤，也知消减年年⑥。无端嘹唳一声传⑦，西风吹只影⑧，刚是早秋天。

【笺注】

①离鸿：失群的雁，离散的雁。比喻远离的亲友。

②同病相怜：比喻有同样不幸的遭遇者相互同情。汉赵晔《吴越春秋·阖闾内传》："子不闻《河上歌》乎？同病相怜，同忧相救。"

③尺素：小幅的绢帛，古人多用以写信或文章。《文选·古乐府〈饮马长城窟行〉》："客从远方来，遗我双鲤鱼。呼儿烹鲤鱼，中有尺素书。"吕向注："尺素，绢也。古人为书，多书于绢。"这里代指书信。愁边，愁处。唐杜甫《又雪》："愁边有江水，焉得北之朝。"

④双泪：两行泪。

⑤月明：月亮。

⑥消减：消瘦。

⑦嘹唳：形容声音响亮凄清。南朝齐谢朓《从戎曲》："嘹唳清笳转，萧条边马烦。"

⑧只影：孤独无偶。

*此词补遗自《纳兰词》卷三，汪元治编，清道光十二年结铁网斋刻本。

又　无题

昨夜个人曾有约①，严城玉漏三更②。一钩新月几疏星③，夜阑犹未寝④，人静鼠窥灯⑤。

原是瞿唐风间阻⑥，错教人恨无情。小阑干外寂无声，几回肠断处，风动护花铃⑦。

【笺注】

①个人：彼人，那人，多指所爱的人。

②严城：戒备森严的城池。玉漏：计时漏壶的美称。

③一钩新月：宋惠洪《秋夕示超然》："一钩窥隙月，疏叶搅眠秋。"

④夜阑：夜残，夜将尽时。

⑤鼠窥灯：饥饿的老鼠想偷吃灯里的豆油。宋秦观《如梦令·遥夜沉沉如水》："梦破鼠窥灯，霜送晓寒侵被。"

⑥瞿唐：瞿塘峡，为长江三峡之首。西起四川省奉节县白帝城，东至巫山大溪。两岸悬崖壁立，江流湍急，山势险峻，号称西蜀门户。《渊鉴类函》卷二五引《潜确类书》："瞿塘峡在夔州府城东，旧名西陵峡，两岸对峙，中贯一江，滟滪堆当其口，乃三峡之门。"唐杜甫《秋兴诗》之六："瞿塘峡口曲江头，万里风烟接素秋。"

⑦护花铃：见《朝中措·蜀弦秦柱不关情》笺注。系于花梢之上，惊吓鸟雀以护花的金玲。

*此词补遗自《东白堂词选初集》卷七，佟世南编，清康熙十七年刻本。

鬓云松令

枕函香^①，花径漏^②。依约相逢，絮语黄昏后^③。时节薄寒人病酒。刬地梨花^④，彻夜东风瘦^⑤。

掩银屏，垂翠袖。何处吹箫，脉脉情微逗^⑥。肠断月明红豆蔻^⑦。月似当时，人似当时否？

【笺注】

①枕函：中间可以藏物的枕头。

②花径：花间的小路。漏：泄漏春光。

③絮语：连绵不断地低声说话。

④刬（chǎn）地：无端，平白地。

⑤瘦：消损，减少。

⑥逗：引起，触动。

⑦红豆蔻：宋范成大《桂海虞衡志·志花·红豆蔻》："红豆蔻花丛生……一穗数十蕊，淡红鲜妍，如桃杏花色。蕊重则下垂如葡萄，又如火齐璎珞及剪彩鸾枝之状。此花无实，不与草豆蔻同种。每蕊心有两瓣相并，词人托兴曰比目连理云。"比目，比目鱼，象征成双成对。连理，连理枝，象征至死不渝的爱情。

又　咏浴

鬓云松^①，红玉莹^②。早月多情^③，送过梨花影。半饷斜钗慵未整。晕入轻潮，刚爱微风醒。

露华清^④，人语静。怕被郎窥，移却青鸾镜^⑤。罗袜凌波波不定^⑥。小扇单衣，可耐星前冷^⑦。

【笺注】

①鬓云：形容妇女鬓发美如乌云。宋周邦彦《鬓云松令》："鬓云松，眉叶聚。"

②红玉：红色宝玉，比喻美人肌色。《西京杂记》卷一："赵后体轻腰弱，善行步进退，女弟昭仪，不能及也。但昭仪弱骨丰肌，尤工笑语。二人并色如红玉。"唐施肩吾《夜宴曲》："被郎嗔罚琉璃盏，酒入四肢红玉软。"

③早月：初月。

④露华：清冷的月光。

⑤青鸾镜：《艺文类聚》卷九十引南朝宋范泰《鸾鸟诗序》曰："昔罽宾王结罝峻祁之山，获一鸾鸟，王甚爱之，欲其鸣而不致也。乃饰以金樊，缴以珍羞，对之愈戚，三年不鸣。其夫人曰：'尝闻鸟见其类而后鸣，何不悬镜以映之。'王从其言。鸾睹形感契，慨然悲鸣，哀响中霄，一奋而绝。"后借指镜。

⑥罗袜：丝罗制的袜子。三国魏曹植《洛神赋》："凌波微步，罗袜生尘。"

⑦星前：指清爽幽静的环境，借指谈情说爱的地方。元宋方壶《南吕·一枝花·蚊虫》："爱黄昏月下星前，怕青宵风吹日炙。"

于中好①

独背斜阳上小楼，谁家玉笛韵偏幽②？一行白雁遥天暮③，几点黄花满地秋④。

惊节序⑤，叹沉浮⑥。秾华如梦水东流⑦。人间所事堪惆怅⑧，莫向横塘问旧游⑨。

【笺注】

①于中好：词牌名，亦作"鹧鸪天"。

②谁家玉笛韵偏幽：唐李白《春夜洛城闻笛》："谁家玉笛暗飞声？散入春风满洛城。"

③白雁：候鸟，体色纯白，似雁而小。宋孔平仲《孔氏谈苑·白雁为霜信》："北方有白雁，似雁而小，色白。秋深至则霜降，河北人谓之霜信。"

④黄花：指菊花。

⑤节序：节令，节气。

⑥沉浮：升降起伏，引申为盛衰、消长。《淮南子·原道训》："是故圣人将养其神，和弱其气，平夷其形，而与道沉浮俯仰。"高诱注："沉浮，犹盛衰。"

⑦秾华："秾"通"襛"指女子青春美貌。这里比喻过去美好的时光。《诗·召南·何彼襛矣》："何彼襛矣，唐棣之华。"

⑧所事：凡事，事事。唐曹唐《张硕重寄杜兰香》："人间何事堪惆怅，海色西风十二楼。"

⑨横塘：古堤，三国吴大帝时于建业（今南京市）南淮水（今秦淮河）南岸修筑。这里代指江南。唐温庭筠《池塘七夕》："万家砧杵三篙水，一夕横塘似旧游。"

又

雁帖寒云次第飞①，向南犹自怨归迟②。谁能瘦马关山道③，又到西风扑鬓时④。

人杳杳⑤，思依依⑥。更无芳树有乌啼⑦。凭将扫黛窗前月⑧，持向今宵照别离。

【笺注】

①帖：贴伏，靠近。寒云：寒天的云。次第：依次，一个接一个。

②犹自：尚，尚自。

③关山：关隘山岭。

④扑鬓：拂拭，掠过鬓发。

⑤杳杳：隐约，依稀。

⑥依依：依恋不舍的样子。

⑦芳树：指佳木，花木。

⑧扫黛：画眉，用黛描画。代指女子。

又

别绪如丝睡不成①，那堪孤枕梦边城②？因听紫塞三更雨③，却忆红楼半夜灯。

书郑重，恨分明④。天将愁味酿多情。起来呵手封题处⑤，偏到鸳鸯两字冰⑥。

【笺注】

①别绪如丝：宋梅尧臣《送仲连》："别绪乱如丝，欲理还不可。"宋柳永《十二时》："睡不成还起……都在离人愁耳。"

②孤枕：独枕，借指独宿、独眠。梦边城：梦于边城而非梦见边城。

③紫塞：北方边塞。晋崔豹《古今注·都邑》："秦筑长城，土色皆皆，汉塞亦然，故称紫塞焉。"

④书郑重，恨分明：唐李商隐《无题》："锦长书郑重，眉细恨分明。"恨，即爱。

⑤封题：在书札的封口上签押。

⑥鸳鸯两字：宋欧阳修《南歌子》："等闲妨了绣功夫。笑问鸳鸯两字怎生书？"

又

谁道阴山行路难①，风毛雨血万人欢②。松梢露点沾鹰绁③，芦叶溪深没马鞍。

依树歇，映林看。黄羊高宴簇金盘④。萧萧一夕霜风紧⑤，却拥貂裘怨早寒⑥。

【笺注】

①阴山：景忠山，在今河北境内。旧有二名，南曰明山，北曰阴山。明初建三忠祠，祭祀诸葛亮、岳飞、文天祥，取"欲人景行仰止"之意，改

称"景忠山"。清郑侨生《遵化县州志》："景忠山，州东六十里，旧名阴山。"康熙即位后，多次登临此山。

②风毛雨血：指狩猎时禽兽毛血纷飞的情状。汉班固《两都赋》："风毛雨血，洒野蔽天。"唐李白《上皇西巡南京歌》："谁道君王行路难，六龙西幸万人欢。"

③松梢露点：松梢上的点点露珠。鹰绁：牵鹰的绳子。清朝宫廷中设有养鹰房，每出猎，将鹰驾于手臂之上，如碰到猎物，解开绳索，放鹰捕捉。绁，绳索。

④黄羊：野生羊，毛黄白色，腹下带黄色，故名。生活在草原和沙漠地带。因东汉阴识用黄羊祭祀灶神致富，后用以为典，表示祭灶的供品。高宴：盛大的宴会。簇金盘：簇拥围坐在贮酒的金盘边上。

⑤一夕：一晚。霜风：刺骨的寒风。

⑥貂裘：貂皮制成的衣裘。宋黄庭坚《塞上曲》："戎王半醉用貂绒，昭君犹抱琵琶泣。"

又

小构园林寂不哗①，疏篱曲径仿山家②。昼长吟罢风流子③，忽听楸枰响碧纱④。

添竹石，伴烟霞。拟凭尊酒慰年华⑤。休嗟髀里今生肉⑥，努力春来自种花。

【笺注】

①小构：园林的结构小，规模不大。

②山家：山野人家。宋周邦彦《虞美人·曲径田家小》："疏篱曲径田家小，云树开清晓。"

③风流子：原唐教坊曲名，后用为词牌。分单调、双调两体。单调三十四字，仄韵。见《花间集》。双调又名《内家娇》，一百一十字左右，长短不一，平韵。见《片玉词》。

④楸枰：棋盘。古时多用楸木制作，故名。

⑤尊酒：犹杯酒。

⑥髀里今生肉：即髀肉复生。形容长久过着安逸舒适的生活，无所作为。后感叹虚度光阴，想要有所作为。《三国志·蜀书·先主备传》："曹公既破绍，自南击先主。先主遣麋竺、孙干与刘表相闻，表自郊迎，以上宾礼待之，益其兵，使屯新野。荆州豪杰归先主者日益多，表疑其心，阴御之。南朝宋裴松之注引《九州春秋》曰：备住荆州数年，尝于表坐起至厕，见髀里肉生，慨然流涕。还坐，表怪问备，备曰：'吾常身不离鞍，髀肉皆消。今不复骑，髀里肉生。日月若驰，老将至矣，而功业不建，是以悲耳。'"髀，大腿骨。

又　十月初四夜风雨其明日是亡妇生辰

尘满疏帘素带飘①，真成暗度可怜宵②。几回偷拭青衫泪，忽傍犀奁见翠翘③。

惟有恨，转无聊。五更依旧落花朝。衰杨叶尽丝难尽④，冷雨凄风打画桥⑤。

【笺注】

①疏帘：稀疏的竹织窗帘。素带：白绢缝制的大带，束于腰间，一端下垂。

②真成：真个，的确。暗度：不知不觉地过去。宋苏轼《临江仙》："徘徊花上月，空度可怜宵。"

③犀奁：古代妇女盛放梳妆用品的匣盒，上面有犀角质地的装饰。宋黄庭坚《宴山亭》："犀奁黛卷，凤枕云孤。"翠翘：见《虞美人·银床淅沥青梧老》笺注。

④丝：谐音"思"。

⑤画桥：雕饰华丽的桥梁。

又

冷露无声夜欲阑①，栖鸦不定朔风寒②。生憎画鼓楼头急③，不放征人梦里还。

秋澹澹④，月弯弯。无人起向月中看⑤。明朝匹马相思处，如隔千山与万山⑥。

【笺注】

①冷露无声夜欲阑：唐王建《十五夜望月寄杜郎中》："中庭地白树栖鸦，冷露无声湿桂花。"冷露，清冷的露水。

②不定：不住，不止。

③生憎：最恨，偏恨。画鼓：有彩绘的鼓。唐白居易《柘枝妓》："平铺一合锦筵开，连击三声画鼓催。"这里即角鼓。楼头：楼上。

④澹澹：吹拂貌。

⑤无人起向月中看：卢纶《裴给事宅白牡丹》："别有玉盘承露冷，无人起就月中看。"

⑥如隔千山与万山：唐岑参《原头送范侍御》："别君只有相思梦，遮莫千山与万山。"

又　送梁汾南还，为题小影①

握手西风泪不干②，年来多在别离间③。遥知独听灯前雨，转忆同看雪后山。

凭寄语，劝加餐④。桂花时节约重还⑤。分明小像沉香缕⑥，一片伤心欲画难⑦。

【笺注】

①小影：词人画像。据顾贞观《金缕曲》和纳兰性德词附注："岁丙辰，容若二十有二，乃一见即恨识余之晚。阅数日，填此曲为余题照。"康熙十七年（1678）正月十七日，顾贞观离京南还无锡，临行前性德以"小影"相赠，此词即为题画之作。

②握手：执手，拉手。古时在离别有所嘱托时，皆以握手表示亲近。唐元结《别王佐卿序》："在少年时，握手笑别，远离不恨。"

③年来：近年以来。

④凭寄语，劝加餐：《古诗十九首·行行重行行》："弃捐勿复道，努力加餐饭。"明王彦泓《满江红》："欲寄语，加餐饭，难嘱咐，鱼和雁。"加餐，慰劝之辞。谓多进饥食，保重身体。

⑤桂花时节：初秋。宋曹冕《桂飘香》："气萧爽，一年好处，桂花时节。"

⑥分明小像沉香缕：唐李贺《答赠》："沉香熏小像，杨柳伴啼鸦。"

⑦一片伤心欲画难：自唐高蟾《金陵晚望》中的"世间无限丹青手，一片伤心画不成"。五代前蜀韦庄曾在《金陵图》中另用为"谁谓伤心画不成，画人心逐世人情。"

又　咏史①

马上吟成促渡江②，分明闲气属闺房③。生憎久闭金铺暗④，花冷回心玉一床⑤。

添哽咽，足凄凉。谁教生得满身香⑥。只今西海年年月⑦，犹为萧家照断肠。

【笺注】

①咏史：咏辽萧后。据元王鼎《焚椒》："萧后，字观音，工书，能歌诗，善弹筝及琵琶，天祐帝封为懿德皇后。帝游猎无度，后作诗劝谏，为帝所疏远。后作《回心院词》，寓望幸之意。宫女单登，本为叛人重元家婢，亦善筝及琵琶，与伶官赵惟一争能，怨后不重己，遂与耶律乙辛密谋害后。令他人作《十香词》，内容淫猥，伪称宋国皇后所作，请萧后书写。遂以此

为证，诬萧后与赵惟一私通。萧后卒被害死。"

②马上吟成：元王鼎《焚椒》："二年八月，上猎秋山，后率妃嫔从行在所。至伏虎林，上命后赋诗，后应声曰：'威风万单压南邦，东云能翻鸭绿江。灵怪大千度破胆，那教猛虎不投降。'上大喜，出示群臣，曰：'皇后可谓女中才子。'"促渡江：亦作"鸭绿江"。

③闲气：旧谓英雄伟人，上应星象，禀天地特殊之气，间世而出，故称。《太平御览》卷三六○引《春秋孔演图》："正气为帝，间气为臣，宫商为姓，秀气为人。"宋均注："间气则不苟一行，各受一星以生。"

④生憎：最恨，偏恨。金铺暗：萧后被谗而死，死前作有十首《回心词》，其一有"扫深殿，闲久铜铺暗"之句。铜铺，门户美称。

⑤回心：指回心院，唐高宗王皇后及萧良娣被囚之所。《新唐书·后妃传上·王皇后》："（王皇后）又曰：'陛下幸念畴日，使妾死更生，复见日月，乞署此为回心院。'"玉一床，喻满床清冷的月色。

⑥满身香：萧后《回心词·其九》："若道妾身多秽贱，自沾御香香彻肤。"

⑦西海：指北京的太液池。北京之北海、中海、南海元明时亦称太液池，因其在皇城之西，故又称西苑、西苑太液池、西海子。

*此词补遗自纳兰性德的手迹。

鹧鸪天　离恨①

背立盈盈故作羞②，手接梅蕊打肩头③。欲将离恨寻郎说，待得郎归恨却休。

云淡淡，水悠悠。一声横笛锁空楼。何时共泛春溪月，断岸垂杨一叶舟④。

【笺注】

①离恨：此副题亦作"春闺"。

②背立：背人而立。盈盈：仪态美好貌。盈，通"嬴"。《文选·古诗〈青青河畔草〉》："盈盈楼上女，皎皎当窗牖。"李善注："《广雅》曰：'嬴，容也。''盈'与'嬴'同。"

③挼（ruó）：揉搓，摩挲。梅蕊：梅花蓓蕾。

④断岸：江边绝壁。垂杨：垂柳，古诗文中杨、柳两字常通用。

*此词补遗自《东白堂词选初集》卷五，佟世南编，清康熙十七年刻本。

南乡子　捣衣

鸳瓦已新霜，欲寄寒衣转自伤①。见说征夫容易瘦，端相②，梦里回时仔细量。

支枕怯空房③，且拭清砧就月光④。已是深秋兼独夜⑤，凄凉，月到西南更断肠⑥。

【笺注】

①寒衣：御寒的衣服。自伤：自我伤感。

②端相：正视，细看。宋周邦彦《意难忘》："夜渐深，笼灯就月，子细端相。"陈元龙注："端相，犹正视也。"

③怯空房：独守空房，心生怯意。唐王维《秋夜曲》："银筝夜久殷勤弄，心怯空房不忍归。"

④清砧：捶衣石的美称。

⑤独夜：一人独处之夜。

⑥月到西南：夜深天将亮时。宋苏轼《菩萨蛮·西湖席上代诸妓送述古》："娟娟缺月西南落，相思拨断琵琶索。"

又　为亡妇题照

泪咽却无声，只向从前悔薄情。凭仗丹青重省识①，盈盈②，一片伤心画不成。

别语忒分明，午夜鹣鹣梦早醒③。卿自早醒侬自梦，更更④，泣尽风檐夜雨铃⑤。

【笺注】

①凭仗：依赖，依靠。丹青：指画像。省识：犹察识。据《西京杂记》载：汉元帝宫女多，使画工画宫女相貌，依照画像决定召见与否。唐杜甫《咏怀古迹》："画图省识春风面，环佩空归月夜魂。"

②盈盈：泪水盈盈。

③鹣（jiān）鹣：比翼鸟。《尔雅·释地》："南方有比翼鸟焉，不比不飞，其名谓之鹣鹣。"郭璞注："似凫，青赤色，一目一翼，相得乃飞。"

比喻夫妇情谊。

④更更：一更又一更，指整夜。

⑤风檐：风中的屋檐。唐李商隐《二月二日》："新滩莫悟游人意，更作风檐夜雨声。"雨铃：雨中闻铃声。

又

飞絮晚悠飏①，斜日波纹映画梁②。刺绣女儿楼上立，柔肠，爱看晴丝百尺长③。

风定却闻香，吹落残红在绣床④。休堕玉钗惊比翼，双双，共唼苹花绿满塘⑤。

【笺注】

①飞絮晚悠飏：宋程垓《洞庭春色》："惆怅一春飞絮，梦悠飏教人分付谁。"

②画梁：有彩绘装饰的屋梁。

③晴丝：虫类所吐的、在空中飘荡的游丝，常在春季晴朗的日子出现，故名。明汤显祖《牡丹亭·第十出惊梦》："袅晴丝吹来闲庭院，摇漾春如线。"

④残红：凋残的花，落花。

⑤唼（shà）：水鸟或鱼吃食。三国魏嵇康《酒会诗七首》其二："婉彼鸳鸯，戢翼而游。俯唼绿藻，讬身洪流。"

又　柳沟晓发①

灯影伴鸣梭②，织女依然怨隔河③。曙色远连山色起④，青螺⑤，回首微茫忆翠蛾⑥。

凄切客中过⑦，料抵秋闺一半多⑧。一世疏狂应为著⑨，横波，作个鸳鸯消得么⑩？

【笺注】

①柳沟：古为关隘，在今北京延庆八达岭北。明筑城屯兵，称柳沟城。按《清史稿·地理志》记载，柳沟城为宣化府延庆州的四大关口之一。晓发：早发。

②鸣梭：梭子，织具。代指织布。南朝梁文帝《永中妇织流黄》："鸣梭逐动钏，红妆映落晖。"

③织女：即织女星。《月令广义·七月令》引南朝殷芸《小说》："天河之东有织女，天帝之子也。年年机杼劳役，织成云锦天衣，容貌不暇整。帝怜其独处，许嫁河西牵牛郎。嫁后遂废织衽。天帝怒，责令归河东，许一年一度相会。"后用此典以咏夫妻暌隔。

④曙色：拂晓时的天色。

⑤青螺：本指妇女形如青螺的发型，这里喻青山。宋王沂孙《露华·碧桃》："换了素妆，重把青螺轻拂。"唐刘禹锡《望洞庭》："遥望洞庭山水翠，白银盘里一青螺。"

⑥微茫：隐约模糊。翠蛾：妇女细而长曲的黛眉，借指美女。

⑦客中：旅居他乡。

⑧秋闺：秋日的闺房。指易引秋思之所。南朝梁江洪《秋风曲》之

二："孀妇悲四时，况在秋闺内。"

⑨疏狂：豪放，不受拘束。

⑩鸳鸯：比喻夫妻。

又

何处淬吴钩①？一片城荒枕碧流②。曾是当年龙战地③，飕飕，塞草霜风满地秋④。

霸业等闲休，跃马横戈总白头⑤。莫把韶华轻换了，封侯，多少英雄只废丘⑥。

【笺注】

①淬（cuì）：锻造时，把烧红的锻件浸入水中，急速冷却，以增强硬度。《战国策·燕策三》："于是太子预求天下之利匕首，得赵人徐夫人之匕首，取之百金，使工以药淬之。以试人，血濡缕，人无不立死者。"吴师道补注："《说文》徐云：'淬，剑烧而入水也。'此谓以毒药染锷而淬之也。"吴钩：钩，兵器，形似剑而曲。春秋吴人善铸钩，故称。

②枕碧流：临近绿水。后蜀花蕊夫人费氏《官词》："苑东天子爱巡游，御岸花堤枕碧流。"

③龙战：本谓阴阳二气交战。《易·坤》："上六，龙战于野，其血玄黄。"后遂以喻群雄争夺天下。

④霜风：刺骨的寒风。

⑤跃马横戈：形容战士威风凛凛，英勇杀敌之态。跃马，策马驰骋腾

跃。横戈，横持戈矛。

⑥废丘：周代名犬丘。懿王建都于此，秦欲废之，故名。项王乃立章邯为雍王，王咸阳以西，都废丘。其后刘邦出汉中与项羽争天下，引水灌废丘，迫使章邯自杀，废丘随后被更名为槐里。

又

烟暖雨初收①，落尽繁花小院幽②。摘得一双红豆子③，低头，说着分携泪暗流④。

人去似春休，卮酒曾将酹石尤⑤。别自有人桃叶渡⑥，扁舟，一种烟波各自愁⑦。

【笺注】

①烟暖：春天的烟霭。

②繁花：盛开的花，繁密的花。

③红豆子：见《鬓云松令·枕函香》"红豆"笺注。

④分：离别。携，离心，离散。暗流：指泪水悄悄流下来。

⑤卮（zhī）：古代一种酒器。卮酒，犹言杯酒。酹（lèi）：以酒浇地，表示祭奠。石尤：石尤风。据元伊世珍《琅嬛记》引《江湖纪闻》曰："石尤风者，传闻为石氏女，嫁为尤郎妇，情好甚笃。为商远行，妻阻之，不从。尤出不归，妻忆之病死。临死长叹曰：'吾恨不能阻其行，以至于此。今凡有商旅远行，吾当作大风为天下妇人阻之。'自后商旅发船，值打头逆风，则曰：'此石尤风也。'遂止不行。妇人以夫姓为名，故曰：'石尤风。'"

后因称逆风、顶头风为"石尤风"。

⑥桃叶渡：渡口名，在今江苏省南京市秦淮河畔。相传因晋王献之在此送其爱妾桃叶而得名。宋辛弃疾《临江仙》："急呼桃叶渡，为看牡丹忙。"

⑦烟波：烟雾苍茫的水面。唐崔颢《黄鹤楼》："日暮乡关何处是，烟波江上使人愁。"

南乡子　秋莫村居①

红叶满寒溪②，一路空山万木齐③。试上小楼极目望，高低，一片烟笼十里陂④。

吠犬杂鸣鸡，灯火荧荧归骑迷⑤。乍逐横山时近远，东西，家在寒林独掩扉⑥。

【笺注】

①秋莫：即秋暮。莫，通"暮"。

②寒溪：寒冷的溪流。唐杜牧《访许颜》诗："门近寒溪窗近山，枕山流水日潺潺。"

③空山：幽深少人的山林。唐韦应物《寄全椒山中道士》诗："落叶满空山，何处寻行迹。"

④陂：堤防；堤岸。五代前蜀韦庄《台城》诗："无情最是台城柳，依旧烟笼十里堤。"

⑤荧荧：光闪烁貌。汉秦嘉《赠妇诗》："飘飘帷帐，荧荧华烛。"

⑥寒林：称秋冬的林木。唐王维《过李揖宅》诗："客来深巷中，犬吠

寒林下。"

*此词补遗自《精选国朝诗馀》，陈湜编，清乾隆二十七年刻本。

踏莎行

月华如水，波纹似练，几簇淡烟衰柳①。塞鸿一夜尽南飞，谁与问倚楼人瘦。

韵拈风絮②，录成金石③，不是舞裙歌袖。从前负尽扫眉才④，又担阁镜囊重绣⑤。

【笺注】

①淡烟：轻烟。

②韵拈风絮：《世说新语·言语》："谢太傅（安）寒雪日内集，与儿女讲论文义。俄而雪骤，公欣然曰：'白雪纷纷何所似？'兄子胡儿曰：'撒盐空中差可拟。'兄女曰：'未若柳絮因风起。'公大笑乐。"后以此典喻女子才华出众，文思敏捷。

③金石：指《金石录》。宋赵明诚撰，其妻李清照亦参与编撰，并表奏朝廷。

④扫眉才：称有文才的女子。薛涛，才华与美貌并举，与当时文人骚客诗书唱和、情意缠绵，卓有成就。语见唐王建《寄蜀中薛涛校书》："万里桥边女校书，枇杷花里闭门居。扫眉才子知多少，管领春风总不如。"

⑤担阁：耽误。宋王安石《千秋岁》："无奈被些名利缚，无奈被他情

担阁。"镜囊：盛镜子和其他梳妆用具的袋子。镜囊重绣，指镜听占卜术。除夕或岁首夜，怀抱镜子以听路人之言，占卜吉凶。元伊世珍《琅嬛记》卷上："镜听咒曰：镜听咒曰：'并光类俪，终逢协吉。'先觅一古镜，锦囊盛之，独向神灶，双手捧镜，勿令人见。诵咒七遍，出听人言，以定吉凶。又闭目信足走七步，开眼照镜，随其所照，以合人言，无不验也。"古代丈夫远行，妻子以镜听占卜亲人是否平安及归期。唐王建《镜听词》："重重摩挲嫁时镜，夫婿远行凭镜听。回身不遣别人知，人意丁宁镜神圣。怀中收拾双锦带，恐畏街头见惊怪。嗟嗟下堂阶，独自灶前来跪拜。出门愿不闻悲哀，郎在任郎回未回。月明地上人过尽，好语多同皆道来。卷帷上床喜不定，与郎裁衣失翻正。可中三日得相见，重绣锦囊磨镜面。"

又

春水鸭头①，春衫鹦觜②，烟丝无力风斜倚③。百花时节好逢迎④，可怜人掩屏山睡⑤。

密语移灯⑥，闲情枕臂⑦，从教酝酿孤眠味⑧。春鸿不解讳相思⑨，映窗书破人人字⑩。

【笺注】

①鸭头：鸭头色绿，形容水色。宋苏轼《送别》："烟头春水浓如染，水面桃花弄春脸。"

②觜（zuǐ）：同"嘴"。鹦鹉红嘴，因以鹦嘴指红色，这里形容山花红艳。

③烟丝：细长的杨柳枝条。

④逢迎：迎接接待自己的心上人。

⑤屏山：屏风。

⑥密语：秘密的话语。

⑦闲情：男女之情。

⑧从教：听任，任凭。

⑨春鸿：春天的鸿雁。不解：不解风情。讳：避忌，躲开。

⑩人人：雁飞常排成"人"字，人睹雁则思亲。宋辛弃疾《寻芳草》："更也没书来，那堪破、雁儿调戏。道无书，却有书中意，排几个、人人字。"书破：本为书写错谬。这里喻指经过窗户时雁行已不成"人"字形。

又　寄见阳①

倚柳题笺②，当花侧帽③，赏心应比驱驰好④。错教双鬓受东风，看吹绿影成丝早⑤。

金殿寒鸦⑥，玉阶春草⑦，就中冷暖和谁道⑧？小楼明月镇长闲⑨，人生何事缁尘老⑩。

【笺注】

①见阳：张纯修，字子敏，号见阳，词人好友。

②倚柳题笺：指倚傍柳树，填词写诗。宋刘过《沁园春·题黄尚书夫人书壁后》："傍柳题诗，穿花劝酒，嗅蕊攀条得自如。"

③侧帽：斜戴帽子。《周书·独孤信传》："在秦州，尝因猎，日暮，驰马入城，其帽微侧，诘旦，而吏人有戴帽者，咸慕信而侧帽焉。"后以谓

洒脱不羁、风雅自赏的装束。宋晏殊《清平乐》："侧帽风前花满路，冶叶倡条情绪。"

④赏心：娱悦心志。驱驰：策马快跑，指游猎。

⑤绿影：这里指互黑光亮的头发。

⑥金殿：指宫殿。唐王昌龄《长信秋词五首》其三："奉帚平明金殿开，且将团扇共徘徊。玉颜不及寒鸦色，犹带昭阳日影来。"

⑦玉阶春草：春草生向阶前，寓春意盎然。唐王维《杂诗三首》其三："已见寒梅发，复闻啼鸟声。愁心事春草，畏向玉阶生。"

⑧就中：其中。

⑨镇长：经常，常。

⑩缁尘：风尘俗物。晋陆机《为顾彦先赠妇》："京洛多风尘，素衣化为缁。"

翦湘云　送友①

险韵慵拈②，新声醉倚③。尽历遍情场④，懊恼曾记。不道当时肠断事，还较而今得意。向西风约略数年华，旧心情灰矣。

正是冷雨秋槐，鬓丝憔悴。又领略愁中送客滋味。密约重逢知甚日，看取青衫和泪⑤。梦天涯绕遍尽由人，只尊前迢递⑥。

【笺注】

①翦湘云：为作者友人顾贞观自创的词牌。

②险韵：险僻难押的诗韵。宋晏几道《六幺令调》："昨夜诗有回文，韵险还慵押。"

③新声醉倚：填词又称倚声，依词牌曲调而填词，所谓新声，指新创作的词牌。

④情场：男女谈情说爱的场合。明王彦泓《即事十首》其六："历遍情场滟预滩，近来心性耐波澜。"

⑤青衫和泪：唐白居易《琵琶引》："座中泣下谁最多，江州司马青衫湿。"寓指失意的士大夫。

⑥迢递：思虑悠远。

鹊桥仙　七夕

乞巧楼空①，影娥池冷②，佳节只供愁叹。丁宁休曝旧罗衣③，忆素手为予缝绽④。

莲粉飘红⑤，菱丝翳碧⑥，仰见明星空烂。亲持钿合梦中来⑦，信天上人间非幻。

【笺注】

①乞巧楼：乞巧的彩楼。五代王仁裕《开元天宝遗事》卷下："宫中以锦结成楼殿，高百尺，上可以胜数十人，陈以瓜果酒炙，设坐具以祀牛女二星，嫔妃各以九孔针五色线向月穿之，过者为得巧之候，动清商之曲，宴乐达旦，谓之乞巧楼。"

②影娥池：见《清平乐·上元月蚀》笺注。

③曝旧罗衣：旧时有七月七曝衣之俗。《内邱县志》："七月七日暴衣书，不知乞巧。"

④素手：洁白的手。多形容女子之手。《古诗十九首·青青河畔草》："娥娥红粉妆，纤纤出素手。"缝绽：缝补衣服破绽处。

⑤莲粉飘红：唐杜甫《秋兴八首》其七："波漂菰米沉云黑，露冷莲房坠粉红。"秋季莲蓬成熟，花瓣坠落河面。

⑥菱丝：菱蔓。翳（yì）：遮蔽，隐没。晋陶渊明《杂诗》之九："日没星与昴，势翳西山巅。"

⑦钿合：用唐玄宗与杨贵妃之典。唐白居易《长恨歌》："但教心似金钿坚，天上人间会相见。"见《金缕曲·亡妇忌日有感》"钗钿"笺注。

又

倦收缃帙①，悄垂罗幕②，盼煞一灯红小。便容生受博山香③，销折得狂名多少④。

是伊缘薄，是侬情浅，难道多磨更好。不成寒漏也相催⑤，索性尽荒鸡唱了⑥。

【笺注】

①缃帙：指书籍、书卷。

②罗幕：丝罗帐幕。

③博山香：博山炉染（沉水）香所产生的香气，象征男女之间的爱情。博山，博山炉的简称，亦可代称名贵香炉。

④销折：损耗。狂名：狂生的名声。宋陆游《书叹》："只知求醉死，何惮得狂名。"

⑤不成：用于句首，表反诘的助词。寒漏：寒天漏壶的滴水声。

⑥荒鸡：三更前啼叫的鸡，旧以其鸣为恶声，主不祥。

*此词补遗自《纳兰词》卷三，汪元治编，清道光十二年结铁网斋刻本。

又

　　梦来双倚，醒时独拥，窗外一眉新月。寻思常自悔分明，无奈却照人清切①。

　　一宵灯下，连朝镜里②，瘦尽十年花骨③。前期总约上元时④，怕难认飘零人物⑤。

【笺注】

①清切：真切。

②连朝：犹连日。

③花骨：形容人容颜俏丽，此处以十年为期，是说容颜消瘦衰老。宋史达祖《鹧鸪天》："十年花骨东风泪，几点螺香素壁尘。"

④前期：过去的约定。上元：农历的正月十五。宋孙光宪《定风波》："年来年去负前期，应是秦云兼楚雨。"宋欧阳修《生查子·元夕》："月上柳梢头，人约黄昏后。"

⑤飘零：飘泊流落，这里指失意之人。

*此词补遗自《纳兰词》卷三，汪元治编，清道光十二年结铁网斋刻本。

256

御带花 重九夜

晚秋却胜春天好，情在冷香深处^①。朱楼六扇小屏山，寂莫几分尘土。虬尾烟销^②，人梦觉、碎虫零杵^③。便强说欢娱，总是无憀心绪^④。

转忆当年，消受尽皓腕红萸^⑤，嫣然一顾^⑥。如今何事，向禅榻茶烟^⑦，怕歌愁舞。玉粟寒生^⑧，且领略月明清露^⑨。叹此际凄凉，何必更满城风雨^⑩?

【笺注】

①冷香：秋冬时节开的清香的花，如菊花、梅花等。

②虬（qiú）尾：虬，传说中的一种无角龙；虬尾，这里指饰有龙形的香炉。

③碎虫零杵：断续碎乱的虫声和杵声。

④无憀（liáo）：空闲而烦闷的心情，闲而郁闷。

⑤皓腕：女子洁白的手腕。红萸：即茱萸囊。古俗农历九月九日重阳节，佩茱萸能祛邪辟恶。南朝梁吴均《续齐谐记》："长房谓（桓景）曰：'九月九日，汝家中当有灾。宜急去，令家人各作绛囊，盛茱萸，以系臂，登高饮菊花酒，此祸可除。'景如言，齐家登山。夕还，见鸡犬牛羊一时暴死。长房闻之曰：'此可代也。'今世人九日登高饮酒，妇人带茱萸囊，盖始于此。"

⑥嫣然：娇媚的笑态。宋苏轼《续丽人行》："若教回首却嫣然，阳城下蔡俱风靡。"

⑦禅榻：禅床。唐杜牧《题禅院》："今日鬓丝禅榻畔，茶烟轻飏落花风。"

⑧玉粟：形容皮肤因受寒呈粟状。明梅鼎祚《玉合记·邂逅》："绿鬟云散袅金翘，双钏寒生玉粟娇。"

⑨清露：雨的别称。明杨慎《俗言·俗语反说》："贵竹名雨曰清露。"

⑩满城风雨：指秋天的景象。宋曾悖《点绛唇·重九饮栖霞》："九月传杯，要携佳客栖霞区。满城风雨。"

疏影　芭蕉①

湘帘卷处，甚离披翠影②，绕檐遮住。小立吹裾③，常伴春慵④，掩映绣床金缕。芳心一束浑难展⑤，清泪裏、隔年愁聚。更夜深细听，空阶雨滴，梦回无据⑥。

正是秋来寂寞，偏声声点点⑦，助人离绪。缬被初寒⑧，宿酒全醒，搅碎乱蛩双杵⑨。西风落尽庭梧叶，还剩得、绿阴如许。想玉人、和露折来，曾写断肠句⑩。

【笺注】

①此词为步韵和清朱彝尊《疏影·芭蕉》之作，见于《今词初集》，为词人早期作品。

②离披：摇荡貌，晃动貌。唐李德裕《牡丹赋》："逮乎的皪含景，离披向风，铅华春而思荡，兰泽晚而光融。"

③裾：衣服的前后襟。《尔雅·释器》："裗谓之裾。"郭璞注："衣后襟也。"

④春慵：春天的懒散情绪。宋晏几道《丑奴儿》："长闲帘栊，日日春慵。"

纳兰词全编新注

⑤芳心：花蕊，俗称花心。宋苏轼《贺新郎》："秾艳一枝细看取，芳心千重似束。"宋贺铸《石州引》："欲知方寸，共有几许清愁，芭蕉不展丁香结。"

⑥无据：无所依凭。宋柳永《尾犯》词："夜雨滴空阶，孤馆梦回，情绪萧索。一片闲愁，想丹青难貌。"

⑦声声点点：宋朱淑真《闷怀》："芭蕉叶上梧桐雨，点点声声有断肠。"

⑧缬（xié）：染有彩纹的丝织品。《资治通鉴·唐德宗贞元三年》："请发左藏恶缯染为彩缬。"胡三省注："撮彩以线结之而后染色，既染则解其结，凡结处皆元白，余则入染色矣，其色斑斓，谓之缬。"初寒：刚开始寒冷。

⑨双杵：古人捣衣，对立执杵如舂米，故名双杵。明杨慎《丹铅录》："古人捣衣，两女子对立执杵，如舂米然。"

⑩曾写断肠诗句：古人有芭蕉叶上题诗之俗。唐韦应物《闲居寄诸弟》："尽日高斋无一事，芭蕉叶上独题诗。"

卷三

添字采桑子

闲愁似与斜阳约，红点苍苔①，蛱蝶飞回②。又是梧桐新绿影，上阶来。

天涯望处音尘断③，花谢花开，懊恼离怀。空压钿筐金缕绣④，合欢鞋⑤。

【笺注】

①红点：这里指芍药花。南朝齐谢朓《直中书省》："红药当阶翻，苍苔一砌上。"

②蛱蝶飞回：唐无名氏《真真歌》："蛱蝶双飞芍药前，鸳鸯对浴芙蓉水。"

③音尘：踪迹。

④钿筐：针线筐。金缕：金丝。唐白居易《秦中吟·议婚》："红楼富家女，金缕绣罗襦。"

⑤合欢鞋：编有鸳鸯或鸾凤的鞋子。宋张孝祥《多丽》："银铤双鬈，玉丝头道，一尘生色合欢鞋。"

望江南　宿双林禅院有感①

挑灯坐，坐久忆年时②。薄雾笼花娇欲泣③，夜深微月下杨枝④。催道太眠迟。

憔悴去，此恨有谁知？天上人间俱怅望⑤，经声佛火两凄迷⑥。未梦已先疑。

【笺注】

①双林禅院：在北京阜成门外二里沟，今紫竹院公园一带，建于明万历四年，毁于清末。康熙十六年（1677）五月三十日，词人妻卢氏去世，灵柩暂停于双林禅院。

②年时：方言。去年。

③薄雾笼花娇欲泣：清毛先舒《凤来朝》："正轻烟薄雾笼花泣，疑太早，又疑雨。"

④杨枝：杨柳的枝条。

⑤天上人间：宋柳永《二郎神》"愿天上人间，占得欢娱，年年今夜。"宋张孝祥《念奴娇》："天上人间凝望处，应有乘风归客。"

⑥佛火：指供佛的油灯香烛之火。凄迷：悲凉怅惘。

又

心灰尽，有发未全僧①。风雨消磨生死别，似曾相识只孤檠。情在不能醒。

摇落后，清吹那堪听②。淅沥暗飘金井叶③，乍闻风定又钟声。薄福荐倾城④。

【笺注】

①有发未全僧：宋苏轼《与俞奉议》："在家出家，古有发言，有发无发，俱是佛子。"宋陆游《衰病有感》："在家元是客，有发亦如僧。愁绝穷秋雨，情亲独夜灯。"

②清吹：犹清风。

③金井：即石井。古人说坚固多用金字修饰。此处借指亡妻的墓穴。《古今小说·范巨卿鸡黍生死交》："因此扶枢到此，众人拽棺入金井，并不能动，因此停住坟前。"

④荐：请和尚道士念经拜忏以超度亡灵。宋洪迈《夷坚甲志·解三娘》："明日，召僧为诵佛书，作荐事，遂行。"倾城：美女，这里代指亡妻卢氏。

*此词补遗自《纳兰词》卷二，汪元治编，清道光十二年结铁网斋刻本。

又　咏弦月

初八月①，半镜上青霄②。斜倚画阑娇不语，暗移梅影过红桥③。裙带北风飘④。

【笺注】

①初八月：即上弦月。

②半镜：半片破镜。唐韦述《两京新记》卷三载，南朝陈太子舍人徐德言娶后主叔宝之妹乐昌公主，时陈政方乱，德言知不相保，乃破镜与妻各执其半，约他年正月望日卖于都市，冀得相见，后果如愿。后比喻夫妻失散、分离。青霄：青天。

③梅影：梅花之疏影。宋汪藻《点绛唇》："新月娟娟，夜寒江静山衔斗，起来搔首，梅影横窗瘦。"红桥：红色之桥。这里特指扬州的红桥，明崇祯时建，为游览胜地。唐徐凝《忆扬州》："天下三分明月夜，二分无赖是扬州。"唐杜牧《寄扬州韩绰判官》："二十四桥明月夜，玉人何处教吹箫。"

④裙带：系裙的带子。唐李端《拜新月》："细语人不闻，北风吹裙带。"

*此词补遗自《东白堂词选初集》卷一，佟世南编，清康熙十七年刻本。

木兰花慢　立秋夜雨送梁汾南行

盼银河迢递①，惊入夜，转清商②。乍西园蝴蝶，轻翻麝粉③，暗惹蜂黄。炎凉。等闲瞥眼④，甚丝丝点点搅柔肠。应是登临送客⑤，别离滋味重尝。

疑将⑥。水墨画疏窗。孤影淡潇湘。倩一叶高梧，半条残烛，做尽商量⑦。荷裳。被风暗翦⑧，问今宵谁与盖鸳鸯⑨？从此羁愁万叠⑩，梦回分付啼螀⑪。

【笺注】

①盼（xì）：带着怨恨之情看。

②清商：谓秋风。按古代阴阳五行之说，商、秋均属金，故诗词中常以商代秋。晋潘岳《悼亡诗》："清商应秋至，溽暑随节阑。"

③麝粉：香粉。

④瞥眼：犹转眼，极言时间之短。

⑤登临：登山临水。此处指送别客人。《楚辞·九辩》："憭栗兮若在远行，登山临水兮送将归。"

⑥将：语助词，用在动词后面，表示动作、行为的趋向或进行。

⑦商量：准备。

⑧暗翦：秋风摧残荷叶使之衰败破损。宋张炎《凄凉犯·过邻家见故园有感》："西风暗翦荷衣碎，柔丝不解重缉。"

⑨盖鸳鸯：为咏荷叶之典故。唐郑谷《莲叶》："多谢浣溪人不折，雨中留得盖鸳鸯。"

⑩万叠：形容愁绪之浓。

⑪啼螀（jiāng）：鸣叫的寒蝉。宋王沂孙《声声慢》："啼螀门静，落叶阶深，秋声又入吾庐。"

卷
四

百字令 废园有感

　　片红飞减①，甚东风不语②、只催漂泊。石上胭脂花上露③，谁与画眉商略④？碧罂瓶沉⑤，紫钱钗掩⑥，雀踏金铃索⑦。韶华如梦，为寻好梦担阁。

　　又是金粉空梁⑧，定巢燕子⑨，一口香泥落⑩。欲写华笺凭寄与⑪，多少心情难托。梅豆圆时⑫，柳绵飘处，失记当初约。斜阳冉冉⑬，断魂分付残角⑭。

【笺注】

　　①片红：残花。唐杜甫《曲江二首》诗之一："一片飞花减却春，风飘万点正愁人。"

　　②东风不语：宋陈允平《绛都春》："燕子未来，东风无语又黄昏。"

　　③石上胭脂：比喻落花。

　　④画眉：画眉之人。商略：商讨。明查容《杏花天·闺晓》："更商略、画眉深浅，屏山重叠回娇面。"

　　⑤罂：小口大腹的陶制汲水罐。唐杜甫《铜瓶》："乱后碧井废，时清瑶殿深。铜瓶未失水，百丈有哀音。侧想美人意，应非寒罂沉。蛟龙半缺落，犹得折黄金。"

　　⑥紫钱：指青紫色、圆形的苔藓。

　　⑦金铃：五代王仁裕《开元天宝遗事·花上金铃》："天宝初，宁王

日侍，好声乐，风流蕴藉，诸无弗如也。至春时，于后园中纫红丝为绳，密缀金铃，系于花梢之上，每有鸟鹊集，则令园吏掣索以惊之，盖惜花之故也。"如今，雀踏金铃之索，可见此园已久无人住。

⑧金粉空梁：用金粉绘饰的梁木。隋薛道衡《昔昔盐》："暗牖悬蛛网，空梁落燕泥。"宋晏殊《采桑子》："晚雨微微，待得空梁宿燕归。"

⑨定巢：筑巢。宋周邦彦《瑞龙吟》："定巢燕子，归来旧处。"

⑩香泥：燕子筑巢用的泥土。宋陈亮《虞美人·春愁》："一口香泥湿带、落花飞。"

⑪华笺：质好而色美的纸，常用来写信或题诗。

⑫梅豆：梅花苞蕾。

⑬冉冉：形容夕阳渐渐下坠。宋周邦彦《点绛唇》："苦恨斜阳，冉冉催人去。"宋赵以夫《龙山会》："黯销魂，斜阳冉冉，雁声悲苦。"

⑭残角：远处隐约的角号声。

又　宿汉儿村①

无情野火，趁西风烧遍、天涯芳草。榆塞重来冰雪里②，冷入鬓丝吹老。牧马长嘶，征笳乱动③，并入愁怀抱。定知今夕，庾郎瘦损多少④？

便是脑满肠肥⑤，尚难消受，此荒烟落照。何况文园憔悴后⑥，非复酒垆风调⑦。回乐峰寒⑧，受降城远⑨，梦向家山绕。茫茫百感，凭高惟有清啸⑩。

【笺注】

①汉儿村：康熙二十一年（1682）八月至十二月，词人随副都统郎谈赴梭龙时第二次至山海关。汉儿村，在今河北迁西。

②榆塞：《汉书·韩安国传》："后蒙恬为秦侵胡，辟数千里，以河为竟。累石为城，树榆为塞，匈奴不敢饮马于河。"泛称边关、边塞，此处特指山海关。

③牧马长嘶，征笳乱动：汉李陵《答苏武书》："胡笳互动，牧马悲鸣。"

④庾郎：庾信，北周文学家。初仕梁，后出使西魏，值西魏灭梁，被留。历仕西魏、北周，官至骠骑大将军、开府仪同三司，世称庾开府。善诗赋、骈文。在梁时作品绮艳轻靡。暮年所作内容上有明显的变化，感伤遭遇，并对当时社会动乱有所反映，风格转为萧瑟苍凉。庾信作《咏怀》诗："纤腰减束素，别泪损横波。"写腰部渐渐瘦细下去，故言"庾郎瘦损"。

⑤脑满肠肥：形容不劳而食，养尊处优，无所用心。《北齐书·琅邪王俨传》："琅邪王年少，肠肥脑满，轻为举措，长大自不复然，愿宽其罪。"

⑥文园：指司马相如，曾任文园令。

⑦酒垆风调：用司马相如与卓文君当垆（垆，放酒坛的土墩）卖酒之典。《史记·司马相如列传》："（相如）买一酒舍酤酒，而令文君当垆。"

⑧回乐峰：回乐县境内的一个山峰。回乐县唐属灵州，为朔方节度治所，在今甘肃灵武西南。唐李益《夜上受降城闻笛》："回乐峰前沙似雪，受降城外月如霜。"

⑨受降城：城名。汉唐筑以接受敌人投降，故名。汉故城在今内蒙古乌拉特旗北；唐筑有三城，中城在朔州，西城在灵州，东城在胜州。《史记·匈奴列传》："汉使贰师将军广利西伐大宛，而令因杆将军敖筑受降城。"

⑩清啸：清越悠长的啸鸣以纾解内心的郁塞之感。

又

　　绿杨飞絮，叹沉沉院落^①、春归何许^②？尽日缁尘吹绮陌^③，迷却梦游归路。世事悠悠，生涯未是，醉眼斜阳暮。伤心怕问，断魂何处金鼓^④？

　　夜来月色如银，和衣独拥^⑤，花影疏窗度。脉脉此情谁得识？又道故人别去。细数落花^⑥，更阑未睡^⑦，别是闲情绪。闻余长叹，西廊惟有鹦鹉^⑧。

【笺注】

①沉沉：院落深邃貌。

②何许：何处。

③绮陌：繁华的街道。

④金鼓：钲。《汉书·司马相如传上》："摐金鼓，吹鸣籁。"颜师古注："金鼓谓钲也。"王先谦补注："钲，铙也。其形似鼓，故名金鼓。"

⑤和衣：谓不脱衣服。宋柳永《御街行》："欲梦还惊断，和衣拥被不成眠。"

⑥细数落花：宋张磐《绮罗香·渔浦有感》："岁闲阶、待卜心期，落花空细数。"宋王安石《北山》："细数落花因坐久，缓寻芳草得归迟。"

⑦更阑：更深夜残。

⑧闻余长叹，西廊惟有鹦鹉：唐李商隐《无题四首》诗之四："归来展转到五更，梁间燕子闻长叹。"

又

　　人生能几①？总不如休惹、情条恨叶②。刚是尊前同一笑③，又到别离时节。灯炧挑残④，炉烟爇尽⑤，无语空凝咽⑥。一天凉露，芳魂此夜偷接⑦。

　　怕见人去楼空，柳枝无恙，犹扫窗间月。无分暗香深处住⑧，悔把兰襟亲结⑨。尚暖檀痕⑩，犹寒翠影，触绪添悲切。愁多成病，此愁知向谁说？

【笺注】

　　①人生能几：三国魏曹操《短歌行》："对酒当歌，人生几何？"晋陆机《饮酒乐》："饮酒须饮多，人生能几何。"

　　②情条、恨叶：形容纷乱的情绪。唐司空图《春秋赋》："郁情条以凝睇，袭愁绪以伤年。"宋洪瑹《水龙吟》："念平生多少，情条恨叶，镇长使，芳心困。"

　　③尊前同一笑：明王彦泓《续游十二首》："又到尊前一笑同。"

　　④炧（xiè）：灯烛。

　　⑤爇（ruò）：烧，焚烧。《左传·僖公二十八年》："魏犨、颠颉怒曰：'劳之不图，报于何有！'爇僖负羁氏。"杜预注："爇，烧也。"

　　⑥凝咽：犹哽咽。哭泣时不能痛快出声。宋柳永《雨霖铃》："执手相看泪眼，竟无语凝咽。"

　　⑦偷接：偷偷地会合。宋史达祖《醉落魄》："雨长新寒，今夜梦魂接。"

　　⑧无分：没有机缘。

　　⑨兰襟：香洁的衣襟。亲结兰襟说明情真意切。

　　⑩檀痕：香粉痕迹。

沁园春　代悼亡①

　　梦冷蘅芜②，却望姗姗③，是耶非耶？怅兰膏渍粉④，尚留犀合⑤；金泥蹙绣⑥，空掩蝉纱⑦。影弱难持，缘深暂隔，只当离愁滞海涯⑧。归来也，趁星前月底，魂在梨花。

　　鸾胶纵续琵琶⑨。问可及当年萼绿华⑩？但无端摧折，恶经风浪⑪，不如零落，判委尘沙。最忆相看，娇讹道字⑫，手剪银灯自泼茶⑬。今已矣，便帐中重见，那似伊家⑭。

【笺注】

　　①代悼亡：清代词坛的一种风气，代别人写悼亡诗，为别家丧事抒发哀痛之情。

　　②蘅（héng）芜：香名。晋王嘉《拾遗记·前汉上》："帝息于延凉室，卧梦李夫人授帝蘅芜之香。帝惊起，而香气犹着衣枕，历月不歇。"

　　③姗姗：形容女子走路缓慢从容的姿态。《汉书·外戚传上·孝武李夫人》："上思念李夫人不已，方士齐人少翁言能致其神。乃夜张灯烛，设帷帐，陈酒肉，而令上居他帐，遥望见好女子如李夫人之貌，还幄坐而步。又不得就视，上愈益相思悲感，为作诗曰：'是邪？非邪？立而望之，偏何姗姗其来迟！'"

　　④兰膏：一种润发香油。唐温庭筠《张静婉采莲曲》："兰膏坠发红玉春，燕钗拖颈抛盘云。"渍粉：湿润的脂粉。

　　⑤合：盛物之器，即盒子。犀合，犀牛角制成的妆盒。

　　⑥金泥：用以饰物的金屑，一种刺绣方法。用金线绣花而皱缩其线纹，使其紧密而匀贴。这里指这种刺绣工艺品。

⑦蝉纱：薄如蝉翼的绢纱。明梁云构《卖花声·闺中苦暑》："香汗湿蝉纱，小扇轻拿。"

⑧海涯：海边。

⑨鸾胶：据《海内十洲记·凤麟洲》载，西海中有凤麟洲，多仙家，煮凤喙麟角合煎作膏，能续弓弩已断之弦，名续弦胶，亦称"鸾胶"。后多用以比喻续娶后妻。

⑩萼绿华：南朝梁陶弘景《真诰·运象》载，传说中女仙名，自言是九嶷山中得道女子罗郁。晋穆帝时，夜降羊权家，赠权诗一篇，火浣手巾一方，金玉条脱各一枚。

⑪恶：犹甚。

⑫娇讹道字：形容年轻妇女读字不准。宋苏轼《浣溪沙》："道字娇讹苦未成，未应春阁梦多情。"

⑬泼茶：煮茶。唐张又新《煎茶水记》："过桐庐江至严子濑，溪色至清，水味甚冷，家人辈用陈黑坏茶泼之，皆至芳香。"

⑭伊家：那一位。家，在这里只是一个语尾助词，无实义。

又

试望阴山①，黯然销魂②，无言徘徊。见青峰几簇，去天才尺③，黄沙一片，匝地无埃④。碎叶城荒⑤，拂云堆远⑥，雕外寒烟惨不开⑦。踟蹰久，忽冰崖转石，万窍惊雷⑧。

穷边自足秋怀⑨。又何必平生多恨哉？只凄凉绝塞，蛾眉遗冢⑩，销沉腐草，骏骨空台⑪。北转河流，南横斗柄⑫，略点微霜鬓早衰。君不信，向西风回首，百事堪哀。

【笺注】

①康熙二十一年（1682）八月，词人随副都统郎坦、公彭春等人觇梭龙，即侦察东北雅克萨一带罗刹势力的入侵情况，于途中作此词。

②黯然销魂：言别离神伤。南朝梁江淹《别赋》："黯然销魂者，唯别而已矣。"

③见青峰几簇，去天才尺：唐李白《蜀道难》诗中"连峰去天不盈尺"句。

④匝地：遍地。

⑤碎叶城：西域重镇，以城临碎叶水，故名。唐代设置。

⑥拂云堆：古地名，在今内蒙古包头西北。唐时朔方军北与突厥以河为界，河北岸有拂云堆神祠，突厥如用兵，必先往祠祭酹求福。张仁愿既定漠北，于河北筑中、东、西三受降城以固守。中受降城即在拂云堆，故拂云堆又为中受降城的别称。

⑦雕：同"碉"。

⑧忽冰崖转石，万壑惊雷：唐李白《蜀道难》："砯崖转石万壑雷。"

⑨穷边：荒僻的边远地区。秋怀：秋日的思绪情怀。

⑩蛾眉遗冢：指青冢，即王昭君的坟茔。唐杜牧《青冢》："青冢前头陇水流，燕支山下暮云秋。蛾眉一坠穷泉路，夜一孤魂月下愁。"

⑪骏骨：据《战国策·燕策一》载，郭隗用买马作喻，说古代有用五百金买千里马的马头骨，因而在一年内就得到三匹千里马的，劝燕昭王厚币以招贤。后因以"骏骨"喻杰出的人才。又有燕昭王筑台以尊宠郭隗之说，"空台"说明凄怆。明许继《怀友》："黄金与时尽，骏骨为灰尘。"

⑫斗柄：北斗柄。指北斗的第五至第七星，即衡、开泰、摇光。北斗，第一至第四星象斗，第五至第七星象柄。唐韦应物《拟古》诗之六："天河横未落，斗柄当西南。"

又

丁巳重阳前三日①，梦亡妇淡妆素服，执手哽咽，语多不复能记，但临别有云："衔恨愿为天上月②，年年犹得向郎圆。"妇素未工诗，不知何以得此也。觉后感赋。

瞬息浮生③，薄命如斯，低徊怎忘？记绣榻闲时，并吹红雨④，雕阑曲处，同倚斜阳。梦好难留，诗残莫续，赢得更深哭一场。遗容在，只灵飙一转⑤，未许端详。

重寻碧落茫茫。料短发朝来定有霜。便人间天上，尘缘未断，春花秋叶，触绪还伤。欲结绸缪⑥，翻惊摇落，减尽荀衣昨日香⑦。真无奈，倩声声邻笛，谱出回肠⑧。

【笺注】

①丁巳：康熙十六年（1677），卢氏于这一年的五月三日故去。

②衔恨：含恨，怀恨。

③浮生：《庄子·刻意》："其生若浮，其死若休。"以人生在世，虚浮不定，因称人生为"浮生"。

④红雨：落红。宋苏轼《哨遍·春词》："任满头红雨落花飞。"宋周邦彦《蝶恋花》："桃花几度吹红雨。"

⑤灵飙：神风，阴风。

⑥绸缪：情意殷切，情意绵绵。《文选·吴质〈答东阿王书〉》："奉所惠贶，发函伸纸，是何文采之巨丽，而慰喻之绸缪乎！"吕延济注："绸缪，谓殷勤之意也。"汉李陵《与苏武》："独有盈觞酒，与子结绸缪。"

⑦荀衣：《太平御览》卷七三引晋习凿齿《襄阳记》："荀令君至人家，

坐处三日香。"荀彧，字文若，为侍中，守尚书令，传说他曾得异香用以薰衣，余香三日不散。

⑧回肠：形容内心焦虑不安，仿佛肠子被牵转一样。隋释贞观《愁赋》："蓄之者能令改貌，怀之者必使回肠。"

东风齐著力

电急流光①，天生薄命，有泪如潮。勉为欢谑，到底总无聊。欲谱频年离恨②，言已尽，恨未曾消。凭谁把、一天愁绪，按出琼箫③。

往事水迢迢④，窗前月、几番空照魂销。旧欢新梦，雁齿小红桥⑤。最是烧灯时候，宜春髻⑥，酒暖蒲萄⑦。凄凉煞、五枝青玉⑧，风雨飘飘。

【笺注】

①电急流光：谓时间过得太快。宋毛滂《清平乐·己卯长至作》："流光电急，又过书云日。"

②谱：词曲创作。频年：多年，连年。明于儒颖《水调歌头·寄纤月阁》："消释频年恨，还惊两鬓丝。"

③按：弹奏。《文选·宋玉〈招魂〉》："肴羞未通，女乐罗些；陈钟按鼓，造新歌些。"刘良注："按，犹击也。"这里特指吹奏。琼箫：玉箫。

④迢迢：时间久长貌。

⑤雁齿小红桥：唐白居易《题小桥前新竹招客》："雁齿小红桥，垂檐

低白屋。"雁齿，常比喻桥的台阶。

⑥宜春髻：旧时春日妇女所梳的髻。因将"宜春"字样贴在彩胜上，故名。南朝梁宗懔《荆楚岁时记》："立春之日，悉剪彩为燕，戴之，帖'宜春'二字。"

⑦酒暖蒲萄：倒装句，即蒲萄酒暖。蒲萄，即葡萄。

⑧五枝青玉：灯的一种。《西京杂记》载："汉高祖入咸阳宫，秦有青玉五枝灯，高七尺五寸，下作蟠螭，口衔灯，燃则鳞甲皆动，焕炳若列星盈盈。"

摸鱼儿　送座主德清蔡先生①

　　问人生、头白京国，算来何事消得？不如茝画清溪上②，蒻笠扁舟一只。人不识，且笑煮鲈鱼，趁著莼丝碧③。无端酸鼻。向岐路消魂④，征轮驿骑，断雁西风急⑤。

　　英雄辈，事业东西南北。临风因甚成泣？酬知有愿频挥手，零雨凄其此日⑥。休太息，须信道、诸公衮衮皆虚掷⑦。年来踪迹⑧。有多少雄心，几番恶梦，泪点霜华织⑨。

【笺注】

　　①蔡先生：蔡启僔，浙江德清人，字石公，号崑旸。康熙九年（1670）状元，康熙十一年（1672）与徐乾学主持顺天府乡试，因副榜不取汉军被劾。康熙十二年（1673）还乡。作者考中康熙十一年顺天府乡试举人，故称蔡启僔为座主。作者为之不平，故作此词送别蔡启僔。

　　②茝画清溪：茝画溪。发源于白岘洞山的箬溪，流经煤山，在小浦分出

二条河流，一条向北经夹浦注入太湖，一条往南，从城南穿城而过，从新塘入太湖。这一段，称为画溪，古时称罨画溪，位于蔡启傅家乡德清以北，风景秀丽。

③鲈鱼：典出南朝刘义庆《世说新语·识鉴》："张季鹰辟齐王东曹掾，在洛，见秋风起，因思吴中菰菜羹鲈鱼脍，曰：'人得适意尔，何能羁宦数千里以要名爵？'遂命驾便归。"咏思乡之情、归隐之志。莼丝：莼菜。

④岐路：指离别分手处。唐王勃《杜少府之任蜀州》："无为在歧路，儿女共沾巾。"

⑤断雁：失群的雁，孤雁。隋薛道衡《出塞》："寒夜哀笳曲，霜天断雁声。"

⑥零雨：慢而细的小雨。《诗·豳风·东山》："我来自东，零雨其蒙。"孔颖达疏："道上乃遇零落之雨，其蒙蒙然。"高亨注："零雨，又慢又细的小雨。"《太平御览》卷十引南朝梁元帝《纂要》："疾雨曰骤雨，徐雨曰零雨。"凄其：寒凉貌。《诗·邶风·绿衣》："絺兮绤兮，凄其以风。"

⑦诸公衮衮：衮衮诸公，旧时称身居高位而无所作为的官僚。宋范成大《木兰花慢·送郑伯昌》："诸公任他衮衮，与杜陵野老共襟期。"

⑧年来踪迹：宋柳永《八声甘州》："叹年来踪迹，何事苦淹留。"

⑨霜华：即霜花。花，指物之微细者。这里喻指白色须发。

又　午日雨眺①

涨痕添、半篙柔绿②，蒲梢荇叶无数③。台榭空濛烟柳暗，白鸟衔鱼欲舞。红桥路。正一派、画船箫鼓中流住④。呕哑柔橹⑤，又早拂新荷，沿堤忽转，冲破翠钱雨⑥。

蒹葭渚⑦，不减潇湘深处。霏霏漠漠如雾⑧。滴成一片鲛人泪⑨，也似汨罗投赋⑩。愁难谱。只彩线、香菰脉脉成千古⑪。伤心莫语。记那日旗亭⑫，水嬉散尽，中酒阻风去⑬。

【笺注】

①午日：端午，即农历五月初五日。

②涨痕：涨水的痕迹。柔绿：嫩绿。

③蒲：指薄柳。荇（xìng）：多年生水生草本植物，叶呈对生圆形，嫩时可食，亦可入药。

④箫鼓：箫与鼓。泛指乐奏。汉武帝《秋风辞》："泛楼船兮济汾河，横中流兮扬素波。箫鼓鸣兮发棹歌，欢乐极兮哀情多。"

⑤呕哑：象声词，橹动舟行声。宋陆游《鹧鸪天·送叶梦锡》："歌缥缈，橹呕哑。"

⑥翠钱：新荷的雅称。明末清初冯恺章《鹧鸪天·初夏》："弄晴弱柳垂金缕，贴水新荷撒翠钱。"

⑦蒹葭：《诗·秦风·蒹葭》："蒹葭苍苍，白露为霜。所谓伊人，在水一方。"本指在水边怀念故人，后以"蒹葭"泛指思念异地友人。渚：小洲；水中的小块陆地。《诗·召南·江有汜》："江有渚。"毛传："渚，小洲也。"

⑧漠漠：迷蒙貌。

⑨鲛人：晋张华《博物志》卷九："南海外有鲛人，水居如鱼，不废织绩……从水出，寓人家，积日卖绢。将去，从主人索一器，泣而成珠满盘，以与主人。"

⑩汨罗投赋：《汉书·贾谊传》载，贾谊被贬，意态阑珊，渡湘水时作赋吊唁屈原。投，投赠。《诗·卫风·木瓜》："投我以木瓜，报之以琼琚。"

⑪香菰：茭白。秋结实，曰菰米，又称雕胡米。这里指粽子。

⑫旗亭：酒楼。悬旗为酒招，故称。

⑬阻风：迎风。宋戴复古《减字木兰花》："阻风中酒，流落江湖成白首。"

相见欢

微云一抹遥峰①，冷溶溶，恰与个人清晓画眉同②。
红蜡泪，青绫被③，水沉浓④。却向黄茅野店听西风⑤。

【笺注】

①一抹：犹一条，一片。宋秦观《满庭芳》："山抹微云，天连衰草，画角声断谯门。"

②个人：那人，多指所爱的人。宋汪元量《琴调相思引·越上赏花》："晓拂菱花巧画眉。"

③青绫：青色的有花纹的丝织物。古时贵族常用以制被服帷帐。

④水沉：即沉香。

⑤黄茅：茅草名。明李时珍《本草纲目·草二·白茅》："茅有白茅、菅茅、黄茅、香茅、芭茅数种……黄茅似菅茅，而茎上开叶，茎下有白粉，根头有黄毛，根亦短而细硬无节，秋深开花穗如菅。可为索绹，古名黄菅。"野店：指乡村旅舍。宋何梦桂《八声甘州》："对千峰未晓，听西风、吹角下谯楼。"

又

落花如梦凄迷①，麝烟微②，又是夕阳潜下小楼西。

愁无限，消瘦尽，有谁知，闲教玉笼鹦鹉念郎诗③。

【笺注】

①落花如梦：明张琦《春词》："九十日春无酒伴，落花如梦到棠梨。"

②麝烟：焚麝香而发出的烟。

③玉笼：玉饰的鸟笼。亦用为鸟笼的美称。《洞冥记》卷二："勒毕国贡细鸟，以方尺之玉笼，盛数百头，形如大蝇，状似鹦鹉。"鹦鹉念郎诗：典出唐郑处诲《明皇杂录》："开元中，岭南献白鹦鹉，养之宫中。岁久，训扰聪慧，洞晓言词。上及贵妃皆呼雪衣女。授以词臣诗篇，数遍便可讽诵。"

*此词补遗自《纳兰词》卷一，汪元治编，清道光十二年结铁网斋刻本。

锦堂春　秋海棠①

帘际一痕轻绿，墙阴几簇低花。夜来微雨西风软，无力任欹斜。

仿佛个人睡起，晕红不着铅华②。天寒翠袖添凄楚③，愁近欲栖鸦。

①秋海棠：《采兰杂志》载："昔有妇人，思所欢不见，辄涕泣，恒洒泪于北墙之下。后洒处生草，其花甚媚，色如妇面，其叶正绿反红，秋开，名曰断肠花，又名八月春，即今秋海棠也。"

②仿佛个人睡起，晕红不着铅华：《太真外传》："明皇登沉香亭，召妃子。妃子时卯醉未醒，命力士使侍儿扶掖而至。妃子醉颜残妆，钗横鬓乱，不能再拜。明皇笑曰：'是岂妃子醉，直海棠睡未醒耳。'"宋苏轼《海棠》："只恐夜深花睡去，故烧高烛照红妆。"

③天寒翠袖：唐杜甫《佳人》："天寒翠袖薄，日暮倚修竹。"凄楚：凄凉悲哀。

忆秦娥　龙潭口①

山重叠，悬崖一线天疑裂②。天疑裂，断碑题字，古苔横啮③。

风声雷动鸣金铁，阴森潭底蛟龙窟。蛟龙窟，兴亡满眼④，旧时明月⑤。

【笺注】

①龙潭口：在今辽宁省铁岭市境内。明末为北部边防要冲，距词人祖居之地不及百里。此词作于康熙二十一年（1681）春康熙帝东巡大兀喇，返程时经过龙潭口。词人扈驾经此，故多兴亡之慨。

②一线天：洞窟中或两崖之间仅可见一缕天光者。

③啮（niè）：咬住，紧贴。

④兴亡满眼：宋赵长卿《醉花阴·建康重九》："六代旧江山，满眼兴亡，一洗黄花酒。"

⑤旧时明月：宋毛滂《踏莎行·追往事》："碧云无信失秦楼，旧时明月尤相照。"

又

春深浅，一痕摇漾青如剪。青如剪，鹭鸶立处①，烟芜平远②。

吹开吹谢东风倦，缃桃自惜红颜变③。红颜变，兔葵燕麦④，重来相见。

【笺注】

①鹭（lù）鸶（sī）：鹭，因其头顶、胸、肩、背部皆生长毛如丝，故称。

②平远：平夷远阔。宋黄机《踏莎行》："云树参差，烟芜平远。"

③缃桃：缃核桃，结浅红色果实的桃树。《西京杂记》卷一："桃十：秦桃、榹桃、缃核桃。"

④兔葵燕麦：形容景象荒凉。唐刘禹锡《再游玄都观绝句》引："重游玄都，荡然无复一树，唯兔葵燕麦，动摇于春风耳。"

又

长飘泊，多愁多病心情恶①。心情恶，模糊一片，强分哀乐②。
拟将欢笑排离索③，镜中无奈颜非昨。颜非昨，才华尚浅，
因何福薄？

【笺注】

①多愁多病心情恶：宋范成大《菩萨蛮》："多愁多病后，不是曾中酒。"

②强分：勉强分辨。

③离索：离群索居。

*此词补遗自《纳兰词》卷二，汪元治编，清道光十二年结铁网斋刻本。

减字木兰花

烛花摇影，冷透疏衾刚欲醒。待不思量，不许孤眠不断肠。
茫茫碧落①，天上人间情一诺。银汉难通②，稳耐风波愿始从③。

【笺注】

①碧落：青天。唐白居易《长恨歌》："上穷碧落下黄泉，两处茫茫皆
不见。"

②银汉：即银河。

③稳：安心，忍受。风波：风浪。喻动荡、艰辛、纷乱。

又

相逢不语，一朵芙蓉著秋雨①。小晕红潮②，斜溜鬟心只凤翘③。
待将低唤，直为凝情恐人见④。欲诉幽怀，转过回阑叩玉钗⑤。

【笺注】

①一朵芙蓉：形容娇艳的美女。《全唐诗》中载有无名氏所作《芙蓉镜诗》："鸾镜晓匀妆，慢把花钿饰。真如绿水中，一朵芙蓉出。"五代李珣《巫山一段云》："强整娇姿临宝镜，小池一朵芙蓉。"

②小晕红潮：红晕微微泛于脸颊。

③斜溜：斜插。鬟心：鬟髻的顶心。凤翘：妇女凤形首饰。

④直为：只因。凝情：情意专注。

⑤回阑：回栏。曲折的栏杆。

又

从教铁石①，每见花开成惜惜②。泪点难消，滴损苍烟玉一条③。
怜伊太冷，添个纸窗疏竹影。记取相思④，环珮归来月上时⑤。

【笺注】

①从教：纵然。铁石：铁石心肠。

②惜惜：怜惜，怜爱。

③苍烟：苍茫的云雾。玉一条：指梅树。唐张谓《早梅》："一树寒梅白玉条，迥临村路傍溪桥。"

④记取：记住，记得。

⑤环佩：多指女子所佩戴的玉饰，借指美女。唐杜甫《咏怀古迹》之三："画图省识春风面，环佩空归月夜魂。"宋姜夔《疏影》："昭君不惯胡沙远，但暗忆江南江北。想佩环月夜归来，化作此花幽独。"

又

断魂无据，万水千山何处去①？没个音书②，尽日东风上绿除③。故园春好，寄语落花须自扫。莫更伤春，同是恹恹多病人④。

【笺注】

①断魂无据，万水千山何处去：宋徽宗《燕山亭》："天遥地远，万水千山，知他故宫何处。怎不思量，除梦里。有时曾去，无据。"

②音书：音讯，书信。

③除：泛指台阶。

④恹恹：精神萎靡不振貌，形容病态。

又　新月

晚妆欲罢，更把纤眉临镜画①。准待分明，和雨和烟两不胜②。
莫教星替③，守取团圆终必遂。此夜红楼，天上人间一样愁④。

【笺注】

①临镜：对镜。

②两不胜：谓烟雨两不著，新月亦不甚分明，彼此不交融。

③星替：唐李商隐《杂歌谣辞·李夫人歌》："一带不结心，两股方安髻。惭愧白茅人，月莫教星替。"李夫人，即汉武帝宠爱之李夫人。

④天上：喻亡妻卢氏。人间：喻作者自己。

又

花丛冷眼，自惜寻春来较晚①。知道今生，知道今生那见卿。
天然绝代，不信相思浑不解。若解相思，定与韩凭共一枝②。

【笺注】

①自惜寻春来较晚：唐杜牧《叹花》："自是寻春去较迟，不须惆怅怨芳时。狂风落尽深红色，绿叶成阴子满枝。"

②韩凭：晋干宝《搜神记》卷十一载，战国时宋康王舍人韩凭娶妻何

氏，甚美，康王夺之。凭怨，王囚之，沦为城旦。凭自杀。其妻乃阴腐其衣，王与之登台，妻遂自投台下，左右揽之，衣不中手而死。遗书于带，愿以尸骨赐凭合葬。王怒，弗听，使里人埋之，冢相望也。宿昔之间，便有大梓木生于两冢之端，旬日而大盈抱，屈体相就，根交于下，枝错于上。又有鸳鸯，雌雄各一，恒栖树上，晨夕不去，交颈悲鸣，音声感人。宋人哀之，遂号其木曰"相思树"。后用为男女相爱、生死不渝的典故。

*此词补遗自《纳兰词》卷一，汪元治编，清道光十二年结铁网斋刻本。

海棠春

落红片片浑如雾，不教更觅桃源路①。香径晚风寒，月在花飞处。

蔷薇影暗空凝贮②，任碧飚轻衫萦住③。惊起早栖鸦④，飞过秋千去⑤。

【笺注】

①桃源：桃花源。晋陶潜作《桃花源记》，谓有渔人从桃花源入一山洞，见秦时避乱者的后裔居其间，"土地平旷，屋舍俨然。有良田、美池、桑竹之属。阡陌交通，鸡犬相闻。其中往来种作，男女衣着悉如外人。黄发垂髫，并怡然自乐。"渔人出洞归，后再往寻找，遂迷不复得路。后遂用以指避世隐居的地方，亦指理想的境地。二为桃源洞。洞名，在今浙江省天台县北。南朝宋刘义庆《幽冥录》载，相传东汉时，刘晨、阮肇到天台山采药

迷路，误入桃源洞遇见两个仙女，被邀至家中半年后回家，子孙已过七代。后因以指男女幽会的仙境。

②蔷薇影暗：典出唐颜师古《隋遗录》卷下载，帝幸月观，烟景清朗。中夜，独与萧妃起临前轩。适有小黄门映蔷薇丛调宫婢。帝披单衣亟行擒之，乃宫婢雅娘也。回入寝殿，萧妃诮笑不知止。

③飐（zhǎn）：风吹物使颤动摇曳。

④惊起早栖鸦：宋张元幹《清平乐》："晓日乍明催客去，惊起玉鸦翻树。"

⑤飞过秋千去：宋欧阳修《蝶恋花》："泪眼问花花不语，乱红飞过秋千去。"

少年游

算来好景只如斯。惟许有情知。寻常风月，等闲谈笑，称意即相宜。

十年青鸟音尘断①，往事不胜思。一钩残照，半帘飞絮②，总是恼人时。

【笺注】

①青鸟：神话传说中为西王母取食传信的神鸟。后为信使的代称。《山海经·西山经》："又西二百二十里，曰三危之山，三青鸟居之。"郭璞注："三青鸟主为西王母取食者，别自栖息于此山也。"《艺文类聚》卷九一引旧题汉班固《汉武故事》："七月七日，上于承华殿斋，正中，忽有

一青鸟从西方来，集殿前。上问东方朔，朔曰：'此西王母欲来也。'有顷，王母至，有两青鸟如乌，侠侍王母旁。"音尘：音信，消息。

②一钩残照，半簾飞絮：宋陈允平《望江南》："满地落花春雨后，一簾飞絮夕阳西。"

大酺　寄梁汾

只一炉烟，一窗月，断送朱颜如许。韶光犹在眼，怪无端吹上，几分尘土。手捻残枝①，沉吟往事，浑似前生无据②。鳞鸿凭谁寄③？想天涯只影，凄风苦雨。便砑损吴绫④，啼沾蜀纸⑤，有谁同赋。

当时不是错⑥，好花月、合受天公妒。准拟倩春归燕子⑦，说与从头，争教他、会人言语⑧。万一离魂遇，偏梦被冷香萦住⑨。刚听得，城头鼓。相思何益⑩，待把来生祝取。慧业相同一处⑪。

【笺注】

①捻（niǎn）：执，持取。

②沉吟往事，浑似前生无据：唐白居易《临水坐》："昔为东掖垣中客，今作西方社内人。手把杨枝临水坐，闲思往事似前身。"此句和后两句谓自己与友人顾贞观结交似前生有缘。

③鳞鸿：鱼雁。指书信。

④砑（yà）损吴绫：砑，以硬物碾磨压实物体，使之紧密光亮。吴绫通过碾压后，变得紧密平整，即可在上面进行书写。吴绫，古时吴地所产，带

有纹彩的丝织品，以轻薄著称。宋晏几道《愁和阑令》："枕上怀远诗成，红笺纸，小砑吴绫。"

⑤蜀纸：犹蜀笺。自唐以来蜀地所制精致华美的纸的统称。

⑥当时不是错：作者友人顾贞观在康熙十年（1671）因受人排挤而失官离京。

⑦准拟：希望，料想。

⑧会人言语：会说人的语言。宋徽宗《燕山亭》："凭寄离恨重重。这双燕，何曾会人言语。"

⑨萦住：牵缠住。宋贺铸《减字木兰花》："冷香浮动，望处欲生蝴蝶梦。"

⑩相思何益：犹言相思无益。唐李商隐《无题二首》之二："直道相思了无益，未妨惆怅是清狂。"

⑪慧业：佛教语，指智慧的业缘。《维摩经·菩萨品》："知一切法，不取不舍，入一相门，起于慧业。"明王彦泓《龙友尊慈七十寿歌》："故应不羡生天福，慧业文人聚一家。"

卷
四

满庭芳　题元人芦洲聚雁图①

似有猿啼，更无渔唱，依稀落尽丹枫。湿云影里，点点宿宾鸿②。占断沙洲寂寞③，寒潮上、一抹烟笼。全不似、半江瑟瑟④，相映半江红。

楚天秋欲尽，荻花吹处⑤，竟日冥蒙⑥。近黄陵祠庙⑦，莫采芙蓉。我欲行吟去也⑧，应难问、骚客遗踪⑨。湘灵杳⑩。一尊遥酹⑪，还欲认青峰⑫。

【笺注】

①芦洲聚雁图：元末明初华亭人朱芾所绘。康熙年间，此画为词人所藏。

②宾鸿：即鸿雁。《礼记·月令》："（季秋之月）鸿雁来宾。"

③占断：占尽，占住。沙洲寂寞：宋苏轼《卜算子》："拣尽寒枝不肯栖，寂寞沙洲冷。"

④瑟瑟：指碧绿色。唐白居易《暮江吟》："一道残阳铺水中，半江瑟瑟半江红。"

⑤荻：多年生草本植物，与芦同类。生长在水边。根茎都有节似竹，叶抱茎生，秋天生紫色或白色、草黄色花穗。

⑥冥蒙：幽暗，不明。晋左思《吴都赋》："旷瞻迢递，迥眺冥蒙。"

⑦黄陵祠：即黄陵庙。传说为舜二妃娥皇、女英之庙，亦称二妃庙，在湖南省湘阴北。北魏郦道元《水经注·湘水》："湖水西流，迳二妃庙南，世谓之黄陵庙也。"

⑧行吟：边走边吟咏。《楚辞·渔父》："屈原既放，游于江潭，行吟泽畔。"

⑨难问：提出疑问，请教。

⑩湘灵：古代传说中的湘水之神。《楚辞·远游》："使湘灵鼓瑟兮，令海若舞冯夷。"洪兴祖补注："此湘灵乃湘水之神，非湘夫人也。"一说，为舜妃，即湘夫人。《后汉书·马融传》："湘灵下，汉女游。"李贤注："湘灵，舜妃，溺于湘水，为湘夫人。"

⑪酹（lèi）：以酒浇地，表示祭奠。

⑫青峰：苍翠的山峰。唐钱起《湘灵鼓瑟》："流水传潇浦，悲风过洞庭。曲终人不见，江上数青峰。"

又

  堠雪翻鸦，河冰跃马①，惊风吹度龙堆②。阴磷夜泣③，此景总堪悲。待向中宵起舞④，无人处、那有村鸡？只应是。金笳暗拍，一样泪沾衣。

  须知今古事，棋枰胜负⑤，翻覆如斯⑥。叹纷纷蛮触⑦，回首成非。剩得几行青史⑧，斜阳下、断碣残碑。年华共、混同江水⑨，流去几时回？

【笺注】

  ①堠雪翻鸦，河冰跃马：明末清初曹溶《踏莎行》："堠雪翻鸦，城冰浴马。"堠（hòu），古代瞭望敌情的土堡。

  ②龙堆：白龙堆沙漠的略称，这里泛指边塞之地。

  ③阴磷：磷火，鬼火。

  ④中宵：中夜，半夜。中宵起舞：即"闻鸡起舞"之典。《晋书·祖逖传》："（祖逖）与司空刘琨俱为司州主簿，情好绸缪，共被同寝。中夜闻荒鸡鸣，蹴琨觉曰：'此非恶声也。'因起舞。"后为志士仁人及时奋发之典。

  ⑤棋枰胜负：唐杜甫《秋兴八首》诗之四："闻道长安似奕棋，百年世事不胜悲。"

  ⑥翻覆：反复无常，变化无定。

  ⑦蛮触：《庄子·则阳》："有国于蜗之左角者，曰触氏；有国于蜗之右角者，曰蛮氏。时相与争地而战，伏尸数万，逐北，旬有五日而后反。"后以"蛮触"为典，喻指为小事而争斗者。

  ⑧青史：古代以竹简记事，竹为青色，故称史籍为"青史"。

⑨混同江：松花江、黑龙江汇合后称混同江。辽圣宗太平四年（1024）曾改松花江为混同江。这里的"混同江"指松花江。清吴兆骞《混同江》："混同江水白山来，千里奔流尽夜雷。襟带北庭穿碛下，动摇东极蹴天回。"

忆王孙

暗怜双绁郁金香①，欲梦天涯思转长，几夜东风昨夜霜。减容光②，莫为繁花又断肠。

【笺注】

①双绁（xiè）：这里指袜子。郁金香：古时一种名贵的香料。南朝梁萧子显《燕歌行》："明珠蚕茧勉登机，郁金香花特香衣。"五代花蕊夫人费氏《宫词》："青锦地衣红绣球，尽铺龙脑郁金香。"此句写心上人之香袜。

②容光：仪容风采。唐元稹《莺莺传》："自从消瘦减容光，万转千回懒下床。"

又

西风一夜翦芭蕉①，满眼芳菲总寂寥，强把心情付浊醪②。读离骚③，洗尽秋江日夜潮。

①翦（jiǎn）：剪断，这里有凋伤催折之意。

②浊醪（láo）：浊酒。用糯米、黄米等酿制的酒，较混浊。

③离骚：本指屈原表达遭遇忧患、充满离别愁思的《离骚》，这里泛指词赋诗文。

又

刺桐花底是儿家①，已拆秋千未采茶②，睡起重寻好梦赊③。忆交加，倚著闲窗数落花。

【笺注】

①刺桐：树名。亦称海桐、山芙蓉。落叶乔木。花、叶可供观赏，枝干间有圆锥形棘刺，故名。原产印度、马来亚等地，我国广东一带亦多栽培。旧时多入诗。五代李珣《菩萨蛮》："回塘风起波纹细，刺桐花里门斜闭。"儿家：女子语态，尤言我家。

②已拆秋千：清明有荡秋千的习俗，清明之后则会把秋千拆掉。

③赊：距离远。

卜算子　塞梦

塞草晚才青，日落箫笳动①。戚戚凄凄入夜分②，催度星前梦③。
小语绿杨烟④，怯踏银河冻。行尽关山到白狼⑤，相见惟珍重。

【笺注】

①箫笳：管乐器名。笳即胡笳。

②戚戚：忧惧貌，忧伤貌。《论语·述而》："君子坦荡荡，小人长戚戚。"何晏集解引郑玄曰："长戚戚，多忧惧。"凄凄：悲伤，凄惨。古乐府《皑如山上雪》："凄凄复凄凄，嫁娶不须啼。"宋李清照《声声慢》："寻寻觅觅，冷冷清清，凄凄惨惨戚戚。"

③星前：星前月下之省称。指月夜良宵。元关汉卿《甜水令》："向着月下情，星前钓，是则是花木瓜儿看好。"

④小语：细语。

⑤白狼：汉县名。故城在今辽宁省凌源南。《晋书·地理志上》："高云以幽冀二州牧镇肥如，并州刺史镇白狼。"

又　五日①

村静午鸡啼②，绿暗新阴覆。一展轻帘出画墙③，道是端阳酒④。
早晚夕阳蝉，又噪长堤柳。青鬓长青自古谁，弹指黄花九⑤。

【笺注】

①五日：五月初五端午节。

②午鸡啼：村落里的鸡在中午前后鸣叫，以此衬托"村静"。宋范成大《四时田园杂兴六十首》："柳花深巷午鸡声，桑叶尖新绿未成。"

③帘：这里指酒帘，挂在店家外的酒幌子，用以招揽酒客。

④端阳酒：端午时南北各地皆有饮酒辟邪之风俗。

⑤黄花九：九月九日是重阳节，菊花盛开，亦称黄花节。

又　咏柳

娇软不胜垂①，瘦怯那禁舞②？多事年年二月风③，翦出鹅黄缕④。一种可怜生，落日和烟雨。苏小门前长短条⑤，即渐迷行处。

【笺注】

①娇软不胜垂：隋炀帝《望江南》："堤上柳，娇软不胜垂。"

②瘦怯：犹瘦弱。

③二月风：唐贺知章《咏柳》："不知细叶谁裁出，二月春风似剪刀。"

④鹅黄：淡黄，像小鹅绒毛的颜色，形容嫩柳颜色。宋姜夔《淡黄柳》："看金额嫩绿，都是江南旧相识。"

⑤苏小：即苏小小，南朝齐时钱塘名妓。相传家门前有柳树成荫。唐白居易《杭州春望》："涛声夜入伍员庙，柳色春藏苏小家。"

金人捧露盘　净业寺观莲有怀荪友①

藕风轻，莲露冷，断虹收。正红窗初上簾钩。田田翠盖②，趁斜阳鱼浪香浮③。此时画阁垂杨岸，睡起梳头。

旧游踪，招提路④，重到处，满离忧。想芙蓉湖上悠悠。红衣狼藉⑤，卧看桃叶送兰舟⑥。午风吹断江南梦，梦里菱讴⑦。

【笺注】

①净业寺：在今北京市，其南为积水潭，亦称净业湖，多植莲花。荪友：严绳孙。康熙十五年（1676）初夏，荷花盛开之时，词人怀念南归的严绳孙。

②田田：莲叶盛密貌。《乐府诗集·相和歌辞一·江南》："江南可采莲，莲叶何田田。"

③鱼浪：波浪，鳞纹细浪。宋梅尧臣《采石怀古》诗："山根鱼浪白，岩壁石萝红。"

④招提：梵语，音译为"拓斗提奢"，省作"拓提"，后误为"招提"，其义为"四方"。四方之僧称招提僧，四方僧之住处称为招提僧坊。北魏太武帝造伽蓝，创招提之名，后遂以招提为寺院的别称。

⑤红衣：荷花瓣的别称。宋姜夔《惜红衣·荷花》："虹梁水陌，鱼浪吹香，红衣半狼籍。"

⑥桃叶：晋王献之爱妾名。兰舟：木兰舟的省称，对船的美称。

⑦菱讴：采菱讴，采菱时唱的歌谣。

青玉案　人日[①]

东风七日蚕芽软[②]，青一缕，休教剪。梦隔湘烟征雁远。那堪又是，鬓丝吹绿，小胜宜春颤[③]。

绣屏浑不遮愁断，忽忽年华空冷暖。玉骨几随花换。三春醉里[④]，三秋别后[⑤]，寂寞钗头燕[⑥]。

【笺注】

①人日：旧俗以农历正月初七为人日。《太平御览》卷九七六引南朝梁宗懔《荆楚岁时记》："正月七日为人日。以七种菜为羹，剪彩为人或镂金箔为人，以贴屏风，亦戴之头鬓。又造华胜以相遗，登高赋诗。"

②蚕芽：桑芽。

③小胜：即花胜或华胜。古代妇女的一种首饰，以剪彩为之。《文选·曹植〈七启〉》"戴金摇之熠燿，扬翠羽之双翘"李善注引晋司马彪《续汉书》："皇太后入庙先为花胜，上为凤凰，以翡翠为毛羽。"宜春：旧时立春及春节所剪或书写的字样。民间与宫中将其贴于窗户、器物、彩胜等之上，以示迎春。南朝梁宗懔《荆楚岁时记》："立春之日，悉剪彩为燕，戴之，帖'宜春'二字。"

④三春：春季三个月，农历正月称孟春，二月称仲春，三月称季春。汉班固《终南山赋》："三春之季，孟夏之初，天气肃清，周览八隅。"

⑤三秋：指秋季。七月称孟秋、八月称仲秋、九月称季秋，合称三秋。《诗·王风·采葛》："彼采萧兮，一日不见，如三秋兮。"《文选·王融〈永明十一年策秀才文〉》："四境无虞，三秋式稔。"李善注："秋有三月，故曰三秋。"

⑥钗头燕：女子首饰有燕钗，钗头是燕子的形状，这里代指头戴燕钗的女子。

又　宿乌龙江①

东风卷地飘榆荚②，才过了，连天雪。料得香闺香正彻③。那知此夜，乌龙江畔，独对初三月④。

多情不是偏多别，别为多情设。蝶梦百花花梦蝶⑤。几时相见，西窗剪烛，细把而今说⑥。

【笺注】

①乌龙江：松花江。康熙二十一年（1682），词人扈驾东巡，途经松花江沿岸吉林至大兀喇间，思家而作此词。

②榆荚：榆树的果实。初春时先于叶而生，联缀成串，形似铜钱，俗呼榆钱。北周庾信《燕歌行》："桃花颜色好如马，榆荚新开巧似钱。"

③彻：尽，完。

④初三月：一弯新月。白居易《暮江吟》："可怜九月初三夜，露似真珠月似弓。"

⑤蝶梦：典出《庄子·齐物论》。宋元人拖唐吕岩（字洞宾）所作《沁园春》："嗟身事，庄周蝶梦，蝶梦庄周。"

⑥西窗剪烛，细把而今说：唐李商隐《夜雨寄北》："何当共剪西窗烛，却话巴山夜雨时。"

月上海棠　中元塞外①

原头野火烧残碣②，叹英魂才魄暗销歇③。终古江山，问东风几番凉热？惊心事，又到中元时节。

凄凉况是愁中别，枉沉吟千里共明月④。露冷鸳鸯，最难忘满池荷叶。青鸾杳⑤，碧天云海音绝。

【笺注】

①中元：农历七月十五日为中元节，道观作斋醮，僧寺作盂兰盆会，以超度亡魂；民间祭祀亡故的亲人。

②原头野火烧残碣：宋刘克庄《长相思》："野火原头烧断碑，不知名姓谁。"原头：原野，田头。残碣：残碑。

③叹英魂才魄暗销歇：唐韩偓《金陵》："自古风流皆暗销，才魂妖魂谁与招。"英魂：犹英灵。多用于对死者的敬称。销歇：消失。

④千里共明月：南朝宋谢庄《月赋》："美人迈兮音尘绝，隔千里兮共明。"宋寇准《阳关引》："念故人，千里自此共明月。"

⑤青鸾：即青鸟。

雨霖铃　种柳

横塘如练①。日迟帘幕②，烟丝斜卷。却从何处移得，章台仿佛③，乍舒娇眼④。恰带一痕残照，锁黄昏庭院。断肠处又惹相思，碧雾濛濛度双燕。

　　回阑恰就轻阴转⑤。背风花、不解春深浅。托根幸自天上⑥，曾试把霓裳舞遍⑦。百尺垂垂⑧，早是酒醒莺语如剪⑨。只休隔梦里红楼，望个人儿见。

【笺注】

　　①横塘：可泛指水塘，这里当指什刹海后海。

　　②日迟：阳光暖，光线足。《诗·豳风·七月》："春日迟迟，采蘩祁祁。"朱熹集传："迟迟，日长而暄也。"

　　③章台：汉长安街名，街有柳。唐代韩翃有姬柳氏，以艳丽称。韩翃获选上第，归家省亲，柳氏留居长安，恰逢安史之乱起，柳氏出家为尼以避祸端。其后，韩翃出任平卢节度使侯希逸的书记，遣人寻访柳氏，并以诗信曰："章台柳，章台柳，昔晴青青今在否。纵使长条似旧垂，亦应攀折他人手。"仿佛：相似。

　　④舒：张开。娇眼：初生柳叶细长，恰美人睡眼初展。宋苏轼《水龙吟·次韵章质夫杨花词》："萦损柔肠，困酣娇眼，欲开还闭。"

　　⑤轻阴：疏淡的树荫。与浓荫相对。

　　⑥托根：犹寄身。托根幸自天上，用"柳宿"之典。柳宿，二十八宿之一。南方朱雀七宿的第三宿，有星八颗。后人常引以咏柳。唐孟棨《本事诗·事感》："白尚书姬人樊素善歌，妓人小蛮善舞，尝为诗曰：樱桃樊素口，杨柳小蛮腰。"年既高迈，而小蛮方丰艳，因为杨柳之词以托意，曰："一树春风万万枝，嫩于金色软于丝。永丰坊里东南角，尽日无人属阿谁？"及宣宗朝，国乐唱是词，上问谁词，永丰在何处，左右具以对之。遂因东使，命取永丰柳两枝，植于禁中。白感上知其名，且好尚风雅，又为诗一章，其末句云："定知此后天文里，柳宿光中添两枝。"

　　⑦霓裳：《霓裳羽衣曲》的省称。

⑨莺语如剪：宋卢祖皋《清平乐》："柳边深院，燕语明如剪。"

满江红　茅屋新成却赋①

问我何心，却构此、三楹茅屋②。可学得、海鸥无事③，闲飞闲宿。百感都随流水去，一身还被浮名束。误东风迟日杏花天④，红牙曲⑤。

尘土梦，蕉中鹿⑥。翻覆手，看棋局⑦。且耽闲欹酒⑧，消他薄福。雪后谁遮檐角翠？雨馀好种墙阴绿。有些些欲说向寒宵⑨，西窗烛。

【笺注】

①却：再。康熙十七年（1678），词人为力邀南归的顾贞观，特筑草堂。

②楹：量词。房屋计量单位，屋一列或一间为一楹。

③海鸥无事：用"盟鸥"之典。谓与鸥鸟订盟同住水乡，常喻退隐。《列子·黄帝》："海上之人有好沤鸟者，每旦之海上，从沤鸟游，沤鸟之至者百住而不止。其父曰：吾闻沤鸟皆从汝游，汝取来，吾玩之。明日之海上，沤鸟舞而不下也。故曰：至言去言，至为无为。齐智之所知，则浅矣。"

④迟日：春日。《诗·豳风·七月》："春日迟迟。"杏花天：杏花开放时节，指春天。

⑤红牙：乐器名。檀木制的拍板，用以调节乐曲的节拍。

⑥尘土梦，蕉中鹿：用"覆鹿寻蕉"之典。《列子·周穆王》："郑人有薪于野者，遇骇鹿，御而击之，毙之。恐人见之也，遽而藏诸隍中，覆之以蕉，不胜其喜。俄而遗其所藏之处，遂以为梦焉。顺途而咏其事，傍人有闻者，用其言而取之。既归，告其室人曰：'向薪者梦得鹿而不知其处，吾今得之，彼直真梦者矣。'"比喻恍忽迷离，糊里糊涂或得失无常，一再失利。

⑦翻覆手，看棋局：世事变幻，了无新意。典出《三国志·王粲传》："观人围棋，局坏，粲为覆之。棋者不信，以帊盖局，使更以他局为之。用相比校，不误一道。其强记默识如此。"

⑧殢（tì）：迷恋，沉湎。唐许浑《送别》："莫殢酒杯闲过日，碧云深处是佳期。"

⑨些些：少许。

又

代北燕南①，应不隔、月明千里。谁相念、胭脂山下②，悲哉秋气③。小立乍惊清露湿，孤眠最惜浓香腻。况夜乌啼绝四更头，边声起④。

销不尽，悲歌意。匀不尽⑤，相思泪。想故园今夜，玉阑谁倚？青海不来如意梦⑥，红笺暂写违心字⑦。道别来浑是不关心，东堂桂⑧。

【笺注】

①代北：古地区名，泛指汉、晋代郡和唐以后代州北部或以北地区，当

今山西北部及河北西北部一带。燕南：泛指京师以南、黄河以北之地。

②胭脂山：即燕支山。古在匈奴境内，以产燕支（胭脂）草而得名。匈奴失此山，曾作歌曰："失我燕支山，使我妇女无颜色。"因水草丰美，宜于畜牧，为塞外值得怀念的地方。

③悲哉秋气：《楚辞·九辩》："悲哉秋之为气也。"

④边声：指边境上羌管、胡笳、画角等音乐声音。汉李陵《答苏武书》："九月，塞外草衰，夜不能寐，侧耳远听，胡笳互动，牧马悲鸣，吟啸成群，边声四起。"宋范仲淹《渔家傲·秋思》："四面边声连角起。"

⑤匀：均匀地揩拭。宋苏轼《席上代人赠别》诗之一："泪眼无穷似梅雨，一番匀了一番多。"

⑥青海：湖名。古名鲜水、西海，又名卑禾羌海，北魏时始名青海。喻边远荒漠之地。

⑦红笺暂写违心字：五代顾敻《荷叶杯》："字字尽关心，红笺写寄表情深。"此句乃反其意而用之。

⑧东堂桂：科举考试及第。《晋书·郤诜传》载：郤诜以对策上第，拜议郎。后迁官，晋武帝于东堂会送，问诜曰："卿自以为何如？"诜对曰："臣举贤良对策，为天下第一，犹桂林之一枝，崑山之片玉。"

又

为问封姨①，何事却、排空卷地②？又不是、江南春好，妒花天气③。叶尽归鸦栖未得，带垂惊燕飘还起④。甚天公不肯惜愁人，添憔悴。

揾一霎，灯前睡。听半饷，心如醉⑤。倩碧纱遮断，画屏深翠。只影凄清残烛下，离魂飘缈秋空里。总随他泊粉与飘香⑥，真无谓⑦！

【笺注】

①封姨：古时神话传说中的风神。唐谷神子《博异志·崔玄微》载，唐天宝中，崔玄微于春季月夜，遇美人绿衣杨氏、白衣李氏、绛衣陶氏、绯衣小女石醋醋和封家十八姨。崔命酒共饮。十八姨翻酒污醋醋衣裳，不欢而散。明夜诸女又来，醋醋言诸女皆住苑中，多被恶风所挠，求崔于每岁元旦作朱幡立于苑东，即可免难。时元旦已过，因请于某日平旦立此幡。是日东风刮地，折树飞沙，而苑中繁花不动。崔乃悟诸女皆花精，而封十八姨乃风神也。后诗文中常作为风的代称。

②排空：凌空，耸向高空。卷地：从地面上席卷而过，势头迅猛。

③妒花天气：春天里风雨交加的天气。宋朱淑真《惜春》："连理枝头花正开，妒花风雨便相摧。"

④惊燕：附于画轴的纸条。清梁绍壬《两般秋雨盦随笔·惊燕》："凡画轴制裱既成，以纸二条附于上，若垂带然，名曰惊燕。其纸条古人不粘，因恐燕泥点污，故使因风飞动以恐之也。"

⑤心如醉：《诗·王风·黍离》："行迈靡靡，中心如醉。"传："醉于忧也。"

⑥泊：同"薄"。飘香：随风飘零的落花。

⑦真无谓：漫无目的，没有意义。明卓人月《惜分钗·闺别》："昏相对，朝相背。人间聚散真无谓。"

满江红　为曹子清题其先人所构栋亭亭在金陵署中^①

籍甚平阳^②，美奕叶、流传芳誉^③。君不见、山龙补衮^④，昔时兰署^⑤。饮罢石头城下水^⑥，移来燕子几边树^⑦。倩一茎黄楝作三槐^⑧，趋庭外^⑨。

延夕月^⑩，承晨露^⑪。看手泽^⑫，深馀慕^⑬。更凤毛才思^⑭，登高能赋^⑮。入梦凭将图绘写，留题合遣纱笼护^⑯。正绿阴青子盼乌衣，来非暮^⑰。

【笺注】

①曹子清：曹寅，字子清，号荔轩，又号楝亭，文学家、藏书家。康熙时人，满洲正白旗内务府包衣，官至通政使、江宁织造、巡视两淮盐漕监察御史。楝亭，曹寅之先人曹玺在江宁时，曾在亭边植楝木。曹玺卒后，曹寅重建亭，名为"楝亭"。

②籍甚：盛大、盛多。《汉书·陆贾传》："贾以此游汉廷公卿间，名声籍甚。"王先谦补注引周寿昌曰："籍甚，《史记》作'藉盛'，盖籍即藉，用白茅之藉，言声名得所藉而益盛也。"《文选·王俭〈褚渊碑文〉》："光昭诸侯，风流籍甚。"刘良注："籍甚，言多也。"平阳：指平阳侯。汉曹参封号。秦以酷政失天下，曹参为齐王相国，师盖公治要事清净，称贤相。后继萧何为汉相，一切按何成规办事，不作任何更改。这里曹参的曹姓，以喻指曹寅出身贵族之家。

③奕叶：累世，代代。汉蔡邕《琅邪王傅蔡郎碑》："奕叶载德，常历官尹，以建于兹。"芳誉：美好的名声。唐高仲武《中兴间气集·李嘉

祐》：“袁州自振藻天朝，大收芳誉。中兴高流，与钱郎别为一体。”

④山龙：指古代衮服或旌旗上的山、龙图案。《书·益稷》：“予欲观古人之象，日月星辰，山龙华虫，作会宗彝。藻火粉米，黼黻絺绣，以五采彰施于五色作服。”孔传：“画三辰、山龙、华虫于衣服、旌旗。”补衮：补阙官的别称。唐武则天垂拱元年（685）置，秩从七品上，有对皇帝进行规谏职责，与拾遗同掌供奉讽谏。

⑤兰署：即兰台。唐代指秘书省。唐李商隐《无题》诗：“嗟余听鼓应官去，走马兰台类转蓬。”冯浩笺注：“《旧书·职官志》：秘书省，龙朔初改为兰台，光宅时改为麟台，神龙时复为秘书省。”

⑥石头城：古城名。又名石首城。故址在今江苏省南京市清凉山。本楚金陵城，汉建安十七年孙权重筑改名。城负山面江，南临秦淮河口，当交通要冲，六朝时为建康军事重镇。唐以后，城废。石头城下水，南唐尉迟偓《中朝故事》：“古者，五行官守皆不失其职，声色香味俱能别之。赞皇公李德裕，博达之士也。居庙廊日，有亲知奉使于京口。李曰‘还日，金山下扬子江中冷水，与取一壶来’其人举棹日醉而忘之，泛舟上石城下方忆及。汲一瓶于江中，归京献之。李公饮后，惊讶非常，曰‘江表水味有异于顷岁矣。此水颇似建业石城下水’其人谢过，不敢隐也。”

⑦燕子几：地名。在江苏省南京市东北部观音山。突出的岩石屹立长江边，三面悬绝，宛如飞燕，故名。

⑧三槐：相传周代宫廷外种有三棵槐树，三公朝天子时，面向三槐而立。后因以三槐喻三公。《周礼·秋官·朝士》：“面三槐，三公位焉。”后宋王祐尝手植三槐于庭，曰：“吾子孙必有为三公者。”后其子旦果入相。

⑨趋庭：《论语·季氏》：“（孔子）尝独立，鲤趋而过庭。曰：‘学诗乎？’对曰：‘未也。’‘不学诗，无以言。’鲤退而学诗。他日，又独立，鲤趋而过庭。曰：‘学礼乎？’对曰：‘未也。’‘不学礼，无以立。’鲤退而学礼。”鲤，孔子之子伯鱼。后因以“趋庭”谓子承父教。《栋亭图》

纳兰词全编新注

卷一《曹司空手植楝记》："子清为余言，其先人司空公当日奉命督江宁织造，清操惠政，久着东南；于时尚方资黼黻之华，闾阎鲜杼轴之叹；衙斋萧寂，携子清兄弟以从，方佩觿佩韘之年，温经课业，靡间寒暑。其书室外，司空亲栽楝树一株，今尚在无恙；当夫春葩未扬，秋实不落，冠剑廷立，俨如式凭。"

⑩夕月：傍晚的月亮。唐李白《怨歌行》："荐枕娇夕月，卷衣恋春风。"

⑪晨露：朝露。南朝宋鲍照《园葵赋》："晨露夕阴，霏云四委。"

⑫手泽：犹手汗。后多用以称先人或前辈的遗墨、遗物等。《礼记·玉藻》："父没而不能读父之书，手泽存焉尔。"孔颖达疏："谓其书有父平生所持手之润泽存在焉，故不忍读也。"

⑬余慕：无限的仰慕之情。南朝梁简文帝《与僧正教》："盖所以仰传应身，远注灵觉，羡龙瓶之始晨，追鹄林之余慕。"

⑭凤毛：比喻人子孙有才似其父辈者。南朝宋刘义庆《世说新语·容止》："王敬伦风姿似父，作侍中，加授桓公公服，从大门入。桓公望之，曰：'大奴固自有凤毛。'"余嘉锡笺疏："南朝人通称人子才似其父者为凤毛。"

⑮登高能赋：古代指大夫必须具备的九种才能之一。谓登高见广，能赋诗述其感受。《韩诗外传》卷七："孔子游于景山之上，子路、子贡、颜渊从。孔子曰：'君子登高必赋，小子愿者何？'"《汉书·艺文志》："传曰：不歌而诵谓之赋，登高能赋可以为大夫。"《三国志·魏志·武帝纪》"山阳太守袁遗、济北相鲍信同时俱起兵"南朝宋裴松之注："河间张超尝荐遗于太尉朱儁，称遗'有冠世之懿……登高能赋，睹物知名，求之今日，邈焉靡俦'。"

⑯留题：题字留念。纱笼：谓以纱蒙覆贵人、名士壁上题咏的手迹，表示崇敬。典出五代王定保《唐摭言·起自寒苦》："王播少孤贫，尝客扬州惠昭寺木兰院，随僧斋飡。诸僧厌怠，播至，已饭矣。后二纪，播自重位出

镇是邦，向之题已碧纱幕其上。播继以二绝句曰：'……二十年来尘扑面，如今始得碧纱笼。'"后用作诗文出众的赞词。

⑰来非暮：《后汉书·廉范传》："成都民物丰盛，邑宇逼侧，旧制禁民夜作，以防火灾，而更相隐蔽，烧者日属。范乃毁削先令，但严使储水而已。百姓为便，乃歌之曰：'廉叔度，来何暮？不禁火，民安作。平生无襦今五袴。'"叔度，廉范字。后遂以"来暮"为称颂地方官德政之辞。

*此词补遗自《饮水词集》卷下，张纯修编，清康熙三十年刻本。

诉衷情

冷落绣衾谁与伴，倚香篝①？春睡起，斜日照梳头。欲写两眉愁②，休休③。远山残翠收，莫登楼。

【笺注】

①香篝：熏笼。宋周邦彦《花犯·小石梅花》："更可惜，雪中高树，香篝熏素被。"

②写：谓图画其像。

③休休：犹言不要，表禁止或劝阻。

水调歌头　题西山秋爽图①

空山梵呗静②，水月影俱沉。悠然一界人外，都不许尘侵。岁晚忆曾游处，犹记半竿斜照③，一抹映疏林。绝顶茅庵里④，老衲正孤吟⑤。

云中锡⑥，溪头钓⑦，涧边琴⑧。此生著几两屐⑨，谁识卧游心⑩？准拟乘风归去，错向槐安回首⑪，何日得投簪⑫。布袜青鞋约⑬，但向画图寻。

【笺注】

①西山：在北京西郊。《西山秋爽图》：据清高士奇《江村书画目》，高氏曾藏有元人盛子昭所绘《西山秋爽图》，词人所题咏者或即此画。

②梵呗：佛教作法事时的歌咏之声。

③半竿斜照：明汤传楹《前调·与吴维申甫及》："半竿斜日，一种残局，且作浮生谱。"

④绝顶：山之最高处。

⑤老衲：年老的僧人。

⑥锡：锡杖。僧人所持的禅杖。其制为杖头有一铁卷，中段用木，下安铁纂，振时作声。梵名隙弃罗，取锡锡作声为义。《得道梯橙锡杖经》："是锡杖者，名为智杖，亦名德杖。"晋竺僧度《答杨苕华书》："且披袈裟，振锡杖，饮清流，咏波若，虽王公之服，八珍之膳，铿锵之声，炜晔之色，不与易也。"

⑦溪头：犹溪边。《水经注》："渭水之右，磻溪（水名。在今陕西省宝鸡市东南，传说为周吕尚未遇文王时垂钓处）……水流次平石钓处，即太公垂钓之所也。"

⑧涧边琴：《宋书·隐逸传》："衡阳王义季镇京口，长史张邵与颙姻通，迎来，止黄鹄山。山北有竹林精舍，林涧甚美。颙憩于此涧，义季亟从之游。颙服其野服，不改常度。为义季鼓琴，并新声变曲，其三调游弦、广陵、止息之流，皆与世异。"

⑨几两屐：即"阮家屐"。泛指木屐。《晋书》卷四十九《阮籍列传》："初，祖约性好财，孚性好屐，同是累而未判其得失。有诣约，见正料财物，客至，屏当不尽，余两小簏，以着背后，倾身障之，意未能平。或有诣阮，正见自蜡屐，因自叹曰：'未知一生当着几量屐！'神色甚闲畅。于是胜负始分。"

⑩卧游：谓游目山水画以代游览。《宋书·宗炳传》："有疾还江陵，叹曰：'老疾俱至，名山恐难偏睹，唯当澄怀观道，卧以游之。'凡所游履，皆图之于室。"

⑪槐安：槐安国或槐安梦的省称。唐李公佐《南柯太守传》载，淳于棼饮酒古槐树下，醉后入梦，见一城楼题大槐安国。槐安国王招其为驸马，任南柯太守三十年，享尽富贵荣华。醒后见槐下有一大蚁穴，南枝又有一小穴，即梦中的槐安国和南柯郡。后因用"槐安梦"比喻人生如梦，富贵得失无常。

⑫何日得投簪：丢下固冠用的簪子，喻弃官。南朝齐孔稚圭《北移文》："昔闻投簪逸海岸，今见解兰缚尘缨。"

⑬布袜青鞋：布袜、草鞋，多指隐者或平民装束。借指隐居。唐杜甫《奉先刘少府新书山水障歌》："若耶溪，云门寺，吾独胡为在泥滓？青鞋布袜从此始。"宋辛弃疾《点绛唇》："青鞋自喜，不踏长安市。"

又　题岳阳楼图^①

　　落日与湖水，终古岳阳城。登临半是迁客^②，历历数题名。欲问遗踪何处，但见微波木叶，几簇打鱼罾^③。多少别离恨，哀雁下前汀^④。

　　忽宜雨，旋宜月，更宜晴^⑤。人间无数金碧^⑥，未许着空明^⑦。澹墨生绡谱就^⑧，待俏横拖一笔，带出九疑青^⑨。仿佛潇湘夜，鼓瑟旧精灵^⑩。

【笺注】

　　①岳阳楼：为洞庭湖畔岳阳城名胜。据清高士奇《江村书画目》载，明人谢时臣绘有《岳阳楼图》，此画曾归高氏所藏。词人所题或为此画。

　　②迁客：指遭贬斥放逐之人。宋范仲淹《岳阳楼记》："迁客骚人，多会于此。"

　　③罾（zēng）：用木棍或竹竿做支架的方形鱼网，形似仰伞。《楚辞·九歌·湘夫人》："鸟何萃兮苹中，罾何为兮木上！"王逸注："罾，鱼网也。"

　　④汀（tīng）：水边平地，小洲。

　　⑤忽宜雨，旋宜月，更宜晴：宋王禹偁《黄州新建小竹楼记》："夏宜急雨，有瀑布声；冬宜密雪，有碎玉声。宜鼓琴，琴调虚畅；宜咏诗，诗韵清绝；宜围棋，子声丁丁然；宜投壶，矢声铮铮然：皆竹楼之所助也。"

　　⑥金碧：金碧山水。指国画颜料中的泥金、石青和石绿。

　　⑦空明：澄澈明净的天空或湖水。

　　⑧生绡：未漂煮过的丝织品，古时多用以作画。谱：绘画。

　　⑨带出：附带，加带上。九疑：山名，在湖南宁远县南。《山海经·海

内经》："南方苍梧之丘，苍梧之渊，其中有九嶷山，舜之所葬，在长沙零陵界中。"郭璞注："其山九谿皆相似，故云'九疑'。"

⑩仿佛潇湘夜，鼓瑟旧精灵：唐钱起《湘灵鼓瑟》："流水传潇浦，悲风过洞庭。曲终人不见，江上数峰青。"

天仙子　渌水亭秋夜

水浴凉蟾风入袂①，鱼鳞蹙损金波碎②。好天良夜酒盈尊③，心自醉，愁难睡，西南月落城乌起④。

【笺注】

①凉蟾：指秋月。水浴凉蟾，指月亮映在水中。袂（mèi）：衣袖。宋周邦彦《过秦楼》："水浴清蟾，叶喧凉吹，苍陌马声初断。"周邦彦《月下笛》："小雨收尘，凉蟾莹彻，水光浮璧。"

②金波：月光照在水面上反射出光芒水波。

③好天良夜：敦煌词《怨春闺》："好天良夜月，碧霄高挂。"宋柳永《女冠子》："好天良夜，无端惹起，千愁万绪。"

④城乌：城楼上栖息的乌鸦。唐温庭筠《更漏子》："惊塞雁，起城乌。"唐王建《秋夜曲二首》："城乌作营啼野月，秦州少妇生离别。"

又

梦里蘼芜青一翦^①，玉郎经岁音书远^②。暗钟明月不归来，梁上燕，轻罗扇，好风又落桃花片。

【笺注】

①蘼芜：草名，叶有香气。《山海经·西山经》："（浮山）有草焉，名曰薰草，麻叶而方茎，赤华而黑实，臭如蘼芜，佩之可以已疠。"汉乐府古诗《上山采蘼芜》："上山采蘼芜，下山逢故夫。长跪问故夫，新人复何如。"隋薛道衡《昔昔盐》："垂柳覆金堤，蘼芜叶复齐。……采桑秦氏女，织锦窦家妻。关山别荡子，风月守空闺。"此诗以"垂柳""蘼芜"起兴，极写思妇怀念丈夫。随后，诗家以"蘼芜"为怀人的意象。唐赵嘏《昔昔盐二十首·蘼芜叶复齐》："提筐红叶下，度日采蘼芜。掬翠香盈袖，看花忆故夫。"一翦：一枝。

②玉郎：旧时女子对丈夫或情人的爱称。五代前蜀牛峤《菩萨蛮》："门外柳花飞，玉郎犹未归。"

又

好在软绡红泪积^①，漏痕斜罥菱丝碧^②。古钗封寄玉关秋^③，天咫尺，人南北，不信鸳鸯头不白^④。

①好在：语气词，依旧之义。软绡：薄生丝织品，轻纱。软绡红泪：杨慎《丽情集》："灼灼，锦城官妓也，善舞《柘枝》，能歌《水调》，御史裴质与之善。后裴召还，灼灼以软绡聚红泪为寄。"

②漏痕：本指屋漏之痕迹，这里喻眼泪。罥（juàn）：挂，缠绕。唐杜甫《茅屋为秋风所破歌》："高者挂罥长林梢，下者飘转沉塘坳。"菱丝碧：像菱蔓一般碧绿颜色的绸缎。

③古钗：古钗脚。比喻书法笔力遒劲，此处喻指两行泪痕。宋周越《法书苑》："颜鲁公与怀素同学草书于邬兵曹，或问曰：'张长史见公孙大娘舞剑器，始得低昂回翔之状，兵曹有之乎？'怀素以古钗脚对。"玉关：即玉门关。汉武帝置，因西域输入玉石时取道于此而得名。汉时为通往西域各地的门户，故址在今甘肃敦煌西北小方盘城。

④不信鸳鸯头不白：宋欧阳修《荷花赋》："已见双鱼能比目，应笑鸳鸯会白头。"

又

月落城乌啼未了①，起来翻为无眠早。薄霜庭院怯生衣②，心悄悄③，红阑绕。此情待共谁人晓？

【笺注】

①月落城乌啼未了：宋贺铸《乌啼月》："城乌可是知人意，偏向月明啼。"

②生衣：夏衣。唐王建《秋日后》："立秋日后无多热，渐觉生衣不着身。"

③悄悄：忧伤貌。《诗·邶风·柏舟》："忧心悄悄，愠于群小。"

*此词补遗自《纳兰词》，许增编，清光绪六年娱园刻本。

浪淘沙

紫玉拨寒灰①，心字全非②。疏帘犹是隔年垂。半卷夕阳红雨入③，燕子来时。

回首碧云西，多少心期④，短长亭外短长堤⑤。百尺游丝千里梦⑥，无限凄迷。

【笺注】

①紫玉：即紫玉钗。寒灰：犹死灰，燃烧后留剩的灰烬。另喻有不生欲望之心或对人生已无任何追求的心情。

②心字：指心字香。宋王沂孙《天香·龙涎香》："汛远槎风，梦深薇露，化作断魂心字。"

③半卷夕阳红雨入：喻落花纷飞状。

④心期：内心的期待和期许。

⑤短长亭外短长堤：宋谭宣子《江城子》："短长亭外短长桥。"

⑥游丝：空中飘动着的蛛丝。唐李商隐《日日》："几时心绪浑无事，得及游丝百尺长。"

又

野宿近荒城，砧杵无声。月低霜重莫闲行。过尽征鸿书未寄①，梦又难凭②。

身世等浮萍，病为愁成，寒宵一片枕前冰③。料得绮窗孤睡觉④，一倍关情。

【笺注】

①过尽征鸿书未寄：宋李清照《念奴娇·春情》："征鸿过尽，万千心事难寄。"

②梦又难凭：宋晏几道《清平乐》："眼中前事分明，可怜如梦难凭。"

③一片枕前冰：伤心的泪水结成了冰。唐刘商《古意》："风吹昨夜泪，一片枕前冰。"

④绮窗：雕刻或绘饰得很精美的窗户。《文选·左思〈蜀都赋〉》："开高轩以临山，列绮窗而瞰江。"吕向注："绮窗，雕画若绮也。"代指闺人、思妇。

又　望海

蜃阙半模糊①，踏浪惊呼。任将蠡测笑江湖②。沐日光华还浴月③，我欲乘桴④。

钓得六鳌无⑤？竿拂珊瑚⑥。桑田清浅问麻姑⑦。水气浮天天接水，那是蓬壶⑧。

纳兰词全编新注

【笺注】

①蜃阙：即蜃楼。古人谓蜃气变幻成的楼阁。宋陈允平《渡江云·三潭印月》词："烟沉雾回，怪蜃楼飞入清虚。秋夜长，一轮蟾素，渐渐出云衢。"

②蠡测："以蠡测海"的略语，喻以浅陋之见揣度事物。《汉书·东方朔传》："以管窥天，以蠡测海。"

③光华：光辉照耀，闪耀。浴月：沐浴在月色之中。

④我欲乘桴：《论语·公冶长》："子曰：'道不行，乘桴浮于海。从我者其由与？'"

⑤六鳌：神话中负载五仙山的六只大龟。相传渤海之东，有一深壑，中有岱舆、员峤、方壶、瀛洲、蓬莱五山，乃仙圣所居之地。然五山皆浮于海，常随潮波上下往还。《列子·汤问》："帝恐流于西极，失群仙圣之居，乃命禺彊使巨鳌十五，举首而戴之。迭为三番，六万岁一交焉。五山始峙而不动。而龙伯之国有大人，举足不盈数步而暨五山之所，一钓而连六鳌，合负而趣归其国，灼其骨以数焉。于是岱舆、员峤二山流于北极，沉于大海，仙圣之播迁者巨亿计。"

⑥竿拂珊瑚：用钓鱼竿探寻大海深处瑰丽的景致。唐杜甫《送孔巢父谢病归游江东，兼呈李白》："诗卷长留天地间，钓竿欲拂珊瑚树。"珊瑚，由珊瑚虫分泌出的石灰质骨骼聚结而成，状如树枝，多为红色，或有色或黑色。古人以为是植物，称之为珊瑚树。汉班固《西都赋》："珊瑚碧树，周阿而生。"

⑦桑田：指桑田沧海的相互变化。麻姑：神话中的仙女名。晋葛洪《神仙传·麻姑》："麻姑自说云：'接侍以来，已见东海三为桑田，向到蓬莱水浅，浅于往者会时略半也，岂将复还为陵陆乎！'"后因以"桑田沧海"喻世事的巨大变迁。

⑧蓬壶：即蓬莱，古代传说中的海中仙山。晋王嘉《拾遗记·高辛》："三壶则海中三山也。一曰方壶，则方丈也；二曰蓬壶，则蓬莱也；三曰瀛壶，则瀛洲也。形如壶器。"

又

夜雨做成秋，恰上心头①。教他珍重护风流。端的为谁添病也②？更为谁羞③？

密意未曾休④，密愿难酬。珠帘四卷月当楼。暗忆欢期真似梦，梦也须留。

【笺注】

①夜雨做成秋，恰上心头："愁"字可拆为上"秋"下"心"。宋吴文英《唐多令》："何处合成愁，离人心上秋。"

②端的：到底，究竟。

③为谁羞：宋毛滂《玉楼春》："生罗衣褪为水羞，香冷熏炉都不觑。"

④密意：亲密的情意。南朝陈徐陵《洛阳道》诗之二："相看不得语，密意眼中来。"

又

　　红影湿幽窗，瘦尽春光。雨余花外却斜阳①。谁见薄衫低髻子②？抱膝思量。

　　莫道不凄凉，早近持觞③。暗思何事断人肠④？曾是向他春梦里，瞥遇回廊⑤。

【笺注】

　　①雨余：雨后。却：副词。正，恰。宋秦观《画堂春》："东风吹柳日初长，雨余芳草斜阳。"

　　②低髻（jì）子：在头顶或脑后盘成的发髻低垂，多写失意或娇慵状。宋张先《定西番》："钗玉重，髻云低。"宋秦观《临江仙》："髻子偎人娇不整。"明末清初吴嘉纪《堤上行》："不装首饰髻低垂。"

　　③持觞：举杯。

　　④暗思何事：五代李珣《浣溪沙》："缕玉梳斜云鬓腻，缕金衣透雪肌香，暗思何事立残阳。"

　　⑤瞥遇回廊：明王彦泓《瞥见》："别来清减转多姿，花影长廊瞥见时。"

又

　　眉谱待全删，别画秋山①。朝云渐入有无间②。莫笑生涯浑似梦③，好梦原难。

红咮啄花残④，独自凭阑。月斜风起袷衣单⑤。消受春风都一例⑥，若个偏寒⑦。

【笺注】

①别画：不按眉谱画眉。秋山：代指女子的眉毛。

②朝云渐入有无间：用"巫山神女"之典。相传赤帝之女名姚姬，未嫁而卒，葬于巫山之阳，楚怀王游高唐，昼寝，梦与其神相遇，自称"巫山之女"。见宋玉《高唐赋》序及李善注。后人附会，为之立像，称为"巫山神女"。宋陆游《入蜀记》卷六："过巫山凝真观，谒妙用真人祠。真人，即世所谓巫山神女也。"

③生涯浑似梦：唐李商隐《无题》之二："神女生涯原是梦，小姑居处本无郎。"

④咮（zhòu）：禽鸟嘴。《诗·曹风·候人》："维鹈在梁，不濡其咮。"毛传："咮，喙也。"

⑤袷（jiá）衣：夹衣。《文选·潘岳〈秋兴赋〉》："藉莞蒻，御袷衣。"李善注："袷，衣无絮也。"

⑥一例：一律，同等。

⑦若个：那个人。

又

闷自剔残灯①，暗雨空庭②。潇潇已是不堪听③。那更西风偏着意，做尽秋声。

城柝已三更④，欲睡还醒。薄寒中夜掩银屏。曾染戒香消俗念⑤，莫又多情⑥。

【笺注】

①剔：剪除，去除，往外挑。残灯：将熄之灯。唐白居易《秋房夜》："水窗席冷未能卧，挑尽残灯秋夜长。"

②暗雨空庭：自宋晁补之《古阳关·寄无斁八弟宰宝应》："空庭雨过，西风紧，飘黄叶。"

③潇潇：风雨急骤貌。《诗·郑风·风雨》："风雨潇潇，鸡鸣胶胶。"毛传："潇潇，暴疾也。"

④城柝（tuò）：城上巡夜敲的木梆。柝，古代巡夜人敲以报更的木梆。《易·系辞下》："重门击柝，以待暴客。"

⑤戒香：佛教谓戒律能涤除尘世的污浊，故以"香"喻。曾染戒香，代指曾经礼佛。

⑥莫又多情：五代张泌《江城子》："好是问他来得么，和笑道，莫多情。"

又

双燕又飞还，好景阑珊①。东风那惜小眉弯②？芳草绿波吹不尽，只隔遥山。

花雨忆前番，粉泪偷弹③。倚楼谁与话春闲？数到今朝三月二④，梦见犹难。

【笺注】

①阑珊：衰减，衰败。五代李煜《浪淘沙》："帘外雨潺潺，春意阑珊。"

②小眉弯：美女见繁花零落而微皱眉头。五代和凝《春光好》："窥宋深心无限事，小眉弯。"

③粉泪：谓女子之泪。五代冯延巳《南乡子》："惆怅秦楼弹粉泪。"

④三月二：农历三月二日，指上巳节前后。汉以前以农历三月上旬巳日为"上巳"，魏晋以后定为三月三日，不必取巳日。

又

清镜上朝云，宿篆犹熏①。一春双袂尽啼痕②。那更夜来山枕侧，又梦归人。

花底病中身③，懒约湔裙④，待寻闲事度佳辰。绣榻重开添几线，旧谱翻新⑤。

【笺注】

①宿篆：指前夜点燃的盘香。

②双袂：双袖。五代顾敻《虞美人》："画罗红袂有啼痕。"

③病中（zhòng）身：言生病。

④湔裙：即湔裳。

⑤旧谱：刺绣用的旧画样。

又

霜讯下银塘①，并作新凉②。奈他青女忒轻狂③。端正一枝荷叶盖，护了鸳鸯。

燕子要还乡，惜别雕梁④。更无人处倚斜阳⑤。还是薄情还是恨，仔细思量。

【笺注】

①霜讯：即霜信。霜期来临的消息。银塘：清澈明净的池塘。

②新凉：指初秋凉爽的天气。

③青女：传说中掌管霜雪的女神。《淮南子·天文训》："至秋三月……青女乃出，以降霜雪。"高诱注："青女，天神，青霄玉女，主霜雪也。"轻狂：轻浮、无情。宋仇远《最落魄》："薄情青女司花籍，粉愁红怨啼蛩急。"

④雕梁：饰有浮雕、彩绘的梁，装饰华美的梁。

⑤更无人处倚斜阳：谓落寞孤单。五代张泌《浣溪沙》："闲着海棠看又捻，玉纤无力惹余香，此情谁会倚斜阳。"

*此词补遗自《纳兰词》，许增编，清光绪六年娱园刻本。

又

　　金液镇心惊①，烟丝似不胜②。沁鲛绡湘竹无声③。不为香桃怜瘦骨④，怕容易，减红情⑤。

　　将息报飞琼⑥，蛮笺署小名⑦。鉴凄凉片月三星⑧。待寄芙蓉心上露⑨，且道是，解朝酲⑩。

【笺注】

　　①金液：古代方士炼的一种丹液，自夸服之可以成仙。这里比喻美酒。唐白居易《游宝称寺》："酒嫩倾金液，茶新碾玉尘。"

　　②烟丝：轻缓的香烟。不胜：无法承担，承受不了。

　　③沁：气体、液体等渗入或透出。这里指眼泪渗入绢中。鲛绡：传说中鲛人所织的绡，借指薄绢、轻纱。南朝梁任昉《述异记》卷上："南海出鲛绡纱，泉室潜织，一名龙纱。其价百余金，以为服，入水不濡。"湘竹：即湘妃竹，借指竹席。《初学记》卷二八引晋张华《博物志》："舜死，二妃泪下，染竹即斑。妃死为湘水神，故曰湘妃竹。"

　　④香桃：指仙境的桃树。暗用汉武帝食西王母仙桃欲留种之典。《汉武帝内传》："七月初七，王母降，自设天厨，以玉盘盛仙桃七颗，像鹅卵般大，圆形色青。王母赠帝四颗，自食三颗。帝食后留核准备种植，王母说这种桃三千年才能结果，中土地薄，无法种植。"唐李商隐《海上谣》："海底觅仙人，香桃如瘦骨。"

　　⑤红情：犹言艳丽的情趣。

　　⑥将息：调养，保重病体。飞琼：仙女名，泛指仙女。《汉武帝内传》："王母乃命诸侍女……许飞琼鼓震灵之簧。"唐顾况《梁广画花歌》："王

母欲过刘彻家，飞琼夜入云车。"

⑦蛮笺：指蜀地所产名贵的彩色笺纸，古人多用之写信。这里代指书信。

⑧片月：弦月。三星：《诗·唐风·绸缪》："三星在天。"毛传："三星，参也。"郑玄笺："三星，谓心星也。"均专指一宿而言。天空中明亮而接近的三星，有参宿三星，心宿三星，河鼓三星。据近人研究，《绸缪》首章"绸缪束薪，三星在天"，指参宿三星；二章"绸缪束刍，三星在隅"，指心宿三星；末章"绸缪束楚，三星在户"，指河鼓三星。宋秦观《南歌子》："天外一钩残月，带三星。"

⑨芙蓉：《西京杂记》卷二："文君姣好，眉色如望远山，脸际常若芙蓉。"此处喻指美女。

⑩朝酲（chéng）：谓隔夜醉酒早晨酒醒后仍困惫如病。

又　塞外重九①

古木向人秋，惊蓬掠鬓稠②。是重阳何处堪愁？记得当年惆怅事，正风雨，下南楼③。

断梦几能留④，香魂一哭休⑤。怪凉蟾空满衾裯⑥。霜落乌啼浑不睡⑦，偏想出，旧风流。

【笺注】

①重九：又称重阳，指农历九月初九日。

②惊蓬：形容散乱蓬松的头发。《诗·卫风·伯兮》："自伯之东，首如飞蓬。"

③南楼：在南面的楼。宋陆游《蝶恋花·离小益作》："千里斜阳钟欲暝，凭高望断南楼信。"

④断梦：中断的梦，消失的梦。

⑤香魂：美人之魂。这里指妻子卢氏亡故。唐温庭筠《过华清宫二十二韵》："艳笑双飞断，香魂一哭休。"宋陆游《沈园二首》其二："梦断香消四十年，沈园柳老不吹绵。"

⑥凉蟾：秋月。衾裯（chóu）：指被褥床帐等卧具。《诗·召南·小星》："肃肃宵征，抱衾与裯，寔命不犹。"

⑦乌啼：乌鸦叫声。唐张继《枫桥夜泊》："月落乌啼霜满天，江枫渔火对愁眠。"

生查子

短焰剔残花①，夜久边声寂。倦舞却闻鸡②，暗觉青绫湿③。天水接冥蒙④，一角西南白。欲渡浣花溪⑤，远梦轻无力。

【笺注】

①短焰剔残花：蜡烛燃久后烛蕊成灰不倒渐高，而火焰则渐小渐短，须把残存的灯花剔除或剪去。

②倦舞却闻鸡：此句用闻鸡起舞之典，谓倦于起舞，偏偏又听闻到了鸡鸣。

③青绫：这里指青绫被。

④冥蒙：幽暗不明。明刘崧《玉华山》："伤心俯城郭，烟雨正冥蒙。"

纳兰词全编新注

⑤浣花溪：一名濯锦江，又名百花潭，在四川省成都市西郊，为锦江支流。溪旁有唐代诗人杜甫的故居浣花草堂。唐杜甫《将赴成都草堂途中有作》诗之三："竹寒沙碧浣花溪，橘刺藤梢咫尺迷。"仇兆鳌注引《梁益记》："溪水出湔江，居人多造彩笺，故号浣花溪。"这里借指作者的故乡。

又

惆怅彩云飞①，碧落知何许②？不见合欢花③，空倚相思树。总是别时情，那待分明语。判得最长宵④，数尽厌厌雨⑤。

【笺注】

①彩云：绚丽的云彩，这里寓指心上的佳人。唐李白《客中行乐辞八首》其一："每出深宫里，常随步辇归。只愁歌舞散，化作彩云飞。"

②何许：何处。

③合欢花：又名马缨花，落叶乔木，羽状复叶，小叶对生，夜间成对相合，俗称"夜合花"。夏季开花，头状花序，合瓣花冠，雄蕊多条，淡红色。古人以为此花可以去嫌合好，常以之赠人。三国魏嵇康《养生论》："合欢蠲忿，萱草忘忧。"

④判得：甘愿。

⑤厌厌：绵长貌。南唐冯延巳《长相思》："红满枝，绿满枝，宿雨厌厌睡起迟。"

又

东风不解愁，偷展湘裙衩①。独夜背纱笼②，影著纤腰画。
爇尽水沉烟，露滴鸳鸯瓦③。花骨冷宜香④，小立樱桃下⑤。

【笺注】

①偷展：谓风吹裙衩。湘裙：湘地出产的丝织品制成的女裙。明高
明《琵琶记·强就鸾凤》："湘裙展六幅，似天上嫦娥降尘俗。"

②纱笼：即灯笼。

③鸳鸯瓦：成对的瓦的美称。唐白居易《长恨歌》："鸳鸯瓦冷霜华重，
翡翠衾寒谁与共？"

④花骨：喻指瘦弱的女子。宋苏轼《雨中看牡丹》："清寒入花骨，肃
肃初自持。"

⑤小立：暂时立住。明宋懋澄《点绛唇》："离情难舍，小立梅花下。"

又

鞭影落春堤①，绿锦郭泥卷②。脉脉逗菱丝③，嫩水吴姬眼④。
啮膝带香归⑤，谁整樱桃宴⑥？蜡泪恼东风⑦，旧垒眠新燕⑧。

【笺注】

①鞭影：马鞭的影子。《景德传灯录·天台丰干禅师》："外道礼拜

云：'善哉世尊，大慈大悲开我迷云，令我得入。'外道去已。阿难问佛云：'外道以何所证而言得入。'佛云：'如世间良马，见鞭影而行。'"

②鄣（zhàng）泥：即马鞯。因垫在马鞍下，垂于马背两旁以挡尘土，故称。《晋书·王济传》："济善解马性，尝乘一马，着连干鄣泥，前有水，终不肯渡。"

③脉脉：深藏的情意默默地用眼神目光表达出来。菱丝：犹藕丝，喻情思绵绵。

④嫩水：指春水，这里喻指眼波。吴姬：吴地的美女。

⑤啮膝：良马名。唐杜甫《清明》："渡头翠柳艳明眉，争道朱蹄骄啮膝。"仇兆鳌注引应劭曰："马怒有余气，常啮膝而行也。"带香归：诗句"踏花归去马蹄香"。

⑥整：准备。樱桃宴：科举时代庆贺新进士及第的宴席。始于唐僖宗时。五代王定保《唐摭言·慈恩寺题名游赏赋咏杂纪》："新进士尤重樱桃宴。干符四年，永宁刘公第二子覃及第……独置是宴，大会公卿。时京国樱桃初出，虽贵达未适口，而覃山积铺席，复和以糖酪者，人享蛮榼（南方制的酒器）一小盎，亦不啻数升。"

⑦蜡泪：蜡烛燃烧时淌下的液态蜡，如人流泪状，故称。前蜀李珣《望远行》："屏半掩，枕斜欹，蜡泪无言对垂。"

⑧旧垒：旧巢。宋文天祥《醉清湖上三日存叟独不在坐即席有怀》："疏林花密缀，旧垒燕新安。"

又

散帙坐凝尘①，吹气幽兰并②。茶名龙凤团③，香字鸳鸯饼④。

玉局类弹棋⑤，颠倒双栖影⑥。花月不曾闲⑦，莫放相思醒。

【笺注】

①散帙：打开书帙，借指读书。《文选·谢灵运〈酬从弟惠连〉诗》"凌涧寻我室，散帙问所知。"刘良注："散帙，谓开书帙也。"凝尘：积聚的尘土。《晋书·简文帝纪》："帝少有风仪，善容止，留心典籍，不以居处为意，凝尘满席，湛如也。"

②吹气幽兰并：此句写清新高雅的书斋生活。汉郭宪《洞冥记》："（汉武）帝所幸宫人名丽娟，年十四，玉肤柔软，吹气胜兰。"

③龙凤团：即龙凤团茶。宋时制为圆饼形贡茶，上有龙凤纹。宋王辟之《渑水燕谈录·事志》："建茶盛于江南，近岁制作尤精，龙凤团茶最为上品，一斤八饼。庆历中，蔡君谟为福建运使，始造小团以充岁贡，一斤二十饼，所谓上品龙茶者也。仁宗尤所珍惜，虽宰臣未尝辄赐，惟郊礼致斋之夕，两府各四人，共赐一饼。宫人翦金为龙凤花贴其上，八人分蓄之，以为奇玩，不敢自试，有嘉客，出而传玩。"此处代指最上乘的茶。

④鸳鸯饼：上有鸳鸯图案的焚香饼。一饼之火，可终日不灭。

⑤玉局：棋盘的美称。类：模拟，即一人模拟两人对弈。弹棋：古代博戏之一。《后汉书·梁冀传》："（梁冀）性嗜酒，能挽满、弹棊、格五、六博、蹴鞠、意钱之戏。"李贤注引《艺经》曰："弹棊，两人对局，白黑棊各六枚，先列棊相当，更先弹之。其局以石为之。"至魏改用十六棋，唐又增为二十四棋。这里指弈棋。

⑥双栖影：树上栖息的一双鸟儿，因月光照射影儿倒影在棋盘之上。明孙承恩《生查子》："带月渡银塘，照见双栖影。"

⑦花月：花和月。泛指美好的景致。唐王勃《山扉夜坐》："林塘花月下，别似一家春。"

忆桃源慢

斜倚熏笼①，隔帘寒彻，彻夜寒于水。离魂何处②？一片月明千里③。两地凄凉，多少恨，分付药炉烟细④。近来情绪，非关病酒⑤，如何拥鼻长如醉⑥？转寻思不如睡也，看道夜深怎睡⑦。

几年消息浮沉⑧，把朱颜顿成憔悴。纸窗风裂，寒到个人衾被。篆字香消灯炧冷，忽听塞鸿嘹唳⑨。加餐千万，寄声珍重，而今始会当时意。早催人一更更漏，残雪月华满地。

【笺注】

①斜倚熏笼：唐白居易《后宫词》："红颜未老恩先断，斜倚熏笼坐到明。"

②离魂何处：唐温庭筠《河渎神》："回首两情萧索，离魂何处漂泊。"

③明月千里：南朝宋谢庄《月赋》："美人迈兮音尘阙，隔千里兮共明月。"

④分付：这里有付托、寄意之意。药炉：此处犹香炉。

⑤非关病酒：宋李清照《凤凰台上忆吹箫》："新来瘦，非干病酒，不是悲秋。"

⑥拥鼻：犹掩鼻吟。《晋书·谢安传》："安本能为洛下书生咏，有鼻疾，故其音浊，名流爱其咏而弗能及，或手掩鼻以效之。"后指用雅音曼声吟咏。

⑦看道：料想。

⑧浮沉：指书信未送到。南朝宋刘义庆《世说新语·任诞》："殷羡作豫章郡太守。临去，都下人因寄百计函书。既至石头，悉掷水中，因祝曰：'沉者自沉，浮者自浮，殷洪乔不能作致书邮！'"

⑨嘹唳：鸟叫声凄清响亮。

青衫湿遍　悼亡

青衫湿遍①，凭伊慰我，忍便相忘。半月前头扶病②，剪刀声，犹在银缸③。忆生来小胆怯空房④。到而今独伴梨花影，冷冥冥、尽意凄凉。愿指魂兮识路，教寻梦也回廊。

咫尺玉钩斜路⑤，一般消受，蔓草残阳⑥。判把长眠滴醒，和清泪，搅入椒浆⑦。怕幽泉还为我神伤⑧。道书生薄命宜将息，再休耽、怨粉愁香⑨。料得重圆密誓⑩，难禁寸裂柔肠⑪。

【笺注】

①青衫：按唐制，文官八品、九品服以青，后借指失意的官员。这里代指哀伤的作者自己。唐白居易《琵琶行》："座中泣下谁最多，江州司马青衫湿。"

②扶病：支撑病体。亦指带病工作或行动。《礼记·问丧》"身病体羸，以杖扶病也。"

③银缸：银白色的灯盏、烛台。夜晚，妻子以病弱之身在灯下裁剪衣服。

④忆生来小胆怯空房：唐常理《古离别》："小胆空房怯，长眉满镜愁。"

⑤玉钩斜：古时著名的游宴之地，在江苏江都境，相传为隋炀帝葬宫人处，这里借指妻子卢氏的厝柩之地。

⑥蔓草：生有长茎能缠绕攀援的杂草。泛指蔓生的野草。《诗·郑风·野有蔓草》："野有蔓草，零露溥兮。"

⑦椒浆：以椒浸制的酒浆，古代多用以祭神。《楚辞·九歌·东皇太一》："蕙肴蒸兮兰藉，奠桂酒兮椒浆。"

⑧幽泉：指阴间地府，此处借指死者。

⑨再休耽怨粉愁香：宋王沂孙《金盏子》："厌厌地、终日为伊，香愁粉怨。"

⑩重圆密誓：用"破镜重圆"之典。唐孟棨《本事诗·情感》载，南朝陈太子舍人徐德言与妻乐昌公主恐国破后两人不能相保，因破一铜镜，各执其半，约于他年正月望日卖破镜于都市，冀得相见。后陈亡，公主没入越国公杨素家。德言依期至京，见有苍头卖半镜，出其半相合。德言题诗云："镜与人俱去，镜归人不归；无复嫦娥影，空留明月辉。"公主得诗，悲泣不食。素知之，即召德言，以公主还之，偕归江南终老。后喻夫妻离散或决裂后重又团聚或和好。

⑪寸裂柔肠：南朝宋刘义庆《世说新语·黜免》："桓公入蜀，至三峡中，部伍中有得猿子者，其母缘岸哀号，行百余里不去，遂跳上船，至便即绝，破视其腹中，肠皆寸断。公闻之，怒，令黜其人。"这里用来形容极度的思念以及哀伤。

青衫湿　悼亡

近来无限伤心事，谁与话长更①？从教分付，绿窗红泪②，早雁初莺。

当时领略，而今断送，总负多情。忽疑君到，漆灯风飐③，痴数春星。

【笺注】

①长更：犹长夜。

②绿窗红泪：唐李郢《为妻作生日寄意》："应恨客程归未得，绿窗红泪冷娟绢。"红泪，谓美人的眼泪。

③漆灯：用漆点燃的灯，甚明亮，多点于灵柩前或塚中。《史记正义》："帝王用漆灯塚中，则火不灭。"风飐（zhǎn）：因风吹而摇动。五代毛文锡《临江仙》："岸泊渔灯风飐碎。"

*此词补遗自《纳兰词》卷二，汪元治编，清道光十二年结铁网斋刻本。

酒泉子

谢却荼蘼①，一片月明如水。篆香消，犹未睡，早鸦啼。嫩寒无赖罗衣薄②，休傍阑干角③。最愁人，灯欲落，雁还飞。

【笺注】

①荼蘼：落叶灌木，以地下茎繁殖。春末夏初开花，花白色，凋谢后即表示花季结束，有完结之意。宋王琪《春暮游小园》："开到荼蘼花事了。"

②嫩寒：轻寒。无赖：无可奈何，让人生厌。罗衣薄：宋张先《醉落魄》："朱唇浅破桃花萼，倚楼人在阑干角。夜寒受冷罗衣薄。"

③休傍：莫要倚傍。宋张元幹《楼上曲》："明朝不忍见云山，从今休傍曲阑干。"

凤凰台上忆吹箫　守岁

锦瑟何年①，香屏此夕，东风吹送相思。记巡檐笑罢，共捻梅枝②。还向烛花影里，催教看、燕蜡鸡丝③。如今但、一编消夜④，冷暖谁知。

当时。欢娱见惯，道岁岁琼筵⑤，玉漏如斯。怅难寻旧约，枉费新词。次第朱幡剪彩⑥，冠儿侧、斗转蛾儿⑦。重验取，卢郎青鬓⑧，未觉春迟。

【笺注】

①锦瑟：琴的美称。漆有织锦纹的瑟。唐李商隐《锦瑟》："锦瑟无端五十年，一弦一柱思华年。"后人以"锦瑟华年"喻青春岁月。

②记巡檐笑罢，共捻梅枝：唐杜甫《舍弟观赴蓝田取妻子到江陵，喜寄》："巡檐索共梅花笑，冷蕊疏枝半不禁。"巡檐，来往于檐前。

③燕蜡鸡丝：旧俗正旦之日食品，以迎接新年到来。唐冯贽《云仙杂记·洛阳岁节》："洛阳人家，正旦造丝鸡、葛燕、粉荔枝。"明瞿佑《四时宜忌》："洛阳人家正月元旦造丝鸡、蜡燕、粉荔枝。"

④编：书的计数单位。指一部书或书的一部分。《汉书·张良传》："有顷，父亦来，喜曰：'当如是。'出一编书，曰：'读是则为王者师。'"颜师古注："编谓联次之也。联简牍以为书，故云一编。"消夜：打发夜晚时间。《淮南子·兵略训》："因其饥渴冻暍，劳倦怠乱，恐惧窘步，乘之以选卒，击之以消夜，此善因时应变者也。"明王彦泓《灯夕悼感》："痛逝无心走月明，一编枯坐到三更。"

⑤琼筵：盛宴，美宴。

⑥次第：依次。朱幡：春旗。北周庾信《三月三日华林园马射赋》："落花与芝盖同飞，杨柳共春旗一色。"倪璠注："春旗，青旗也。"旧俗于立春日或挂春幡于树梢，或剪缯绢成小幡，连缀簪之于首，以示迎春。南朝陈徐陵《杂曲》："立春历日自当新，正月春幡底须故。"剪彩：剪裁花纸或彩绸，制成虫鱼花草之类的装饰品。南朝梁宗懔《荆楚岁时记》："立春之日，悉剪彩为蟌，戴之。"

⑦斗：纷乱。蛾儿：闹蛾儿。古时妇女在元宵节前后把剪纸小幡之类的应景物件，插戴头上，转动时有声响。宋康与之《瑞鹤仙·上元应制》："风柔夜暖，花影乱笑声喧。闹蛾儿，满路成团打块，簇着冠儿斗转。"唐韩愈《初南食贻元十八协律》："章举马甲柱，斗以怪自呈。"钱仲联集释引张相曰："斗，犹纷也，乱也。"蛾儿：古代妇女于元宵节前后插戴在头上的剪彩而成的应时饰物。

⑧卢郎：传说唐时有卢家子弟，为校书郎时年已老，因晚娶而遭妻怨。宋钱易《南部新书》："卢家有子弟，年已暮犹为校书郎，晚娶崔氏女，崔有词翰，结褵之后，微有慊色。卢因请诗以述怀为戏。崔立成诗曰：'不怨卢郎年纪大，不怨卢郎官职卑，自恨妾身生较晚，不见卢郎年少时。'"

又　除夕得梁汾闽中信因赋

荔粉初装①，桃符欲换②，怀人拟赋然脂③。喜螺江双鲤④，忽展新词。稠叠频年离恨⑤，匆匆里、一纸难题。分明见、临缄重发，欲寄迟迟⑥。

心知梅花佳句⑦，待粉郎香令⑧，再结相思。记画屏今夕，曾共题诗。独客料应无睡，慈恩梦、那值微之⑨。重来日，梧桐夜雨，却话秋池⑩。

【笺注】

①荔粉：粉荔枝。唐代洛阳人家正旦以粉制成荔枝状作为节日食品，迎接新年。

②桃符：古代挂在大门上的两块画着神荼、郁垒二神的桃木板，以为能压邪。南朝梁宗懔《荆楚岁时记》："正月一日……帖画鸡户上，悬苇索于其上，插桃符其旁，百鬼畏之。"五代时在桃木板上书写联语，其后书写于纸上，称为春联。宋王安石《元日》："千门万户曈曈日，总把新桃换旧符。"

③然脂：泛指点燃火炬、灯烛之属。南朝陈徐陵《玉台新咏序》："染脂暝写，弄笔晨书，选录艳歌。"

④螺江：水名，也称螺女江，在福建省福州市西北。双鲤：《文选·古乐府》之一："客从远方来，遗我双鲤鱼，呼儿烹鲤鱼，中有尺素书。"因以双鲤代指书信。

⑤稠叠：稠密重叠，密密层层。频年：连年，多年。

⑥欲寄迟迟：唐张籍《秋思》："复恐匆匆说不尽，行人临发又开封。"

⑦心知梅花佳句：宋辛弃疾《定风波·三山送卢国华提刑约上元重来》："极目南云过无雁，君看，梅花也解寄相思。"

⑧粉郎：傅粉郎君。三国魏何晏美仪容，面如傅粉，尚魏公主，封列侯，人称粉侯，亦称粉郎。见《三国志·魏志·何晏传》、南朝宋刘义庆《世说新语·容止》。后用作心爱郎君的爱称。香令：晋习凿齿《襄阳记》："刘季和曰：'荀令君至人家，坐处三日香。'"借指高雅才识之士，这里特指顾贞观。

⑨慈恩：慈恩寺的省称。唐代寺院名，旧寺在陕西长安东南曲江北，宋时已毁，仅存雁塔。今寺为近代新建，在陕西省西安市南。唐贞观二十二年（648）李治为太子时，就隋无漏寺旧址为母文德皇后追福所建，故名慈恩寺。唐玄奘自印度学佛归国，曾住此从事佛经翻译工作达八年之久，并

倡议在寺旁建雁塔，用以收藏从印度带回的经像。在全盛时有十余院，室一千八百九十七，僧三百人。自神龙始，进士登科，皇帝均赐宴曲江上，题名雁塔。唐孟棨《本事诗·征异第五》："元相公（微之）为御史，鞫狱梓潼，时白尚书（居易）在京，与名辈游慈恩，小酌花下，为诗寄元，曰：'花时同醉破春愁，醉折花枝当酒筹。忽忆故人天际去，计程今日到梁州。'时元果及褒城，亦寄梦游诗，曰：'梦君兄弟曲江头，也到慈恩院里游。驿吏唤人排马去，忽惊身在古梁州。'千里神交，合若符契。朋友之道，不期至欤！"

⑩重来日，梧桐夜雨，却话秋池：唐李商隐《夜雨寄北》："君问归期未有期，巴山夜雨涨秋池。何当共剪西窗烛，却话巴山夜雨时。"

翦梧桐　自度曲①

新睡觉，正漏尽乌啼欲晓。任百种思量，都来拥枕，薄衾颠倒②。土木形骸③，分甘抛掷④，只平白占伊怀抱。听萧萧一翦梧桐，此日秋声重到。

若不是忧能伤人⑤，甚青镜朱颜易老⑥。忆少日清狂，花间马上，软风斜照。端的而今，误因疏起⑦，却懊恼、殢人年少⑧。料应他此际闲眠，一样积愁难扫⑨。

【笺注】

①自度曲：指在旧词调之外自己新创作的词调。

②薄衾颠倒：极言辗转难眠。

③土木形骸：形体像土木一样自然，比喻人不加修饰的本来面目。《晋书·嵇康传》："康早孤，有奇才，远迈不群。身长七尺八寸，美词气，有风仪，而土木形骸，不自藻饰，人以为龙章凤姿，天质自然。"

④分甘：《后汉书·杨震传》"虽有推燥居湿之勤"，李贤注引《孝经·援神契》："母之于子也，鞠养殷勤，推燥居湿，绝少分甘。"本谓分享甘美之味，后亦以喻慈爱、友好、关切等。

⑤忧能伤人：汉孔融《论盛孝章书》："若使忧能伤人，此子不得永年矣。"

⑥甚青镜：青铜制成的镜。

⑦误因疏起：宋蒋捷《满江红》："万物曾因疏处起，一贤且向贫中觅。"

⑧瘝（tì）：耽搁。

⑨积愁：长期堆积的愁绪，言多而浓。南朝梁王僧孺《春怨》："积愁落芳鬓，长啼坏美目。"

霜天晓角

重来对酒，折尽风前柳。若问看花情绪，似当日，怎能彀①？休为西风瘦②，痛饮频搔首③。自古青蝇白璧④，天已早安排就。

【笺注】

①彀：足够，达到某一点或某种程度。

②西风瘦：宋李清照《醉花阴》："莫道不消魂，帘卷西风，人比黄花瘦。"

③搔首：以手搔首，心有所思。《诗·邶风·静女》："爱而不见，搔首踟蹰。"宋沈与求《还憩湖光亭复次江元寿韵》："丛书校书频搔首，天末孤帆去欲无。"

④青蝇：苍蝇，蝇色黑，故称。《诗·小雅·青蝇》："营营青蝇，止于樊。岂弟君子，无信谗言。营营青蝇，止于棘。谗人罔极，交乱四国。"比喻佞人。白璧：平圆形而中有孔的白玉。比喻清白的人。青蝇白璧，比喻善恶忠佞。

*此词补遗自《纳兰词》卷一，汪元治编，清道光十二年结铁网斋刻本。

东风第一枝　桃花

薄劣东风①，凄其夜雨②，晓来依旧庭院③。多情前度崔郎④，应叹去年人面。湘帘乍卷，早迷了、画梁栖燕。最娇人清晓莺啼，飞去一枝犹颤。

背山郭、黄昏开遍。想孤影、夕阳一片⑤。是谁移向亭皋⑥，伴取晕眉青眼⑦。五更风雨⑧，莫减却、春光一线。傍荔墙牵惹游丝⑨，昨夜绛楼难辨。

【笺注】

①薄劣：犹薄情，无情。

②凄其：寒凉貌。元张养浩《长安孝子》："退省百无有，满屋风凄其。"

③晓来依旧庭院：宋晏几道《碧牡丹》："月痕依旧庭院。"

④前度崔郎：此用"人面桃花"之典。唐孟棨《本事诗·情感》载，相传唐崔护清明郊游，至村居求饮。有女持水至，含情倚桃伫立。明年清明再访，则门庭如故，人去室空。因题诗曰："去年今日此门中，人面桃花相映红。人面不知何处去，桃花依旧笑春风。"后用以为男女邂逅钟情，随即分离之后，男子追念旧事的典故。

⑤想孤影、夕阳一片：明冯小青诗有"夕阳一片桃花影，知是亭亭倩女魂"。

⑥亭皋：水边的平地。《汉书·司马相如传上》："亭皋千里，靡不被筑。"王先谦补注："亭当训平……亭皋千里，犹言平皋千里。皋，水旁地。"宋王安石《移桃花》："枝柯焉棉花烂漫，美锦千两敷亭皋。"

⑦晕眉：淡眉，此处喻指柳叶。青眼：柳眼。早春初生的柳叶如人睡眼初展，因以为称。唐元稹《生春》诗之九："何处生春早，春生柳眼中。"

⑧五更风雨：唐王建《宫词》："自是桃花贪结子，错教人恨五更风。"

⑨荔墙：薜荔墙。薜荔，植物名，又称木莲。《楚辞·离骚》："擥木根以结茝兮，贯薜荔之落蕊。"王逸注："薜荔，香草也，缘木而生蕊实也。"唐柳宗元《登柳州城楼寄漳汀封连四州刺史》："密雨斜侵薜荔墙。"绛楼：红楼。红色的桃花和红色的楼台浑成一片，难以辨别。

*此词补遗自《瑶华集》，蒋景祁编，清康熙二十五年天藜阁刻本。

水龙吟　题文姬图①

须知名士倾城②，一般易到伤心处。柯亭响绝③，四弦才断④，恶风吹去。万里他乡，非生非死，此身良苦。对黄沙白草⑤，呜呜卷叶⑥，平生恨，从头谱。

应是瑶台伴侣⑦。只多了、毡裘夫妇⑧。严寒齾篥⑨，几行乡泪，应声如雨。尺幅重披⑩，玉颜千载，依然无主⑪。怪人间厚福，天公尽付，痴儿呆女⑫。

【笺注】

①文姬：蔡琰，汉末女诗人，字文姬。蔡邕之女。博学有才辩，通音律。初嫁河东卫仲道。夫亡，归母家。汉末战乱，为董卓部将所虏，归南匈奴左贤王，居匈奴十二年。曹操以金璧赎归，再嫁董祀。有《悲愤诗》五言及骚体各一首，叙写自己的悲惨遭遇。

②名士倾城：名士和美女。

③柯亭：柯亭笛。传为汉蔡邕用柯亭竹制成的笛子，后泛指美笛，亦比喻良才。《晋书·桓伊传》："（桓伊）善音乐，尽一时之妙，为江左第一。有蔡邕柯亭笛，常自吹之。"

④四弦：指琵琶。因有四弦，故称。四弦才：指蔡文姬精于音律。《后汉书·列女传》引刘昭《幼童传》："邕夜鼓琴，弦绝。琰曰：'第二弦。'邕曰：'偶得之耳。'故断一弦问之，琰曰：'第四弦。'并不差谬。"

⑤白草：牧草。干熟时呈白色，故名。《汉书·西域传上·鄯善国》："地沙卤，少田，寄田仰谷旁国。国出玉，多葭苇、柽柳、胡桐、白草。"颜师古注："白草似莠而细，无芒，其干熟时正白色，牛马所嗜也。"

⑥卷叶：古代西北少数民族的吹奏乐器，起初用卷起的芦叶为之，故称。

⑦瑶台：传说中的神仙居处。

⑧毡裘：指古代北方游牧民族以皮毛制成的衣服。毡裘夫妇：指蔡文姬嫁给匈奴王。汉蔡琰《胡笳十八拍》："毡裘为裳兮骨肉震惊。"

⑨齾（bì）篥（lì）：古簧管乐器名。以竹为管，管口插有芦制哨子，有九孔。又称"笳管""头管"。本出西域龟兹，后传入内地，为隋唐燕乐及

唐宋教坊乐的重要乐器。《资治通鉴·唐宪宗元和元年》："师道时知密州事，好画及觱篥。"胡三省注："胡人吹葭管，谓之觱篥。"

⑩尺幅：画卷。披：翻阅。

⑪无主：汉蔡琰《胡笳十八拍》："天灾国乱兮人无主，唯我薄命兮没戎虏。"

⑫痴儿呆女：天真无知的人，多指少年男女。宋秦观《贺新郎》："巧拙岂关今夕事？奈痴儿呆女流传谬。"

*此词补遗自《纳兰词》卷四，汪元治编，清道光十二年结铁网斋刻本。

又　再送荪友南还①

人生南北真如梦②，但卧金山高处③。白波东逝，鸟啼花落，任他日暮。别酒盈觞，一声将息，送君归去。便烟波万顷，半帆残月，几回首，相思苦。

可忆柴门深闭④，玉绳低、翦灯夜雨⑤。浮生如此，别多会少⑥，不如莫遇⑦。愁对西轩，荔墙叶暗，黄昏风雨。更那堪几处，金戈铁马⑧，把凄凉助。

【笺注】

①此篇当作于康熙二十四年（1685）四月，好友严绳孙第二次南归，词人此前有《送荪友》《暮春别严绳荪友》两首诗，故曰"再送"。

②人生南北真如梦：宋吴潜《青玉案·和刘长翁右司韵》："人生南北入歧路，惆怅方悔断肠句。"

345

③卧：这里有安卧悠闲，隐居不仕之意。《晋书·隐逸传·陶潜》："常言夏月虚闲，高卧北窗之下，清风飒至，自谓羲皇上人。"金山：山名，在今江苏镇江西北。山为长江环绕，风起，山有飞动之势。南朝谓此山曰"浮玉"。这里代指严绳孙江南地区的家乡。

④柴门：用柴木做的门，言其简陋，生活闲适。深闭：紧闭。

⑤玉绳：星名，常泛指群星。《文选·张衡〈西京赋〉》："上飞闼而仰眺，正睹瑶光与玉绳。"李善注引《春秋元命苞》曰："玉衡北两星为玉绳。"翦灯夜雨：唐李商隐《夜雨寄北》："何当共剪西窗烛，却话巴山夜雨时。""翦"通"剪"。这里以之表达相聚之欢。

⑥浮生如此，别回多少：宋张先《南歌子》："浮世欢会少，劳生怨别多。"宋晏几道《鹧鸪天》："别多欢少奈何天。"

⑦不如莫遇：唐顾况《行路难》："一生肝胆向人尽，相识不如不相识。"

⑧金戈铁马：寓指康熙二十四年后平定三藩等战事。宋辛弃疾《永遇乐·京口北固亭怀古》："想当年，金戈铁马，气吞万里如虎。"

*此词补遗自《昭代词选》卷九，蒋重光编，清乾隆三十二年经锄堂刻本。

瑞鹤仙　丙辰生日自寿起用弹指词句并呈见阳①

马齿加长矣②。枉碌碌乾坤，问汝何事。浮名总如水。拚尊前杯酒，一生长醉。残阳影里，问归鸿、归来也未。且随缘、去住无心③，冷眼华亭鹤唳④。

无寐。宿醒犹在。小玉来言⑤，日高花睡。明月阑干，曾说与、应须记。是蛾眉便自、供人嫉妒⑥，风雨飘残花蕊。叹光阴老我无能⑦，长歌而已。

【笺注】

①丙辰：康熙十五年（1676），词人进士及第，但得不到重任，雄心壮志被渐渐消磨。同年十月，朝廷下诏，禁止八旗子弟考试生员、举人、进士。徐乾学《通议大夫一等侍卫进士纳兰君墓志铭》载，词人闭门不出，不与旁人往来，只在数千卷书里弹琴吟诗以自娱。弹指词：顾贞观有词集《弹指词》。见阳：张纯修，字子敏，号见阳，辽阳人，汉军正白旗，康熙十八年（1679）任湖南江华县令。

②马齿：马的牙齿随年龄而添换，看马齿可知马的年龄，故常以为谦词，借指自己的年龄。《穀梁传·僖公二年》："荀息牵马操璧而前曰：'璧则犹是也，而马齿加长矣。'"

③去住：犹去留。

④华亭鹤唳：南朝宋刘义庆《世说新语·尤悔》："陆平原河桥败，为卢志所谮，被诛，临刑叹曰：'欲闻华亭鹤唳，可复得乎？'"华亭，旧为三国吴国陆逊的封邑。在今上海松江西。陆机于吴亡入洛以前，常与弟云游于华亭墅中。后以"华亭鹤唳"，为感慨生平，悔入仕途之典。

⑤小玉：本为神话中仙人侍女名，这里泛称侍女。唐元稹《暮秋》："栖乌满树生生绝，小雨上床铺夜衾。"

⑥蛾眉便自、供人嫉妒：屈原《离骚》："众女嫉余之蛾眉兮，谣诼谓余以善淫。"以女子的貌美受嫉妒，比喻男子的才高受嫉妒。

⑦老我：老人的自称。

*此词补遗自《饮水词集》卷中，张纯修编，清康熙三十年刻本。

明月棹孤舟　海淀

一片亭亭空凝伫①。趁西风霓裳偏舞②。白鸟惊飞，菰蒲叶乱③，断续浣纱人语。

丹碧驳残秋夜雨④。风吹去采菱越女⑤。辘轳声断⑥，昏鸦欲起，多少博山情绪⑦？

【笺注】

①亭亭：形容池中荷叶主干挺拔。宋姜夔《念奴娇》："青盖亭亭，情人不见，争忍凌波去。"凝伫：凝望伫立。

②趁西风霓裳偏舞：宋卢炳《满江红》用荷花之句："依翠盖、林峰一曲，霓裳舞遍。"

③菰（gū）蒲：菰和蒲。这里借指池泽。

④丹碧：指荷花、荷叶的色彩。驳残：斑驳残落。

⑤越女：古代越国多出美女，西施其尤著者。后因以泛指越地美女。《文选·枚乘〈七发〉》："越女侍前，齐姬奉后。"刘良注："齐越二国，美人所出。"

⑥辘轳声断：宋毛滂《于飞乐·代人作别后》："听辘轳，声断也，井底银瓶。"

⑦博山情绪：博山香炉散出青烟缕缕，恰似愁绪烦情弥漫不绝。唐韦应物《长安道》："博山吐香五云散。"五代顾敻《临江仙》："博山炉暖澹烟轻。"

*此词补遗自《瑶华集》，蒋景祁编，清康熙二十五年天藜阁刻本。

望海潮　宝珠洞①

　　汉陵风雨②，寒烟衰草，江山满目兴亡③。白日空山，夜深清呗④，算来别是凄凉。往事最堪伤。想铜驼巷陌⑤，金谷风光⑥。几处离宫，至今童子牧牛羊。

　　荒沙一片茫茫。有桑乾一线⑦，雪冷雕翔。一道炊烟，三分梦雨⑧，忍看林表斜阳⑨。归雁两三行。见乱云低水，铁骑荒冈。僧饭黄昏，松门凉月拂衣裳⑩。

【笺注】

　　①宝珠洞：北京西山名胜八大处之一景，本为海岫和尚的修行洞，供奉着海岫和尚的塑像，俗称鬼王菩萨。洞深约四米，内砾石犹如黑白相间晶莹似蚌珠的珠子凝结而成，故名宝珠洞。

　　②汉陵：汉代帝王的陵园。此处借指北京城附近的十三陵。明吴懋谦《戊戌春日有感》："寝殿棠梨飞野蝶，汉陵风雨泣栖鸦。"

　　③满目兴亡：宋辛弃疾《念奴娇·等建康赏心亭呈史致道留守》："虎踞龙盘何处是，只有兴亡满目。"

　　④清呗：谓佛教徒念经诵偈的声音。

　　⑤铜驼：即铜驼街。在今河南省洛阳故洛阳城中。以道旁曾有汉铸铜驼两枚相对而得名，为古代著名的繁华区域。《太平御览》卷一五八引晋陆机《洛阳记》："洛阳有铜驼街，汉铸铜驼二枚，在宫南四会道相对。俗语曰：'金马门外集众贤，铜驼陌上集少年。'"

　　⑥金谷：古地名，指晋石崇所筑的金谷园。泛指富贵人家盛极一时但好景不长的豪华园林，多含讽喻之义。

⑦桑乾："乾"同"干"，河名，今永定河之上游。相传每年桑椹成熟时河水干涸，故名。清朱彝尊《最高楼·登慈仁寺毗卢阁》："望不尽，军都山一面，流不尽，桑干河一线。"

⑧梦雨：雨细若有若无，如梦一般，故名。唐李商隐《重过圣女祠》："一春梦雨常飘瓦，尽日灵风不满旗。"

⑨林表：林梢，林外。《文选·谢朓〈休沐重还丹阳道中〉》："云端楚山见，林表吴岫微。"李善注："表，犹外也。"

⑩松门：以松为门，这里指庙宇之门。宋陆游《游梵宇三觉寺》："萝幌栖禅影，松门听梵音。"

*此词补遗自《瑶华集》，蒋景祁编，清康熙二十五年天藜阁刻本。

渔父

收却纶竿落照红①。秋风宁为翦芙蓉。人淡淡，水蒙蒙。吹入芦花短笛中。

【笺注】

①纶竿：钓竿。宋徐积《渔父乐》词："渔唱歇，醉眠斜，纶竿簑笠是生涯。"落照：夕阳的馀晖。南朝梁简文帝《和徐录事见内人作卧具》："密房寒日晚，落照度窗边。"

*此词据康熙三十四年徐釚家刻本《南州草堂集》附《枫江渔父图》题词补录。

罗敷媚　赠蒋京少①

如君清庙明堂器②，何事偏痴。却爱新词，不向朱门和宋诗。
嗜痂莫道无知己③，红泪偷垂。努力前期，我自逢人说项斯。

【笺注】

①蒋京少：蒋景祁，字京少，一作荆少。清代词人。康熙间曾举博学鸿词，未遇。与性德结识于康熙十五年（1676）夏至十七年（1678）秋间，交往频密。

②清庙：即太庙。古代帝王的宗庙。明堂：古代帝王宣明政教的地方。凡朝会、祭祀、庆赏、选士、养老、教学等大典，都在此举行。《孟子·梁惠王下》："夫明堂者，王者之堂也。"

③嗜痂：《宋书·刘邕传》："邕所至嗜食疮痂，以爲味似鳆鱼。尝诣孟灵休，灵休先患灸疮，疮痂落牀上，因取食之。灵休大惊。答曰：'性之所嗜。'"后因称怪僻的嗜好为"嗜痂"。

*此词补遗自《西徐蒋氏宗谱》卷十六，蒋聚祺纂。